Hugo Palme

UND DOCH OBSIEGT
DAS LICHT

All Stern Verlag

1. Auflage, 28. März 2018

Wolf 8

88430 Rot/Ellwangen

Tel. +49 (0) 7568 29 89 98 2

Fax: +49 (0) 7568 29 89 98 1

http://www.all-stern-verlag.com

info@all-stern-verlag.com

Satz/Umbruch: All-Stern-Verlag

Umschlaggestaltung: Irene Repp

ISBN 978-3-947048-04-5

LIEBE
WAHRHEIT UND LICHT
SELIGKEIT UND WONNE
KRAFT UND FREUDE
GLANZ UND PRACHT!

Inhalt

Prolog

Der Präsident eines südamerikanischen Landes, das reich an Bodenschätzen war, hatte die Unverschämtheit gehabt, die Ressourcen des Landes zu verstaatlichen und der Bevölkerung zugute kommen zu lassen. Er hatte die großen Konzerne aus seinem Land geworfen. Präsident Chevaz war auf dem Weg von dem Büro seines UN-Botschafters zum großen Sitzungssaal, um eine Rede vor der Vollversammlung zu halten. Wie üblich würde er die Politik des Westens und der Vereinigten Staaten in Grund und Boden stampfen.

Als er auf die präparierte Tür zum Saal zukam, drückte ein NSA-Mitarbeiter, der dort auf ihn gewartet hatte, eine Taste auf seinem Handy. In der NSA-Zentrale in Fort Meade, tief unten im Keller, erhielt das Einsatzteam das Signal und als Chevaz durch die Tür ging, scannten sie sein individuelles Frequenzspektrum – der menschliche Organismus besitzt ein elektromagnetisches Feld, das bei jedem Menschen individuell geprägt ist.

Ein NSA-Mitarbeiter schaute auf seinen Bildschirm – dort kamen die Daten vom Scan an und das Programm meldete:

„Datensatz vollständig – Zielobjekt markiert."

„Hah, wir haben ihn", sagte der NSA-Mitarbeiter.

„Was machen wir jetzt, Chef? Sollen wir ihm ein paar pornografische Szenen ins Gehirn schicken oder den Gedanken, dass er etwas netter zu den USA sein soll?"

Der Oberst, der den Befehl über den Einsatz innehatte, erwiderte: „Wir warten erstmal ein paar Tage, bis er wieder in Venezuela ist."

Ein paar Tage später hackte sich der superschnelle Turbo-Computer in der Einsatzzentrale in das Handynetz des südamerikanischen Staates und übernahm die Kontrolle des

Handysenders, der am nächsten zum Präsidentenpalast gelegen war. Mit gezielter Skalarwellenstrahlung, die aufgrund der geschlossenen Feldlinien nicht detektierbar ist und so gut wie nicht abgeschirmt werden kann, wurde die Umgebung analysiert. Es wurden dreihundert potentielle Ziele (Menschen) aufgefunden, von denen drei im System erfasst waren, unter ihnen Chevaz.

Das Programm im Computer fragte nach, welche Person Zielobjekt sei.

Ein NSA-Mitarbeiter wählte den Präsidenten und der Computer baute eine Skalarwellenresonanzverbindung zu Chevaz auf.

Der befehlshabende Oberst sagte: „O.K., bestrahlen Sie ihn mit unseren Z-Strahlen!"

Der NSA-Mitarbeiter wandte sich um und schaute kurz den Oberst an. Der nickte.

Dann rief der Mann die gewünschte Funktion auf. Die Bestrahlung von Chevaz mit krebserregender Skalarwellenstrahlung begann und sie konnten über fast den ganzen Tag die Bestrahlung fortführen.

Eine Woche später erkrankte der Präsident – Diagnose Krebs. Ein halbes Jahr später starb er. Weder die Untersuchungen noch die Autopsie ergaben irgendwelche Hinweise auf Fremdeinwirkung.

AUM

Silvio Bardon setzte sich in der Lotusposition auf den Boden seines Wohnzimmers und begann zu meditieren. Er versenkte sich in tiefe Ruhe und eine Trance, und schließlich löste sich sein Astralkörper von ihm. Er schaute kurz auf seinen physischen Körper und dann flog er los.

Er überquerte den Kontinent und den Ozean und gelangte

nach Südamerika – dort nahm er Kurs auf einen kleinen See in den Bergen. Es war eine idyllische Landschaft, Berge mit schneebedeckten Gipfeln umschlossen einen kleinen See mit glasklarem Wasser, an einem Ufer war ein kleiner Strand und eine Fläche mit Gras, um die uralte aufrechte Felsblöcke mit eingeritzten Symbolen einen Kreis bildeten. Er landete inmitten des Kreises und sah, dass die anderen schon da waren. Es waren die Astralkörper von drei Frauen und sieben Männern, die den obersten Rat der weißen Bruderschaft bildeten.

„Liebe, Licht und Glückseligkeit, sei mit Dir mein Bruder!“, sagte einer der Anwesenden.

„Auf ewig auch mit Euch!“, entgegnete Bardon und grüßte jeden einzelnen mit einer Geste und zusammengefalteten Händen.

„So lasst uns dieses Treffen eröffnen“, sprach ein weiterer Mann, mit weißem Rauschebart und weißem langen Haar.

„Wer möchte beginnen?“

Eine Frau in langem weißem fließendem Gewand sagte:

„Ich ergreife das Wort. Wie ihr alle wisst, spitzt sich die Lage dramatisch zu. Die Illuminaten und ihre Herren forcieren ihre Agenda. Gleichzeitig vertreten sie ihre Pläne immer offener und viel kommt ans Tageslicht, was bisher verborgen war. Mehr und mehr Menschen wachen auf und werden sich bewusst, dass die herrschenden Eliten nicht ihre Interessen vertreten, sondern versuchen einen teuflischen Plan umzusetzen und die Welt endgültig zu versklaven.“

„Leider jedoch ist der Widerstand der breiten Bevölkerung noch gering. Die einkommende höhere energetische Strahlung seit dem Eintritt in die neue galaktische Zone 2012 zeigt zwar Wirkung, aber noch nicht bei den breiten Massen. Auch schirmen die Illuminaten mit ihrem Geoengineering, was die Manipulation der Atmosphäre und des Wetters mittels des Ausbringens hauptsächlich von Schwermetallen beinhaltet, was als Chemtrails bekannt ist, doch erheblich die Wirkung ab und wie ihr wisst, vergiften sie gleichzeitig Umwelt und Lebewesen. Wie ihr euch auch alle bewusst seid, ist das Prinzip des freien Willens heilig, und wenn die Menschen versklavt werden wollen, so können wir nichts dagegen tun.“

„Ich und der Kreis der Hohepriesterinnen helfen aufgewachten Menschen und scannen psychisch nach ihnen. Die Zahl derer, denen wir Schutz und Hilfestellung geben, wächst unaufhörlich.“

„Vielen Dank, verehrte Schwester.“

Ein Mann ergriff das Wort: „Unsere Bemühungen, der Menschheit beim Aufwachen und Aufstehen für die Erhaltung der Erde und aller ihrer Kinder zu helfen und den Prozess zu beschleunigen, sind nur teilweise erfolgreich. Ich mache mir Sorgen, dass die Kräfte der Dunkelheit siegreich sein könnten und die Menschheit tatsächlich dezimieren, zu roboterhaften Sklaven machen und die Erde ruinieren.“

Ein anderer der Teilnehmer antwortete: „Es wird alles von den Menschen abhängen. Wenn sie sich weiterhin der Dunkelheit zuwenden, werden wir nichts erreichen können. Doch am Ende werden die Kräfte des Lichts, der Liebe und der Glückseligkeit siegen. Aber wir können nicht die unergründlichen Wege des Schöpfers aller Welten verstehen. Alles, was wir tun können, ist dafür zu arbeiten, das Licht in der Welt zu verbreiten und die positiven Kräfte zu unterstützen. Die Menschheit ist herausgefordert: Ohne Anstrengung und Kampf gibt es keine Erlösung. Doch falls die Erde vollständig in der Dunkelheit versinken sollte, so wird es auch dann Möglichkeiten geben, wieder ans Licht zu gelangen. Aber wir werden alles tun, um dieses Szenario zu verhindern.“

Der Mann mit dem weißen Bart sagte: „Lasst uns meditieren und Liebe und Licht in alle Welt schicken!“

AUM

Klaus Balow, Journalist, Autor und Aktivist, hatte von Anfang an die Erkrankung von Chevaz für sehr verdächtig gehalten und recherchierte.

„Wie haben sie das hinbekommen?“, fragte er sich und es war ja nicht nur Chevaz, sondern weitere unliebsame hochrangige politische Persönlichkeiten waren an Krebs erkrankt und gestorben.

Im Internet wurde er schnell fündig. Bereits kurz nach dem zweiten Weltkrieg und dem Aufstieg der Vereinigten Staaten zur Supermacht entdeckte man die Wirkung von elektromagnetischer Strahlung und auch von Klängen auf das menschliche Bewusstsein. Die Forschung daran überdeckte sich mit den Programmen zur Bewusstseinskontrolle, die maßgeblich auf den Arbeiten und der Mithilfe von Nazi-Wissenschaftlern gründeten[1]. Das berühmt berüchtigte MK-Ultra-Programm diente dazu, die Gehirnwäsche von Menschen zu perfektionieren, um sie steuern zu können. Dort wurde alles Mögliche eingesetzt, Drogen und allerlei Formen der Folter, z.B. Schlafentzug oder Elektroschocks und eben auch Bestrahlung und Beschallung.

Man entdeckte, dass man Audio- und Bildsignalen subliminale Botschaften unterlegen konnte, die direkt vom Unterbewusstsein wahrgenommen wurden. Auch konnte man mit den Frequenzen sowohl der Klänge als auch der Strahlung diverse Bewusstseinszustände auslösen wie Lethargie, Angst, Wut und dergleichen.

---

1 Wer war es z.B., der den Namen Dr. Green angenommen hatte?

Zunächst bediente man sich der Mikrowellen. Diese können breitflächig ausgestrahlt werden und so können ganze Städte beeinflusst werden. Im Golf-Krieg bestrahlte man die irakischen Soldaten in ihren Bunkern mit Mikrowellenstrahlung und siehe da, sie ergaben sich voller Angst ohne je einen US-Soldaten gesehen zu haben.

Dann fand man die von Nikola Tesla entdeckte Skalarwellenstrahlung. Hier handelt es sich um Strahlung mit geschlossenen Feldlinien, die man gerichtet senden kann. Man entdeckte, dass man damit einzelne Individuen gezielt bestrahlen konnte und ihnen sogar Gedanken und Bilder ins Gehirn pflanzen konnte. Man kann aber auch die motorischen Funktionen beeinflussen und auch krankmachende Strahlung übertragen. Man kann den Menschen förmlich fernsteuern.

Die Menschheit lebte mittlerweile in einer Suppe aus elektromagnetischer Strahlung: WLAN, Handies, DECT-Telefone, Stromleitungen, Fernsehen, Radio – und alle diese Quellen konnten so moduliert werden, dass sie bewusstseinskontrollierende Wellen aussendeten.
„Schöne neue Welt!“, dachte sich Balow und begann einen Artikel zu schreiben, den er anschließend auf der Website der Initiative für echte Demokratie veröffentlichte.

AUM

Das unmarkierte graue Flugzeug vom Typ Boeing 767 hinterließ einen breiten weißen Streifen am hellblauen Himmel. Es handelte sich nicht um einen herkömmlichen Kondensstreifen, welche sich schnell wieder auflösen. Dieser Streifen blieb am Himmel stehen und verbreiterte sich zunehmend, bis er schließlich eine Schleierwolke bildete. Weitere Maschinen folgten und hinterließen ein markantes

Zick-Zack-Muster von Streifen am Himmel. Die Maschinen hatten ein Gemisch aus Aluminium, anderen Schwermetallen und Nanopartikeln gesprüht. Am nächsten Morgen war die ganze Gegend mit einem spinnennetzartigen Tau bedeckt.

Klaus Balow hatte von seinem Arbeitszimmer aus die Flugzeuge und die Streifen beobachtet. Vorher war ihm das nie aufgefallen. Aber seit er am Thema Manipulation und Gedankenkontrolle arbeitete, war seine Wahrnehmung für einiges geschärft, worüber andere einfach hinweg gingen, weil sie es nicht einordnen konnten. Er setzte sich an seinen Computer und begann zu recherchieren.

Er fand den folgenden Artikel, der die Lage gut zusammenfasste.

„Die Vergiftung der Umwelt und der Bevölkerungen hat dramatische Ausmaße erreicht. Gezielt werden Giftstoffe in die Nahrungskette eingeführt, ins Essen, ins Wasser, in die Umwelt. Die Massentierhaltung verwendet alle möglichen Arzneimittel, Hormone und andere Chemie, um Wachstum zu beschleunigen, Krankheiten abzuwehren und generell die Produktivität zu erhöhen. Die Tiere werden mit grauenhaftem Futter gefüttert, teils mit den verarbeiteten Leichenteilen ihrer Artgenossen und in erbärmlichen Zuständen gehalten und bei ihrer unsanften Schlachtung schütten sie Angsthormone in beträchtlichen Mengen aus, die wir dann vergnügt verspeisen."

„Aber nicht nur das Fleisch ist völlig verseucht, auch in alle anderen Lebensmitteln kommen immer mehr Giftstoffe vor, teils als zulässige Nahrungsergänzungsmittel, teils aus der Umweltverschmutzung. Und Bio-Essen ist auch nicht mehr das, was es einmal gewesen ist."

„Die Chemtrails hatten dabei eine besondere Rolle. Sie versprühten breitflächig Nanopartikel, die von der ELF-Radiowellenanlage HAARP aktiviert werden konnten. Diese

Nanopartikel durchdringen ganz einfach Membranen und lagern sich im menschlichen Körper an. Sie können nun per Bestrahlung aktiviert werden, um die Funktion des Nervensystems, der Enzyme und des Gehirns zu beeinflussen."

„HAARP kann noch viel mehr. Die extrem langwellige Strahlung, englisch ELF, kann das Wetter beeinflussen, sie kann Erdbeben und Stürme erzeugen. Aber diese Strahlung kann auch dazu verwendet werden, den Schlaf der Bevölkerung zu stören oder gewisse Stimmungen, z.B. Angstzustände, zu erzeugen."

Balow fand ein weiteres interessantes Video und sah es sich an.

„Der Mensch ist dazu programmiert, nur einen kleinen Teil seines Potentials zu leben", begann der Sprecher. „Von klein auf wird uns beigebracht, wie wir die Welt zu sehen haben. Das Kleinkind ist sich noch einer viel größeren Realität bewusst, aber so hilflos, dass es überlebenswichtig ist, sich an die Vorgaben der Eltern anzupassen. Das Kind stammt aus der Lichtwelt und ist nicht an die physische Welt gewöhnt. Es muss erst lernen, mit der Materie umzugehen und es ist die Aufgabe der Eltern, dies dem Kind beizubringen. Aber leider wird nicht nur der Umgang mit der physischen Welt vermittelt, sondern auch Ansichten über die Beschaffenheit der Welt, über das Wesen des Menschen und seine Möglichkeiten. Und diese sind in der modernen Welt auf das Materielle beschränkt. So lernt das Kind sich vom Inneren abzuwenden und sich auf das Äußere zu konzentrieren."

„Gleichzeitig entsteht im Kind ein innerer Dialog. Der Verlust der Verbundenheit mit der Welt und die Anforderungen der Umgebung, die Erwartungen und der Druck zur Anpassung führen zur inneren Spaltung und dazu, dass eine Instanz in uns erzeugt wird, die ständig beurteilt und vergleicht und uns sagt, was möglich und was unmöglich ist.

Zugleich beginnt diese innere Stimme ein paar grundlegende Fragen zu stellen: Was werden die Anderen von mir denken? Wie werde ich dastehen? Was ist möglich?"

„Dieser innere Dialog führt zu einer Konditionierung unserer Wahrnehmung. Wir sehen nicht das, was in der äußeren Welt vor sich geht, sondern nur das, was wir uns vorstellen. Als die ersten großen europäischen Segelschiffe im Pazifik auftauchten, konnten die Eingeborenen diese Schiffe buchstäblich nicht wahrnehmen. Sie sahen kein Schiff vor Anker, sondern nur das Meer. Schließlich fiel dem Schamanen etwas Ungewöhnliches auf und nach zwei Tagen konnte er statt dem Flimmern, das er an der Stelle, an der das Schiff lag, wahrgenommen hatte, schließlich das Segelschiff sehen."

„Der Mensch wird programmiert und konditioniert die Welt gemäß der Erwartungen und der ihm eingepflanzten Überzeugungen zu sehen. In der Schule und in der weiteren Ausbildung werden dann die Ansichten des Weltbildes vermittelt. Wir stammen angeblich vom Affen ab, die Erde sei ein Staubkorn im Universum, der Mensch sei ein Zufallsprodukt der blinden Evolution, in der der Stärkere überlebt und so weiter und so fort."

„Diese Theorien sind allesamt falsch. Das moderne Weltbild ist ein absoluter Tiefpunkt in der Geschichte. Alles, was wir nicht messen können, sei nicht real: Das ist doch kompletter Schwachsinn. Selbst die Quantenphysik hat offenbart, dass es fast gar keine feste Materie gibt, 99,9 Prozent der angeblich so festen Materie sind leerer Raum, in der es Wirbel und Rotation und Wahrscheinlichkeitsfelder gibt, aber nichts festes. Das bedeutet, dass es eigentlich nur Bewusstsein gibt und die Materie nur verdichtetes Bewusstsein ist. Aber dieses Wissen wird ignoriert und alles Geistige wird auf den Rationalismus reduziert."

„Während natürlich alle Gesellschaften den Menschen mit ihrem Weltbild konditionieren, leben wir seit Jahrtausenden (von wenigen Ausnahmen abgesehen) in einer patriarchalischen und hierarchischen Gesellschaftsstruktur, die das Weibliche unterdrückt und die Religion etabliert hat, in der es eines Vermittlers zwischen Gott und dem Menschen bedarf. Diese Priesterschaft hat sich damit ihre Macht gesichert und die Wahrheit in den Untergrund, in das Okkulte (das Verborgene) verbannt. Die weltlichen Eliten haben inzwischen die Herrschaft über die Gesellschaft besiegelt, und mittels dem Geldsystems, der Medien und der Kontrolle über die Wissenschaft die noch verbliebene Opposition in die Randbereiche gedrängt. In dieser Weise werden wir von Priestern und Politkern, den Agenten der Mächtigen, in der Dunkelheit gehalten."

„Das Fernsehen und die Zeitungen verbreiten die Meinungen, die das Volk annehmen soll, und treiben jeden Tag eine andere Sau durch's Dorf. Bilder von Krieg, von Terroristen, Gewaltszenarien machen uns Angst. Gleichzeitig zeigen sie uns an anderer Stelle, wie „schön" das Leben sein kann, wenn man dies oder jenes kauft."

Schließlich steht alles auf dem Kopf:

„Lüge ist Wahrheit
Krieg ist Frieden.
Krankheit ist Gesundheit.
Unwissen ist Bildung.
Unrecht ist Gerechtigkeit.
Sklaverei ist Freiheit."

„Leute, wacht auf!" sagte der Sprecher im Video.

„Hört auf, das zu glauben, was uns präsentiert wird. Denn die Leute, die dieses Programm verfolgen, wollen nichts Gutes für uns. Meditiert, sucht Wahrheit jenseits des Mainstreams, ihr werdet sie finden."

Kapitel 1
Die High Society und ihre Abgründe

Der Privatdetektiv Till Sebesta saß in seinem Büro und hatte schlechte Laune. Er hatte schon länger keine interessanten Aufträge mehr bekommen. Die Beschattung von untreuen Ehemännern und Ehefrauen ging ihm auf die Nerven und die Beobachtung von säumigen Schuldnern war ebenso wenig erquicklich.

„Na ja, besser als die Arbeit beim BKA", dachte er sich. Was da alles abgelaufen war, konnte man niemanden erzählen, weil es einfach die Vorstellungskraft überstieg.

Er sah die Post durch. Überwiegend bestand sie aus Werbemüll und Rechnungen, doch da sah er etwas Interessantes! Ein persönlich an ihn adressierter Brief aus hochwertigem Papier und mit einem Wappen darauf. Er öffnete den Umschlag und fand eine Einladung.

„Wir möchten Sie gerne mit einem heiklen Fall beauftragen, der Sie sicherlich herausfordern wird. Es handelt sich um keine alltägliche Angelegenheit. Nähere Einzelheiten besprechen wir gerne mit Ihnen vor Ort bei uns."

Darunter standen eine noble Adresse und eine Uhrzeit. Der Briefkopf gab den Namen der Verfasser an: Es handelte sich um die Familie Scherach, reiche mittelständische Unternehmer. Das hörte sich doch mal nach einem vielversprechenden Auftrag an, dachte sich Sebesta.

Ein paar Tage später fuhr er in das noble Villenviertel zur angegebenen Adresse. Die Einfahrt war durch ein großes schmiedeisernes Tor geschützt. Er parkte seinen Wagen und klingelte am Tor.

Eine Videokamera beobachtete ihn. Ohne dass er seinen Namen genannt hätte, begrüßte ihn eine Stimme durch die Sprechanlage: „Herr Sebesta, wir haben Sie schon erwartet“, der Toröffner summte und das Tor öffnet sich langsam. Sebesta ging hindurch und lief den Weg zur Villa hinauf.

Das Gebäude ähnelte einem kleinen Schloss mit Türmchen und prächtigen Verzierungen. Die Haustür öffnete sich und ein Butler empfing Sebesta. Er wurde in ein Arbeitszimmer geleitet. Wenig später betraten ein älterer Herr und eine ältere Dame den Raum.

„Schön, dass Sie gekommen sind, ich bin Herr Scherach und das ist meine Frau.“

„Es ist mir eine Ehre, Sie kennen zu lernen“, entgegnete Sebesta.

„Setzen wir uns“, sagte Scherach und sie nahmen Platz auf einem Sofa und einem Sessel, die auf den Kamin blickten.

„Wie geht es Ihnen in Ihrer Tätigkeit als Privatdetektiv?“ Sebesta überlegte und dachte sich, dass er ruhig die Wahrheit sagen konnte: „Ehrlich gesagt bekomme ich kaum interessante Aufträge. Ich recherchiere über Schuldner und untreue Ehemänner und -frauen. Das ist etwas frustrierend.“

„Wir haben über Sie Ermittlungen eingeholt und wir glauben, dass Sie der richtige Mann sind, um uns einen großen Dienst zu erweisen.“

„Worum handelt es sich denn?“

„Unsere Tochter, Caroline Scherach, ist vor sechs Monaten spurlos verschwunden. Sie war eine lebensfrohe junge Frau, die sich aber wahrscheinlich mit den falschen Leuten eingelassen hat. Sie liebte Partys und den Jetset und das Leben in Luxus und reiste um die Welt – Geld haben wir genug.“

Frau Scherach ergriff das Wort: „Sie war – was sind die richtigen Worte – etwas ausschweifend und zügellos.“

Sebesta nickte und Herr Scherach fuhr fort: „Die Polizei

hat zwar ermittelt, aber ist zu keinen handfesten Ergebnissen gekommen. Wir möchten, dass Sie die Sache untersuchen und uns Klarheit verschaffen, was geschehen ist, oder sie auffinden, falls sie noch am Leben ist."

„Das tut mir sehr leid für Sie – warum glauben Sie, dass sie gestorben sein könnte?"

„Es ist nicht ihre Art, einfach zu verschwinden."

Scherach fuhr fort: „Ich habe hier für Sie die Polizeiakten, dort sind auch viele ihrer Kontakte aufgeführt und weitere Dokumente aus ihrem Besitz. Nehmen Sie den Auftrag an – Kosten spielen keine Rolle?"

„Das mache ich gerne", sagte Sebesta.

„Zuletzt ist sie in England gewesen. Ich habe hier ein Flugticket für Sie und auch die Akten der englischen Polizei."

„Danke, ich werde sofort anfangen."

Sebesta verabschiedete sich, fuhr zurück in sein Büro und begann, die Akten durchzusehen.

Caroline hatte illustre Kontakte in die Finanzwelt, die Welt der Adligen, der Film- und Popstars und allgemein der Reichen. In ihren Mobiltelefondaten gab es zahlreiche Namen, darunter die engeren Freunde, einer davon in Berlin. Der Mann, Marcel Ressener, war Spross einer reichen Familie und leitete eine Agentur, die Schauspieler und Modelle betreute und vermittelte. Mit dem würde er beginnen, dachte sich Sebesta, und sah danach noch die Londoner Kontakte durch, darunter eine prominente Galeristin, Sophie Shaw.

Nachdem er angerufen hatte, fuhr Sebesta zur Modellagentur. Die befand sich direkt am Kudamm in einem noblen Büro- und Geschäftsgebäude. Er nahm den Lift zur dritten Etage und ging durch schicke Glastüren in die Empfangshalle. Auf der linken Seite befand sich eine Lounge mit Sofas und Sesseln, in der einige bildhübsche junge Frauen saßen und wohl warteten. Auf der rechten Seite befand sich eine Bildergalerie mit noch schöneren Geschöpfen, Photoshop hatte jeglichen Makel beseitigt und Licht, Hintergrund und Aufmachung erzeugten einen unwirklichen Eindruck von unvergleichlichem Glanz.

Sebesta ging zur Empfangstheke und sagte: „Hallo, ich hatte mich angemeldet, Sebesta, ich wollte kurz Herrn Ressener sprechen."

„Herr Sebesta, ja, gehen sie gleich links nach hinten zur letzten Tür – ich sage Herrn Ressener Bescheid."

Sebesta ging zu Resseners Atelier und klopfte an die Tür. Die öffnete sich und eine sehr schicke Assistentin lächelte ihn an: „Kommen Sie herein."

Ressener saß am Schreibtisch und sah Fotos durch. Er trug Designerklamotten, hatte eine tadellose modische Frisur und ihn umgab die Aura der Arroganz der Reichen. Er blickte auf und sagte: „Ich grüße Sie, Herr Sebesta, setzen Sie sich doch."

Sebesta grüßte und nahm auf einem gestylten Stuhl vor dem Tisch Platz.

„Was kann ich für Sie tun?"

„Ich bin mit dem Fall Caroline Scherach beauftragt und wollte Ihnen dazu ein paar Fragen stellen."

„Ja, die gute Caroline – wir vermissen sie sehr. Es wäre schön herauszufinden, wo sie abgeblieben ist. Wir waren eine Zeit lang liiert und auch danach noch gute Freunde. Wir verkehrten in den gleichen Kreisen und besuchten zusammen viele Partys und hatten eine gute Zeit. Caroline liebte das gute Leben, den Luxus und die Ausschweifung. Und sie hatte ein besonderes Hobby, ein Interesse an Hexerei und Magie. Sie war ständig dabei, irgendwelche Tinkturen und irgendwelches Gebräu mit magischer Wirkung zu erstellen und sie nervte mit ihren Ritualen, an denen man teilnehmen sollte."

„Auch beim Sex?"

„Das geht Sie zwar nichts an, aber ja, auch beim Sex wollte sie ständig irgendwelche magischen Sachen ausprobieren. Schließlich hatte ich genug davon und sie suchte sich neue Leute und Männer, die da mitmachten."

„Kennen Sie davon jemanden?"

„Ich weiß nicht viel, aber sie können mal versuchen, einen gewissen Roger Willtjes zu finden, den hat sie mir mal vorgestellt."

„Haben Sie das auch der Polizei gesagt, soweit ich gesehen habe, taucht der Name gar nicht in den Akten auf."

„Sicher, die waren nicht interessiert."

„Danke, Sie haben mir weiter geholfen", sagte Sebesta.

„Finden Sie heraus, was mit ihr geschehen ist", sagte Ressener.

„Ich werde mein Bestes tun", sagte Sebesta und sie verabschiedeten sich.

Willtjes war schwer aufzufinden. Weder tauchte er in den Polizeiakten auf, noch im Melderegister oder in den Kontaktdaten von Caroline. Sebesta suchte alle Kontakte heraus, die keiner bestimmten Person zugeordnet waren und fand schließlich zahlreiche Verbindungen mit dem Institut für Bewusstseinserweiterung. In mehreren SMS tauchte der Name Roger auf. Sebesta ging auf die Website des Instituts. Dort gab es zahlreiche esoterische Angebote wie Yoga, positives Denken, das Überwinden von Hemmnissen und dergleichen mehr. Da war auch ein Bild von „Meister Ananda" und ein Artikel dazu, – „das muss er sein", dachte sich Sebesta.

Sebesta nahm das Telefon und wählte die Nummer des

Instituts. Es meldete sich eine Frauenstimme. Er sagte: „Hallo, ich hätte gerne eine Beratung von Roger Willtjes. Er wurde mir wärmstens empfohlen."

Die junge Dame erwiderte: „Meister Ananda ist nicht frei verfügbar. Um ihn zu sprechen, sollten sie vorher eines seiner Seminare besuchen – er wählt seine Kunden bzw. Schüler gerne selber aus."

„Treffer", dachte sich Sebesta und sagte: „Was haben Sie denn da im Angebot?"

„Das nächste Seminar heißt „Alles ist eins" – das findet jetzt gleich am Wochenende statt."

„Schön, dann würde ich mich gerne dazu anmelden."

Die junge Frau nahm seine Daten auf und sagte ihm, dass er gleich die Kursgebühr zu überweisen hatte.

„Wird gemacht", sagte er und verabschiedete sich.

Zwei Tage später begab sich auf den Weg dahin.

Die Räume des Instituts waren in einer prachtvollen Potsdamer Villa untergebracht. Sebesta parkte und ging die Stufen zum Eingangsportal hinauf. Er klingelte und der Türöffner summte. Er ging in die Eingangshalle, die in weißleuchtenden Farben gehalten war und dann zum Empfangstresen. Eine attraktive junge Frau begrüßte ihn und zeigte ihm den Weg zum Seminarsaal.

Dieser war im Keller und einem Amphitheater nachempfunden. Es gab eine erhöhte Bühne, davor eine tiefer gelegene Fläche und dahinter im Kreis angelegte Stufen, auf denen man sitzen konnte.

Es waren schon einige Leute da, überwiegend Frauen im mittleren Alter, die sich unterhielten. Der Saal füllte sich und schließlich ging das Licht aus und nur noch die Bühne war beleuchtet.

Meister Ananda erschien auf der Bühne, machte eine einladende Geste und sagte: „Ich begrüße Euch, seid willkommen. Schön, dass ihr alle gekommen seid. Lasst uns mit einer Meditation beginnen. Schließt Eure Augen und geht in die Stille."

Die Anwesenden im Saal begannen mit der Meditation und es kehrte eine absolute Ruhe in den Saal ein.

Nach ein paar Minuten ertönte Anandas Stimme. „Wir beenden jetzt die Andacht öffnet eure Augen, und fühlt einen Moment lang nach, was ihr empfunden habt."

Die Anwesenden begannen sich zu regen.

Ananda wandte sich an sie und sagte: „So, wir wollen heute die großen Zusammenhänge betrachten und was sie für uns bedeuten".

„Der Titel unseres heutigen Seminars ist: Alles ist eins. Alle Erscheinungen, alle Lebewesen, die ganze Welt ist miteinander verbunden. Es gibt keine Dualität – die scheinbare Dualität – das Getrenntsein von der Welt – das ist eine Illusion und ist die Folge unseres Denkens und unserer Konditionierung. Wenn wir uns gewahr werden, dass wir eins sind mit der Welt und alles, so wie es ist, die göttliche Ordnung des Universums widerspiegelt, dann können wir Frieden finden und unsere Probleme überwinden – sie resultieren aus dem falschen Verständnis der Welt.

„In Deinem Kern bist Du göttliches kosmisches Bewusstsein, das keine Grenzen kennt. Um Dich dessen gewahr zu werden, muss Du loslassen – alles was Dich stört und alles, was negativ ist. Dein Bewusstsein ist wie eine Wasseroberfläche – solange sie in Bewegung ist, kannst Du nicht in die Tiefe blicken, Du musst die Wellen auf der Oberfläche, Deine Gedanken und Gefühle, erst vollständig beruhigen. Wenn kein Kräuseln mehr die Wasseroberfläche beunruhigt und sie vollkommen still wird, dann kannst Du in die Tiefen blicken."

Ananda hielt einen Augenblick inne und fuhr dann fort:

„Wir wollen jetzt eine kleine Übung machen. Ich möchte, dass ihr eure Vorstellungskraft trainiert und euch so detailliert wie möglich eine Vorstellung davon in eurem Geist erzeugt, wie ihr Probleme überwindet oder wie es aussähe, wenn ihr vollkommen glücklich wärt – oder auch nur, wie zum Beispiel eine perfekte Beziehung oder ein perfekter Arbeitsplatz für euch aussähe. Also, wählt eins dieser Themen und gleich werden wir alle zusammen meditieren und jeder wird für sich vorstellen, wie ihm oder ihr Gutes geschieht oder wie die Situation aussähe, wenn wir das bekommen, was wir uns wünschen. Gut, schließt jetzt die Augen und erzeugt eine Vorstellung von einem positiven Zustand und malt diesen in allen Details aus!"

Der Saal wurde wiederum still und die Anwesenden begannen, sich positive Sachen vorzustellen.

Nach einigen Minuten sagte Ananda: „Gut, kommt jetzt langsam zum Abschluss."

Nachdem er den Teilnehmer etwas Zeit gelassen hatte, sagte er: „Das, worauf Du Deine Aufmerksamkeit richtest, ziehst Du an – also halte Dich an positive Gedanken und Gefühle und vermeide z.B. die Nachrichten, sie sind schwarze Magie.

„Das, gegen das Du ankämpfst oder das Dich stört, dem gibst Du Energie. Du findest nur dann Frieden, wenn Du den Kampf beendest."

Im weiteren Verlauf des Seminars führte Ananda diese Konzepte weiter aus und ließ die Anwesenden weitere Übungen absolvieren. Es gab eine Kaffeepause.

Sebesta sprach mit ein paar Leuten, die alle schwer beeindruckt von Ananda waren und von ihm schwärmten. Er trank einen Kaffee und hörte der Unterhaltung einiger Frauen am nächsten Tisch zu.

„Ist Ananda nicht beeindruckend, ich fühle mich schon ganz in meiner Mitte“, sagte eine.

„Ja, er hat eine wirklich erhebende Wirkung auf einen, als ob man in Licht baden würde.

„Habt ihr schon mal an ein Einzelcoaching bei ihm gedacht?“

„Ja, aber das ist ganz schön teuer.“

Eine der Frauen senkte ihre Stimme, Sebesta konnte sie kaum hören: „Eine Freundin von mir hat erzählt, dass eine Bekannte von ihr Einzelcoaching bei Ananda gemacht hat und es da richtig zur Sache ging. Er scheint auch in Tantra und Sexualmagie bewandert zu sein, wenn ihr wisst, was ich meine.“

Die Frauenrunde lachte und eine sagte: „Da würde ich auch nicht abgeneigt sein.“

Anschließend ging es weiter. Am Ende gab es noch eine Fragerunde, dann beendete Ananda das Seminar und kündigte das Programm für den nächsten Tag an.

Einige der Anwesenden gingen zu Ananda um mit ihm zu sprechen, andere begannen, den Saal zu verlassen. Auch Sebesta ging zu Ananda. Schließlich war er an der Reihe, komplementierte Ananda zum Seminar und fragte ihn dann nach Caroline Scherach.

„Ja, die Caroline war eine sehr wissbegierige und aufmerksame Schülerin – und sie hatte Talent.“

„Haben Sie ihr private Beratungen gegeben?“

„Wir sind alle Kinder des Kosmos, wir sind alle eins, es gibt nichts Privates – und warum willst Du das wissen“, fragte Ananda.

Sebesta erklärte ihm, dass sie verschwunden war und er sie suchte.

„Ja, das ist traurig – sie war ein besonderer Mensch.“

„Wie war denn nun Ihre Beziehung zu Caroline“, bohrte Sebesta weiter.

„Ich habe Beziehungen zu allen Wesen, da wir alle eins sind“, wich der Meister aus.

„Praktizieren Sie auch Tantra und Sexualmagie?“, fragte Sebesta.

„Mein Bruder, ich glaube Deine Vorstellung geht mit Dir durch und ist nicht im Sinne des Göttlichen. Ich muss mich jetzt um Anderes kümmern. Namaste“, sagte Ananda und ging weg.

Als Sebesta wieder in seinem Büro war, rief er seinen Technik-Freak an.

„Hi Olaf, kannst Du mir mal einen Gefallen tun und das Smartphone mit folgender Nummer hacken und mich abhören lassen?“

„Legal, illegal und so weiter – ja kann ich machen“, sagte Olaf.

„Hier ist die Nummer“, sagte Sebesta und gab sie durch.

Wenig später meldete sich der Techniker.

„Ich hab das Smartphone gehackt und ein Update für eine App hochgeladen. Gib die Nummer in die Überwachungssoftware, die ich bei Dir installiert hab, ein und Du kannst alles mithören, was ums Smartphone herum passiert.“

„Hey, Danke!“

„Ich schick Dir die Rechnung, bis dann“, sagte der Techniker und legte auf.

Sebesta ging an den Computer und startete die Software. Momentan war nichts zu hören. Doch sobald es Audiodaten gab, würde das Programm diese aufzeichnen.

Sebesta arbeitete am Computer, sah seine Mails durch und bereitete seinen Ausflug nach London vor.

Nach einiger Zeit sprang die Abhörsoftware an. Ananda

sprach mit seiner Assistentin über den Tag und die kommenden Termine. Sie plauderten noch ein wenig, dann sagte Ananda: „O.K., bis morgen."

Anscheinend ging er nun zu seinem Auto – Sebesta konnte alles hören, Anandas Schritte, den Schlossöffner, wie die Tür geöffnet und geschlossen wurde und wie der Motor angelassen wurde.

Sebesta konzentrierte sich wieder auf seinen Computer, bis wieder Stimmen zu hören waren.

Eine Tür wurde aufgeschlossen und Ananda sagte: „Hallo, meine Aphrodite, wie war dein Tag?"

Eine Frauenstimme antwortete: „Hallo, mein Sonnengott, ich hatte einen schönen Tag, wie war deiner?"

Sebesta lauschte der Plauderei, dann wurde es interessant.

„Da hat mich einer nach Caroline gefragt", sagte Ananda

„Die gute Caroline, unsere Hohepriesterin", sagte die Frauenstimme, „die Rituale haben ihr den letzten Funken Verstand geraubt, der Armen. Hast Du was gesagt?"

„Nein, natürlich nicht."

„Lass uns was essen und dann..."

„Ja, da hab ich auch Lust drauf."

Sebesta dachte sich: „Na, da lag ich mal wieder richtig."

Während Ananda und seine Aphrodite in der Küche zugange waren, schrieb Sebesta einige Mails und schaltete dann den Fernseher ein.

In den Nachrichten wurde das übliche Chaos verkündet: Krieg, Flüchtlinge, Anschläge und so weiter und Politiker, die dazu nichts Vernünftiges sagten.

Dann hörte er auf und schaltete den Fernseher aus.

Aus der Abhörsoftware erklang Musik und offenbar begann das Ritual.

Mit tiefer Stimme sagte Ananda: „Meine Aphrodite, meine Venus, meine Isis, meine Mondgöttin – das feminine Göttliche in Dir bete ich an: Sei meine Göttin."

Die Frau antwortete: „Mein Osiris, mein Zeus, mein Mars, mein Sonnengott – ich bete das göttliche Maskuline, die Schöpferkraft in dir, an! Komm zu mir."

Jetzt wurde es still und Sebesta drehte die Lautstärke hoch.

Die beiden atmeten abwechselnd ein und aus, erst atmete Ananda tief ein und als er ausatmete, atmete seine Isis ein.

Etwa zehn Minuten war nur ihr regelmäßiger Atem zu hören, der Rhythmus wurde allmählich immer schneller. Schließlich war lautes Stöhnen zu hören – klang nach einem gleichzeitigen Orgasmus der beiden.

„Mondgöttin, ich nehme nun das Elixier aus dem Kelch", sagte Ananda.

„Trink hiervon, es ist das Elixier des Lebens", sagte er etwas später.

„Mögen wir dieses Elixier benutzen, um unseren wahren Willen zu tun", sagte Isis. Dann war das Ritual zu Ende.

Sebesta schaltete die Überwachung aus, er hatte erstmal genug erfahren.

AUM

Er buchte einen Flug nach London und am nächsten Tag ging es los.

Er hasste Flughäfen und überhaupt zu fliegen. Im Flugzeug versuchte er sich abzulenken, schaute aus dem Fenster auf die Wolkenbänke.

Er quartierte sich in einiger Entfernung von der Innenstadt in einem gemütlichen Bed & Breakfast ein, wo er herzlich empfangen wurde. Dann machte er sich auf den Weg, eine Vertraute von Caroline aufzusuchen, bei der er sich schon telefonisch angekündigt hatte.

Denise Morgan betrieb eine Galerie auf der King's Road.

Sebesta fand das schicke Geschäft und ging hinein. Er stellte sich vor und Denise bat ihn, etwas zu warten, bis sie zwei Kunden fertig beraten hatte. Sie war eine attraktive Dame um die 40, elegant gekleidet und dezent geschminkt.

Von ihr ging eine Art natürliche Autorität aus und sie sprach im unverkennbaren Upper-Class-English. Sie geleitete Sebesta in einen Hinterraum, wo sich gediegene Sessel befanden und sie setzen sich.

Sebesta flirtete ein wenig und sagte: „Es ist mir eine außerordentliche Freude, Sie kennen zu lernen."

Denise lächelte ihn an.

Sebesta begann: „Ich hatte Ihnen ja schon mitgeteilt, was mein Anliegen ist. Ich möchte gerne erfahren, was Caroline Scherach hier in London gemacht hat."

„Mein lieber Mr. Sebesta, ja, ich war gut mit ihr befreundet und habe ihr viele meiner Bekannten vorgestellt und sie in meine Kreise eingeführt. Grauenhaft, dass sie verschwunden ist."

„Was sind das für Kreise? "

„Mr. Sebesta, diese Kreise sind, was man vielleicht die High Society nennen könnte. Ich bin Adelige und habe auch viele Kontakte zu Prominenten und Politikern und auch zu einigen sehr reichen Leuten. Es gibt natürlich auch hier verschiedene Cliquen mit verschiedenen Interessen und ich kenne natürlich nur eine überschaubare Menge an Individuen."

Sebesta fragte weiter: „Kennen Sie jemanden, mit dem Caroline näher in Kontakt getreten ist?"

Denise antwortete: „Wenn ich etwas nicht mag, dann ist das Indiskretion. Aber gut, in diesem Fall werde ich etwas darüber hinwegsehen. Caroline hatte sich insbesondere mit Rachel de Schwartzschild, prominente Tochter der Finanzmagnaten, und mit anderen Personen dieser Clique, etwa

Lord und Lady Balfore, angefreundet."

„Die tauchen gar nicht in der polizeilichen Anruf- und Kontaktliste auf."

„Ja, diese Clique benutzt überwiegend ein privates Handynetz – Caroline erzählt mir, dass sie ein juwelenbestücktes Handy bekommen hätte."

„Vielen Dank für diese Information. Eine Sache würde ich gerne noch fragen und zwar: Caroline war äußerst interessiert an Okkultismus und Magie. Können Sie dazu etwas sagen?"

„Ich persönlich interessiere mich nicht dafür, alles, was über das Horoskop und Feng-Shui hinausgeht, halte ich für völlig unvernünftig. Aber viele auch in meinen Kreisen spielen damit herum und glauben einige sehr merkwürdige Sachen."

„Können Sie mir noch andere Freunde von Caroline nennen?"

„Ja, gerne, sie hatte regen Kontakt zu einem jungen Mann namens Andrew, seinen Nachnamen kenne ich nicht und eine gute Freundin von ihr war Sophie Merse, die allerdings in eine Nervenheilanstalt eingewiesen wurde – sie ist – ich muss es leider sagen – verrückt geworden."

„Wissen Sie warum?"

„Ich weiß es nicht genau, aber sie hat wohl auch mit Magie herum gespielt und nachher alle möglichen absurden Behauptungen aufgestellt, bis es gar nicht mehr ging und sie auf Anweisung ihrer Eltern eingeliefert wurde."

„Haben Sie vielen Dank für die Auskünfte, Denise. Ich bin Ihnen sehr verbunden."

„Das habe ich gern getan, das schulde ich Caroline. Wenn Sie wollen, kann ich sie auch einmal mitnehmen zu einer unserer Feste oder sonstigen Veranstaltungen."

„Das ist sehr nett, ich werde darauf zurückkommen."

Denise geleite Sebesta hinaus und sie verabschiedeten sich.

Im Bed & Breakfast begann Sebesta im Internet zu recherchieren. Rachel de Schwartzschild war eine schillernde Persönlichkeit, die auf ihrem riesigen Anwesen auf dem Land südlich von London extravagante Partys gab. Es gab Beschreibungen und Fotos von Gästen in allen möglichen Kostümen, und auf einem Foto trug sie eine Halskette, die offensichtlich Baphomet abbildete. Doch die meisten ihrer Aktivitäten waren nicht so gut dokumentiert. Die Balfores besaßen ebenfalls eine Landresidenz mit weiten Ländereien und waren Society-Größen, die auf ihrem Anwesen viele Veranstaltungen gaben.

Sebesta wandte sich Sophie Merse zu. Im Polizeibericht war von allen diesen Personen nichts vermerkt. Im Internet fand er jedoch heraus, in welche Anstalt sie eingeliefert worden war und fand die Adresse. Über die Hintergründe fand er gar nichts.

Er rief dort an und gab sich als einen alten Freund mit Namen Hohner aus. Man teilte ihm mit, dass nur die Familie Zugang zu Sophie hatte und er das Einverständnis des gesetzlichen Vormunds brauchen würde, um sie zu besuchen.

Er suchte die Telefonnummer von Sophies Eltern heraus und rief dort an.

„Hallo, hier Merse“, sagte eine Männerstimme.

„Hallo, Mr. Merse, ich bin ein alter Freund von Sophie und würde sie gerne besuchen. Mein Name ist Hohner. Können Sie mir da weiterhelfen?“

Es gab eine Pause, dann sagte Merse: „Es tut mir leid, Mr. Hohner, wir wollen nicht, dass Sophie noch weiter belastet und mit ihrer Vergangenheit und ihrem alten Freundeskreis konfrontiert wird. Was genau wollen Sie denn von ihr?“

„Schon gut, Herr Merse, ich wollte sie nur einmal sehen und ihr meine moralische Unterstützung geben."

„Mr. Hohner, im Augenblick geht das leider nicht. Vielleicht in einem Jahr oder so."

Merse legte auf.

Sebesta überlegte, wie er weiter vorgehen sollte. Er wollte unbedingt mit dieser jungen Frau sprechen.

Er rief Denise an und fragte sie, ob sie ihm bei den Merses helfen könne. Sie sagte, sie würde es versuchen.

„Und wenn die Balfores mal wieder eine Veranstaltung geben, würde ich gerne mitkommen."

„Das dürfte kein Problem darstellen, da nehme ich sie gerne mit."

„Wollen wir vielleicht morgen Abend etwas zusammen unternehmen?", flirtete Sebesta.

„Das können wir machen – aber rufen Sie mich nochmal an."

Danach rief Sebesta Scherach an und teilte ihm die ersten Ergebnisse mit, jedoch ohne auf den Okkultismus einzugehen und fragte ihn, ob er ihm vielleicht helfen könnte, Sophie Merse zu sprechen.

Scherach sagte: „Ich habe einige Verbindungen in diese Kreise – mal sehen, ob ich da was erreichen kann. Es wäre aber besser, sie nehmen eine vorgetäuschte Identität an."

„Das tue ich bereits, ich gebe mich als Dirk Hohner aus."

„Ja, das ist gut, Sie sollten, wenn Sie die Klinik besuchen, auch Ihr Aussehen tarnen. Schicken Sie mir ein Foto vom getarnten Hohner und ich besorge Ihnen einen entsprechenden Ausweis. Ich werde inzwischen sehen, was ich machen kann.

Dann verabschiedete er sich.

Sebesta besorgte sich eine Brille, eine Perücke und einen

Bart zum Ankleben, ging in einem Lokal auf die Toilette und verkleidete sich. Nach ein paar Minuten war er fertig und ein vollkommen anderer Mensch. Er machte ein Selfie mit seinem Handy und schickte es an Scherach.

Schon am nächsten Tag kam ein Bote zum Bed & Breakfast und gab einen wichtig aussehenden Brief vom britischen Innenministerium ab. „Scherach kennt wohl wirklich die richtigen Leute", dachte Sebesta sich und sah auf die offizielle Erlaubnis, Sophie zu besuchen. Ein weiterer Bote brachte einen Ausweis mit dem gestern gemachten Bild.

Sebesta rief Denise an und sie plauderten ein wenig. Dann sagte sie, dass sie bei den Merses nichts habe erreichen können.

Sebesta sagte: „Schon gut, ich werde einen anderen Weg finden. Was sollen wir heute Abend denn unternehmen? Essen gehen oder etwas trinken?"

Inzwischen war Denise dazu übergegangen, ihn bei seinem Vornamen zu nennen.

„Gehen wir essen, Till, ich zeige Dir ein außergewöhnliches Restaurant. Komm um 20 Uhr in meine Galerie."

Sebesta traf pünktlich ein und Denise begrüßte ihn. Sie hatte ein enganliegendes Kostüm angezogen, in dem sie sehr sexy wirkte.

Sie tranken etwas und unterhielten sich, dann brachen sie auf. Im Taxi rutschte ihr Rock etwas in die Höhe und er sah, dass sie halterlose Strümpfe trug. Die Durchblutung in seinem Geschlecht begann sich zu verstärken...

Das Restaurant befand sich in einem noblen Bezirk der Innenstadt, und seine Räumlichkeiten waren im Erdgeschoss und im Keller einer Stadtvilla untergebracht, vor der ein livrierter Portier stand. Dieser grüßte Denise und sie und Sebesta gingen durch das Eingangsportal in einen großen eher dunkel gehaltenen Raum. Eine Kellnerin kam und geleitete sie zu einem freien Tisch. Sie war äußerst attraktiv und ihre aufreizende schwarze Servicebekleidung war am Rücken völlig frei.

In den Räumlichkeiten gab es eine Bar und eine kleine Bühne, auf der eine Sängerin mit Begleitung dezente Klassiker darbot.

Es gab auch männliche Kellner, ebenfalls aufreizend gekleidet mit kurzen Hosen, Muscle-Shirts und ebenfalls freiem Rücken. Die Tische waren gediegen gerichtet, mit Kerze und weißem Tischtuch. Sebesta und Denise nahmen Platz und bestellten sich Getränke. Das Restaurant war gut gefüllt und ein Stimmengemurmel erfüllte den Raum.

Ihre Getränke kamen und ihnen wurde das Menü überreicht.

Sebesta sagte: „Denise, ich weiß nicht, ob ich mir das leisten kann bzw. ob ich das als Spesen absetzen kann.“

„Mach Dir mal keine Sorgen deswegen“, antwortete Denise und sie stießen an.

Sie plauderten weiter, dann sagte Denise: „Ich bestelle für uns beide, recht so?“

Sebesta stimmte zu und Denise bestellte für sie beide ein 5-Gänge-Menü.

Die beiden schlemmten und tranken extrem teuren Rotwein.

Auf der Bühne war nun eine erotische Show zu sehen. Ein attraktives Pärchen, nur in Unterwäsche bekleidet, vollzog allerlei erotische Übungen. Sie ließen nichts aus, außer der tatsächlichen Penetration.

„Du hast mich ja hier in einen Palast der Sünde geführt, Denise“, sagte Sebesta.

„Gefällt es Dir etwa nicht“, fragte Denise zurück und lächelte ihn vielsagend an.

Nachdem sie fertig gegessen hatten, begann die nächste Show. Hier vollführten wunderschöne junge Frauen fast nackt allerlei akrobatische und erotische Kunststücke.

Dann sagte Denise: „Lass mich Dir den Keller zeigen."

„Hört sich ja spannend an."

Sie erhoben sich und Denise führte Sebesta zu den Treppen und hinunter in den Keller. Die Luft war schwer und voll mit süßlichem Duft, und leises Stöhnen war aus den vielen Separees hinter Gardinen zu vernehmen. Sebesta und Denise nahmen auch in einem Separee Platz.

Die Kellnerin brachte ihre Getränke.

Sie stießen an und Sebesta sagte: „Was hast Du mit mir vor?"

Denise machte nur: „Shhhh:.." wandte sich zu ihm und ihre Münder verschmolzen in einem langen Kuss. Denise öffnete ihr Kleid und zog ihren BH aus. Dann öffnete sie Sebestas Hose, holte sein Glied heraus und nahm es in den Mund. Gekonnt bereitete sie ihm höchstes Vergnügen. Dann stand sie auf, zog ihr Kleid und dann ihren Schlüpfer aus, der über ihren Strümpfen leicht zu entfernen war, und setzte sich auf Sebesta und führte seinen erregten Penis in ihre nasse und enge Vagina ein und begann auf ihm zu reiten.

Sie stöhnten beide leise. Dann sagte Sebesta: „Warte kurz", und entkleidete sich vollständig.

„Kann ich Dich von hinten nehmen", fragte er und sie hauchte „Ja" und drehte sich um, kniete auf allen Vieren vor ihm und präsentierte ihm ihren aufregenden Hintern. Er drang in sie ein und begann sie rhythmisch zu stoßen. Ihr beider Stöhnen wurde lauter, sein Stoßen schneller und schließlich kam seine Entladung und auch sie hatte dabei einen Orgasmus.

Sie küssten sich und dann führte Denise Sebestas Hand in ihre Vagina, ließ ihn sie erforschen und zog sie wieder heraus und brachte sie zu seinem Mund: „Das ist ein Elixier, die Vereinigung männlicher und weiblicher Säfte.“ Er nahm seine Finger in den Mund und schmeckte die beiden vereinten Körperflüssigkeiten, dann führte sie seine Hand wieder in sich, zog sie wieder heraus und nahm seine Finger nun in ihren Mund.

„Auf dass es uns wohl ergehe...“, sagte sie dann und küsste ihn.

Sie blieben noch einige Zeit im Separee, dann war es Zeit zu gehen und Sebesta überlegte: „Ich habe morgen viel vor und glaube, ich möchte in mein Bed & Breakfast.“

„Das ist kein Problem.“

Sie verließen das „Restaurant“ und nahmen sich zwei Taxis.

„Ich melde mich bei Dir“, sagte Sebesta, „mehr als vielen Dank für den schönen Abend“.

„Meld' Dich – mir hat es auch gefallen.“

AUM

Am nächsten Tag besorgte sich Sebesta einen Mietwagen, verkleidete sich als Hohner und fuhr los. Die Nervenheilanstalt befand sich nördlich von London, etwa zwei Fahrstunden entfernt.

Schließlich war er angekommen und parkte seinen Wagen und ging zum Empfang. Dort zeigte er seine Erlaubnis vor und die Empfangsdame telefonierte und bat ihn dann, Platz zu nehmen und etwas zu warten.

Nach einiger Zeit surrte der Türöffner an der Tür zur Klinik und eine Ärztin kam auf Sebesta zu.

„Guten Tag, mein Name ist Dr. Marjorie Mitchell, darf ich Sie fragen, warum Sie ihren Besuch nicht vorher angemeldet haben?“

„Guten Tag, Frau Doktor, das habe ich bewusst unterlassen."

„Das ist schlecht, denn momentan ist es leider nicht möglich, Frau Merse zu besuchen. Sie braucht nach Therapien nun Ruhe."

„Es tut mir leid, Frau Doktor, aber dieses Schreiben des Innenministeriums garantiert mir Zugang zu Frau Merse. Wenn sie mir den Zugang verweigern, muss ich das melden."

Dr. Mitchell schaute etwas irritiert, dann sagte sie: „Na gut, dann kommen sie."

Sie machte der Pförtnerin ein Zeichen und der Türöffner summte erneut. Sebesta folgte der Doktorin und sie brachte ihn zur betreffenden Station.

Nachdem Sebesta ausdrücklich auf sein Recht auf ein persönliches Gespräch ohne Anwesenheit von Mitarbeitern der Klinik gepocht hatte, führte man ihn schließlich zum Einzelzimmer von Sophie. Er klopfte und öffnete dann die Tür.

Sophie lag auf dem Bett und blickte entrückt durch das Fenster und nahm Sebesta kaum wahr. Er setzte sich auf die Seite des Bettes und sagte: „Sophie, hallo, ich möchte mich mit Ihnen unterhalten."

Sophie blickte ihn zum ersten Mal an und sagte: „Ich weiß nichts, ich will nichts, ich bin nichts."

Sie war offensichtlich unter Drogeneinfluss, dachte sich Sebesta, ziemlich weggetreten.

„Sophie, wie geht es Ihnen? Kann ich etwas für Sie tun?"

Ein Lebensfunken zuckte durch den Nebel, den die Psychopharmaka erzeugt hatten, und sie sagte: „Holen Sie mich hier raus!"

Die Tür ging auf und ein Pfleger trat ein. Sebesta wollte gerade anfangen, ihn wieder hinaus zu scheuchen, da sagte der Pfleger: „Hallo, mein Name ist Paul Skimmer, ich habe gehört, was Sie vorhin zu den Ärzten gesagt haben und ich wollte Ihnen helfen, mit der guten Sophie umzugehen. Sie ist nicht verrückt und gehört nicht hier hin."

„Das hört sich gut an, ich bin Dirk Hohner."

Sie gaben sich die Hand.

Paul ging zu Sophie und neigte sein Gesicht vor ihres, so dass sie ihn ansehen musste.

„Sophie, hallo Sophie, ich bin's, Paul."

Sophie wurde für einen Moment klar und sagte: „Hallo Paul, schön, Dich zu sehen."

„Du hast Besuch und der nette Mann will Dir helfen. Er hat ein paar Fragen an Dich."

Sophie blickte zu Sebesta. „Der da? Der ist ein Guter?"

„Ja, Sophie."

Sebesta sagte: „Liebe Sophie, warum sind Sie hier?"

„Sie sagen, ich habe mir alles nur eingebildet. Aber ich habe es gesehen: Sie haben Kleinkinder umgebracht und ihr Blut getrunken..."

Sie brach in Tränen aus und schluchzte auf herzzerreißende Art.

„Sophie, beruhigen Sie sich, wer sind ‚sie'?"

„Ich weiß nicht, ich weiß nicht, sie sind böse und sie schrecken vor nichts zurück."

Sie begann wieder zu weinen.

Sebesta sagte zu Paul: „Wir müssen sie hier herausholen."

Paul sagte: „Ich bin leider auf diesen Job angewiesen – ich kann es mir nicht leisten, hier raus zu fliegen."

„Okay, ich seh mal, was sich da machen lässt. Aber geben Sie mir mal Ihre Nummer."

Sophie hatte sich etwas beruhigt.

Sebesta fragte sie: „Sophie, können Sie mir etwas über Caroline sagen?"

Sophie begann zu zittern und sagte: „Sie haben sie umgebracht, in einem Ritual, sie haben ihr das Blut ausgesaugt..."

Sie begann wieder heftig zu schluchzen.

Paul sagte zu Sebesta: „Ich denke, mehr geht heute nicht – wir müssen sie schonen."

„Ja, gut. Sophie, ich werde mich bemühen, einen Weg zu finden, Ihnen zu helfen. Aber erstmal auf Wiedersehen."

Paul blieb bei Sophie und Sebesta verließ das Zimmer.

Dr. Mitchell stand im Gang und wartete auf ihn.

„Pumpen Sie das arme Mädchen nicht so mit Drogen voll", sagte ihr Sebesta.

„Sind Sie etwa vom Fach? Ich glaube nicht. Mischen Sie sich nicht in unsere Behandlungsmethoden ein."

„Ich habe Augen, um zu sehen und Ohren um zu hören."

„Bitte verlassen Sie jetzt die Klinik."

„Auf Wiedersehen", sagte Sebesta, ging zu seinem Wagen und überlegte, was zu tun war. Er blieb erstmal in der Nähe der Klinik und nahm sich ein Zimmer in der nahe gelegenen Stadt.

Er rief Scherach an.

„Können Sie mir erneut helfen. Diese Sophie ist eine gute Freundin von Caroline gewesen und weiß einiges. Aber in der Klinik wird sie reprogrammiert und man kann nicht mit ihr reden."

Er schilderte Scherach weiter die Situation und die mögliche Unterstützung durch Paul.

„Wenn wir oder Sie dem Mann eine Perspektive und Sicherheit bieten könnten, dann bin ich sicher, dass er uns helfen würde, Sophie da heraus zu bekommen."

Scherach sagte: „Ich stimme Ihnen zu. Sophie sollten wir freibekommen. Ich werde sehen, was sich tun lässt und Sie in ein paar Stunden zurück rufen."

Sebesta vertrieb sich die Zeit, ging was essen und legte

sich etwas hin.

Dann kam Scherachs Rückruf.

„Hallo, Herr Sebesta, ich war erfolgreich. Ich habe Ihrem Konto umgerechnet zehntausend Pfund gutschreiben lassen und ich hätte, falls das nötig wird, eine Stelle für Paul entweder in Schottland oder hier in Frankfurt. Und wenn Sie Sophie befreien können, steht ein Privatflugzeug bereit, dass sie zu uns bringt. Wir persönlich werden uns erstmal um sie kümmern."

„Das hört sich gut an – ich werde den Mann kontaktieren und melde mich dann wieder."

Sie legten auf.

Sebesta fuhr zu einer Bank, hob Zehntausend Pfund ab, fuhr zur Privatwohnung von Paul und wartete auf einem Parkplatz darauf, dass dieser nach seiner Schicht nach Hause zurückkehren würde. Nach etwa einer Stunde sah er ihn und stieg aus.

„Hi Paul, ich bin's, Hohner."

„Hallo, was machen Sie denn hier?"

„Ich wollte Sie sprechen."

„Ja, dann kommen Sie am besten mit rauf in meine Wohnung."

Sie gingen in seine kleine Zweizimmerwohnung und nahmen im Wohnzimmer Platz auf einem etwas herunter gekommenen Sofa und einem Sessel.

„Sie wollen Sophie befreien und wollen meine Hilfe in Anspruch nehmen", stellte Paul fest.

„Genauso ist es. Ich habe hier ein Angebot für Sie."

Er legte das Geld auf den Tisch und unterrichtete ihn von den möglichen neuen Stellen.

„Sind Sie dabei?"

Paul überlegte, dann sagte er: „Verdammt, das reicht mir.

Befreien wir Sie. Ich werde mir das überlegen und Ihnen

sagen, wann und wie wir das bewerkstelligen."
„Wollen Sie ein Bier?"
„Ja, gerne."
„Wie Sie sehen, wohne ich hier sehr bescheiden. Mit dem Lohn eines Pflegers kommt man kaum hin."
„Ja, die Zeiten werden immer schwieriger."
Sie plauderten noch eine Weile und tranken das Bier.
Dann sagte Paul: „Kommen Sie morgen Abend wieder hierher, bis dann habe ich einen Plan ausgearbeitet. Okay?"
„Gut – dann bis morgen!"
„See you!"

Am nächsten Tag recherchierte Sebesta weiter über Rachel de Schwartzschild und die Balfores und versuchte, Kontakte zu finden, die ihm vielleicht Näheres sagen könnten. Auch fand er in der Anrufliste den Namen Andrew und merkte sich vor, ihn zu kontaktieren.
Am Abend fuhr er dann wieder zu Paul.
„Hello Hohner", sagte dieser, als er ihm die Tür öffnete.
„Hi Paul."
„Kommen Sie, setzen wir uns. Wieder ein Bier?"
„Gerne."
Paul holte zwei Bier und begann dann: „Okay, ich bin ab übermorgen für die Nachtschicht eingeteilt. Einer meiner Kollegen wird auch anwesend sein. Um es nicht zu auffällig zu machen, schlage ich vor, dass Sie die Tür am Hintereingang aufhebeln und dann mit Sophie verschwinden, die ich vorher benachrichtigen und vorbereiten werde. Da überall Kameras sind, sollten Sie eine Skimaske oder so tragen."
„Macht das nicht zu viel Krach, die Tür aufzuhebeln?"
„Ich gebe Ihnen ein Zeichen, wenn mein Kollege eine Rauchen oder auf die Toilette geht – aber zu viel Krach wäre auch nicht gut. Oder können Sie Schlösser knacken? Naja,

jedenfalls. Die Tür im Erdgeschoss zum Hintereingang ist ebenfalls verschlossen. Das sind beides solide Sicherheitsglastüren – aber ein Glasschneider käme ebenfalls in Betracht."

„Okay, das bekomme ich schon hin. Wie wollen Sie mir ein Zeichen geben?"

„Ich gebe ein Leuchtzeichen mit einer Taschenlampe. Dann brechen Sie erstmal die Tür zum Hintereingang auf. Auf dem Parkplatz gibt's keine Kameras und da ist auch niemand. Dann gehen Sie die Treppe zur Station rauf und warten am Notausgang der Station. Wenn's soweit ist, komme ich und winke Ihnen – es ist ja 'ne Glastür."

„Gut, dann komme ich übermorgen Nacht zur Klinik?"

„Ja, so gegen drei Uhr morgens ist es wohl am günstigsten."

Sie tranken noch einige Biere und dann fuhr Sebesta zurück in sein Bed & Breakfast.

Während der nächsten zwei Tage durchforstete er weiter das Internet. Tatsächlich gab es in den hintersten Ecken des Internets einige interessante Berichte über die Balfores. Darin hieß es, sie seien mit pädophilen Kreisen verwickelt. Aber diese Anschuldigungen wurden von niemand ernst genommen und als reine Neidpropaganda abgetan.

Sebesta mailte und telefonierte mit einigen Leuten. Er fuhr nach London, um sich mit Andrew, den er aufgetrieben hatte und einigen anderen zu treffen. Außerdem besorgte er sich ein Stemmeisen und Türöffnergerätschaften.

Er fuhr zu Andrew's Wohnung und klingelte. Andrew öffnet ihm.

„Hallo, ich bin Dirk Hohner."

„Kommen Sie herein!"

Die Wohnung war groß und gediegen eingerichtet. Sie gingen in die großzügige Wohnküche mit einer modernen Theke und einem modernen Sofaensemble vor einem großen Fernseher.

„Nehmen Sie Platz, kann ich Ihnen etwas anbieten?“

„Ich nehme das, was sie nehmen“, sagte Sebesta.

Andrew ging in die Küche hinter die Theke und machte zwei Whisky-Sodas, ging zurück zu dem Sofa und stellte die Drinks auf den niedrigen Tisch.

„Danke“, sagte Sebesta.

Andrew hob das Glas und sagte: „Auf Caroline – möge es Ihr gut ergehen!“

Sebesta sagte ebenfalls „Auf Caroline“, trank einen Schluck und sagte dann: „Carolines Eltern haben mich beauftragt, herauszufinden, was mit ihr geschehen ist. Ihre Aussagen bei der Polizei sind ziemlich nichtssagend. Wissen Sie vielleicht doch etwas mehr?“

Andrew sah Sebesta an und schien zu überlegen, wie weit er ihm trauen konnte.

Dann sagte er: „Wenn ich das, was Caroline mir erzählt hat, der Polizei gesagt hätte, dann wäre ich wahrscheinlich schon tot oder in die Klapse eingeliefert worden. Aber ich werde Ihnen sagen, was ich weiß – Sie haben doch kein Bandgerät oder nehmen das mit dem Handy auf?“

„Nein, nichts dergleichen, das bleibt unter uns, solange Sie nicht offiziell aussagen wollen.“

„Gut, ich denke, Caroline ist von den Schwartzschilds und den Balfores umgebracht worden. Die Schwartzschilds sind die reichste Familie auf dem Planeten. Nehmen Sie alle Schulden, die auf der Welt existieren, z.B. die zehn Billionen Schulden der USA, oder die zwei Billionen der Bundesrepublik, dazu noch die privaten Schulden und sie können davon ausgehen, dass die Schwartzschilds in etwa die Hälfte davon verliehen haben. Die ganze Welt ist in ihrer Schuld, von ein paar Ländern einmal abgesehen, die dann als Schurkenstaaten bezeichnet werden und oft von den USA dann in die Steinzeit zurück bombardiert werden.

„Ich bin Investment-Banker und kenne mich aus. Die Schwartzschilds kontrollieren die City of London, damit die Bank of England, ihnen gehört ein großer Anteil an der Federal Reserve Bank, der privaten Notenbank der USA und sie kontrollieren auch fast alle anderen Notenbanken. Sie sind die Herrscher der Welt, zumindest finanziell gesehen."

„Nun, was Caroline mir erzählte war, dass sie zunächst von den Balfores eingeladen wurde zu sexualmagischen Ritualen und Partys. Je weiter sie dort agierte, umso weniger hatte sie noch Kontakt zu mir. Aber irgendwann kam sie völlig außer sich zu mir, und erzählte mir, dass sie auf einer schwarzen Messe gewesen sei, auf dem Anwesen von Rachel de Schwartzschild, in der ein kleines Kind gefoltert und geopfert, sein Blut aus ihm heraus gesogen und anschließend von den Teilnehmern getrunken wurde."

„Außerdem erzählte sie mir, dass im Anwesen der Balfores Kinder im Keller gefangen gehalten werden, um dann für solche Rituale zur Verfügung zu stehen. Aber die Balfores praktizierten auch Kinderschändung und sogar Treibjagden auf Kinder auf ihren Ländereien, wo am Ende die etwa 7- bis 10jährigen erschossen und ihre Genitalien als Trophäe in die Höhe gehalten wurden. Für die rituellen Kindermorde waren allerdings andere zuständig."

„Caroline war anfangs Feuer und Flamme für die ganzen satanischen und magischen Rituale gewesen, aber die Kinderschändungen und Kindermorde hatten sie völlig geschockt."

„Mich auch", sagte Sebesta, „mir kommt das Kotzen.

Kann man nicht irgendwas dagegen unternehmen?"

„Wenn Sie sich mit den Schwartzschilds anlegen, dann werden Sie geschächtet. Das heißt, ermordet und ihr Blut wird aus ihnen herausgesaugt und anschließend getrunken. Diese Satanisten behaupten auch, dass dann ihre Seele nicht mehr den Weg zurück zu Gott antreten kann..."

„Mir ist schlecht", sagte Sebesta und trank seinen Whisky in einem Schluck aus.

„Bekomme ich noch einen?", fragte er.

Andrew trank ebenfalls seinen Whisky aus und machte dann zwei neue Drinks.

„Zum Wohl", sagte er.

„So, jetzt kennen Sie die ganze trostlose Wahrheit. Aber kommen Sie nicht auf die Idee, mich als Quelle zu nennen. Ich möchte noch nicht sterben und werde alles leugnen."

„Das verstehe ich", sagte Sebesta, „haben Sie vielen Dank für Ihre Offenheit."

„Das musste ich so und so mal loswerden", sagte Andrew.

Sebesta blieb noch eine Weile und verabschiedete sich dann und fuhr zurück in die nordenglische Stadt, in der die Klinik gelegen war.

In der nächsten Nacht fuhr Sebesta um 2:30 Uhr morgens zur Klinik, parkte etwas entfernt und ging zum Gebäude und wartete in einiger Entfernung. Etwa um 3:20 Uhr gab Paul das Taschenlampensignal und er machte sich auf zum hinteren Eingang. Die Tür sah ziemlich robust aus, aber sie war etwas locker und das Stemmeisen griff. Mit einem lauten Knirschen brach der Rahmen der Türfassung und die Tür öffnete sich.

Er ging die Treppe hoch zur Stationstür und wartete. Er sah in den Gang und konnte am anderen Ende Paul und seinen Kollegen sehen. Nach etwa einer halben Stunde verließ der Kollege über den Vordereingang die Station. Paul winkte

Sebesta zu und verschwand dann im Bereitschaftszimmer. Sebesta begann die Tür aufzustemmen. Diese machte etwas mehr Mühe, aber nach einiger Zeit sprang die Tür mit einem lauten Knirschen auf. Sebesta, der mit Skimaske aussah wie ein schlimmer Verbrecher, ging zu Sophies Zimmer.

Die saß auf ihrem Bett, vollständig angezogen und zitterte.

„Hallo Sophie, kommen Sie“, sagte Sebesta.

Sie versuchte sich zu erheben, hatte aber Schwierigkeiten. Sebesta griff ihr unter den Arm, zog sie hoch. Er geleitete sie aus dem Zimmer und führte sie zur gebrochenen Tür, öffnete sie und beide verließen die Station. Sophie stolperte und Sebesta stütze sie. Sie erreichten das Erdgeschoss, öffneten die Tür und waren im Freien. Sie schleppten sich zu Sebestas Wagen und fuhren los.

Sebesta fuhr Richtung Süden in die Nähe des Flughafens, wo am nächsten Morgen Scherachs Privatflugzeug bereitstehen sollte. Er und Sophie fuhren zu einem kleinen Bed & Breakfast, das Sebesta vorher reserviert hatte. Die Eigentümerin hatte ihm gesagt, dass sie einen Schlüssel im Blumentopf neben dem Eingang platzieren würde.

Sebesta parkte und er und Sophie gingen zum Eingang, wo sie den Schlüssel mühelos fanden.

„Ich habe zwei Einzelzimmer für uns“, sagte Sebesta zu ihr.

„Nein, nein, lassen Sie mich nicht alleine, das könnte ich nicht ertragen.“

„Na gut, dann versuchen wir im Einzelzimmer zurecht zu kommen.“

Im Eingangsflur lag ein Zettel, auf dem stand, wo sich ihre Zimmer befanden. Sie gingen die laut quietschende Treppe hinauf und fanden ihre Zimmer. Ziemlich müde legten sie sich gleich zum Schlafen hin und Sophie sagte: „Bitte halten Sie mich fest.“

Sebesta legte einen Arm um sie und sie begann zu schluchzen.

Nach einigen Stunden Schlaf standen sie auf, gingen hinunter und bekamen von der freundlichen Hausdame ein englisches Frühstück. Dann fuhren sie zum Flughafen, wo ein Mitarbeiter Scherachs bereits auf sie wartete und sie gleich zum Flugzeug brachte. Es gab keine Probleme und dann saßen sie in dem kleinen Privatjet, der abhob und sie nach Frankfurt flog. Dort wartete ein Wagen, der sie zu Scherach fuhr.

Die Scherachs begrüßten sie und kümmerten sich liebevoll um Sophie, die sich langsam etwas fassen konnte.

Am nächsten Tag dann, nach dem Frühstück, fragte Scherach Sophie: „Können Sie uns erzählen, was Ihnen und Caroline passiert ist, oder brauchen Sie noch mehr Zeit.“

„Nein, ich bin bereit dazu, Ihnen alles, was ich weiß mitzuteilen. Aber es ist grauenhaft und wollen Sie als Eltern wirklich alles hören, was passiert ist?“

„Ja, wir wollen es wissen“, antworteten die Scherachs.

Die Scherachs, Sebesta und Sophie nahmen im Arbeitszimmer Platz.

Sophie begann: „Ihr wisst ja, dass Caroline sehr an Esoterik und insbesondere an Magie interessiert war. Nun, in London lernte sie eine Menge Leute aus diesen Kreisen kennen.

„Ich war zu der Zeit sehr mit Hexenkult und Wicca involviert, sah mich als Hexe und praktizierte allerlei Rituale und Zauberei. Ich bin katholisch erzogen worden und das war meine Art der Rebellion dagegen.“

„Irgendwann begegneten Caroline und ich uns bei einem

Ritual, das auch sexuelle Magie benutzte. Umringt von den Teilnehmern, die Gesänge anstimmten, hatte ich Sex mit meinem Hohepriester."

„Das wollte Caroline unbedingt auch machen und wir freundeten uns an. Ich nahm sie zu weiteren Ritualen mit und auch sie begann Sexualmagie zu praktizieren."

„Dann lernte sie die Clique und die Balfores und Rachel de Schwartzschild kennen und alles veränderte sich unmerklich. Es wurde geheimnisvoller und nichts war wie es schien."

„Caroline und ich nahmen bei den Balfores an schwarzen Messen teil. Hohepriesterin des Satans war oft die Schwartzschild und Hohepriester ein Mann, den ich nicht kenne."

„In der Regel liefen diese Messen so ab, dass zunächst der Teufel beschworen wurde und dann monotone Gesänge der Teilnehmer einsetzten, die zunehmend frenetischer wurden, während die Hohepriester obszöne Gebete schrien. Dann trat eine Freiwillige vor und wurde nackt auf den Altar gelegt. Anschließend wurde sie inmitten der liturgischen Gesänge von einem nach den anderen der Teilnehmer begattet, bis am Ende der Hohepriester an der Reihe war und das Ganze zum Höhepunkt brachte."

„Irgendwann kam Caroline aber zu mir und war völlig entsetzt und geschockt. Sie sagte, sie habe an einer schwarzen Messe teilgenommen, bei der die Frau getötet wurde und anschließend das Blut abgesaugt und allen Anwesenden zum Trinken dargereicht wurde. Ich versuchte sie zu beruhigen und glaubte ihr nicht."

„Sie begann allerlei Phobien und Paranoia zu entwickeln, beruhigte sich aber schließlich wieder. Doch dann kam sie völlig außer sich zu mir und berichtete, dass sie jetzt ein Kleinkind geopfert hatten, sein Blut ausgesaugt und es getrunken. Ich war geschockt, offensichtlich war das nicht gelogen."

„Wir versuchten zusammen, Hilfe zu bekommen und gegen die Clique vorzugehen. Aber das dauerte nicht lange und dann brachten sie Caroline um und mich in die Klapse."

„Sie entführten Caroline und mich, setzten uns unter Drogen und veranstalteten wiederum eine schwarze Messe. Hohepriesterin war die Schwartzschild, ich war völlig benommen, konnte mich kaum bewegen, war eine der Teilnehmerinnen in schwarzer Robe und sollte wohl zusehen, was mir passieren würde, wenn ich weiter Ärger machen würde."

„Die schwarze Messe begann mit den monotonen liturgischen Gesängen und der Beschwörung der Dämonen. Caroline war völlig weggetreten und lag nackt auf dem Altar. Die Gesänge wurden frenetischer, und die Schwartzschild schrie ihre obszönen Beschwörungen, dann begannen sie, Caroline mit kleinen Stichen bluten zu lassen und sammelten das Blut in Gefäßen auf. Danach wurde, wie auch in den anderen schwarzen Messen, Caroline von einem nach dem anderen begattet, während sie blutete und nun völlig in Todesangst zu schreien begann. Das ging aber in dem lauten Gesang völlig unter."

„Dann gab es einen kalten Windhauch in dem Saal und Schwartzschilds Gesicht verformte sich zu einer Fratze, während sie weiter die Namen der Dämonen beschwor. Der Hohepriester nahm sich Caroline vor und nahm sie und würgte sie dabei. Der Gesang erreichte sein Crescendo und Caroline starb. Sie saugten ihr Blut ab und gaben es allen Teilnehmern zu trinken. Ich wehrte mich, aber sie hielten mein Gesicht und zwangen mir das Blut in den Mund. Aber ich schluckte es nicht hinunter und spuckte es wieder aus."

Jetzt brach Sophie zusammen. „Ich konnte nichts tun. Ich konnte ihr nicht helfen. Oh, lieber Gott, was habe ich getan, was haben die getan – warum lässt Du das zu?" Sie schluchzte und Frau Scherach nahm sie in den Arm. „Ist schon gut, mein Kind, ist schon gut.“

Sophie beruhigte sich nach geraumer Zeit und fuhr fort:

„Sie drohten mir noch, ich solle die Klappe halten, aber ein paar Tage später ging ich zur Polizei und sagte denen alles. Aber gleich am nächsten Tag verbrachten sie mich in die Klinik und erklärten mich für verrückt.“

Scherach sagte: „Lasst uns beten für Caroline und für alle Seelen, die in der Dunkelheit gefangen sind“, und begann eine Fürbitte und dann das Vater-unser zu sprechen und die drei anderen sprachen mit.

Prolog
Zweiter Teil

„In meinem Kopf war eine neuartige Stille, als ich mich auf das goldene Licht in meiner Schädelmitte konzentrierte. Das Lichtkorn begann zu wachsen und schließlich war mein ganzer innerer Gedankenraum von Licht erfüllt. Nun ließ ich das goldene Licht sich weiter nach unten ausdehnen, zum Hals hin, dann zur Brust, bis der ganze Brustkorb ebenfalls von Licht erfüllt war, das aus mir heraus strahlte. Dann dehnte es sich weiter aus, bis auch mein Bauch und schließlich die ganze Beckenregion mit dem goldenen Licht gefüllt waren. Nun war mein ganzer Korpus mit Licht erfüllt und auch in Armen und Beinen begann das goldene Strahlen. Zehn Minuten lang atmete ich langsam und bedächtig und hielt das Licht in mir, bis alle Dunkelheit und alle Verunreinigungen von mir genommen waren. Dann neigte ich meinen Kopf und dankte der göttlichen Energie."

So protokollierte Klaus Balow seine Morgenmeditation in seinem magischen Tagebuch.

Dann nahm er sich das nächste Video vor.
Der Film nannte sich „Unsere tägliche Gehirnwäsche" und begann mit der Wirkung des Fernsehens.
„Das Fernsehen wird mit einer Frequenz von 25 Hertz ausgestrahlt. Die flackernden Bilder versetzen uns unbewusst in einen Trance-Zustand, in dem wir sehr aufnahmefähig sind. Wir vergessen die Umwelt um uns herum und fokussieren uns auf das Geschehen in der Röhre. Nicht nur die bewusst präsentierten Geschichten und Meinungen, über die

wir eine eigene Meinung haben können, beeinflussen uns, sondern vor allem auch die subliminalen Botschaften in den Bildern haben suggestive Kraft. Aber nicht nur das, weiterhin kann die Frequenz der Bilder so moduliert werden, dass eine unterschwellige Botschaft hinein platziert werden kann. Wenn Sie also den heutigen Tatort sehen und sich schließlich matt und müde fühlen, liegt das vielleicht daran, das eine Botschaft wie: „Du bist ohnmächtig, versuche nicht, Dich aufzulehnen, es ist zwecklos. Gehorche! Tu, was man Dir sagt! Vertraue den Autoritäten!“ mitgesendet wurde.

„Aber selbst wenn nicht solche bösartigen Botschaften übermittelt werden, sind Film und Fernsehen das ideale Mittel, um uns zu manipulieren. Symbole und Archetypen in den Bildern können wir nicht bewusst verarbeiten, sie wirken auf unser Unterbewusstsein – die Werbung macht regen Gebrauch davon und präsentiert uns darüber hinaus eine unerreichbare Wirklichkeit, in der alle Träume wahr werden, wenn wir das richtige Aftershave kaufen.“

Im Video wurden dann einige Beispiele gezeigt und das Thema weiter erörtert.

Balow dachte daran, wie er im Alter von sieben Jahren die Bilder der RAF-Terroristen in der Tagesschau gesehen hatte und dass diese düsteren Bilder sich so tief in sein Bewusstsein eingegraben hatten, dass er sich jetzt noch an die starke gefühlsmäßige Abneigung gegen diese „Verbrecher“ gut erinnern konnte.

Der Sprecher im Video fuhr fort: „Aber das Fernsehen ist nicht die einzige Waffe, die gegen uns eingesetzt wird. Wir sind ständig einem elektromagnetischem Smog ausgesetzt. Das beginnt mit der 60-Hertz-Frequenz des Wechselstroms. Diese Frequenz löst Stress aus, sie ist höher als unsere biologischen Frequenzen des Nervensystems, die zwischen 5 und 50 Hertz liegen. Auch die hochfrequente Strahlung der

Handys und der WLAN-Systeme ist nicht gerade gesund. Die natürlichen elektromagnetischen Felder des Körpers und der Erde werden damit gestört und der Mensch negativ beeinflusst. Das Ausmaß der Umgestaltung des natürlichen Lebensraumes ist ungeheuer und die langfristigen Auswirkungen – neben Stresserkrankungen und Depressionen – sind noch gar nicht erforscht.“

Kapitel 2
Der Beginn des Kampfes

Scherach und Sebesta saßen am Abend nach Carolines Schilderungen zusammen.

Scherach sagte: „Ich werde alles tun, um diese Hohepriester des Satans zur Rechenschaft zu bringen. Ich habe mir bereits einiges überlegt. Ich werde meinen Finanzagenten darauf ansetzen, zu sehen, ob es da nicht irgendwelche illegale Machenschaften seitens der Schwartzschilds und der Balfores gibt."

„Dann werde ich diese Damen und Herren ans Licht der Öffentlichkeit zerren. Wir finden eine Aktivisten- oder Menschenrechtsgruppe, denen ich eine großzügige Spende zukommen lassen werde und darüber hinaus die Informationen, was diese Satanisten so treiben. Ich habe da schon eine Gruppe im Auge. Es soll Demonstrationen und Aktionen vor den Villen und Landgütern dieser Herrschaften geben. Überall, wo sie hingehen, sollen Aktivisten sie mit ihren Taten konfrontieren."

„Da können Sie gerne mithelfen und wieder nach London gehen, um das zu koordinieren. Außerdem könnten Sie weiter recherchieren und versuchen, heraus zu bekommen, wie genau diese Herrschaften vorgehen und Mittäter und Zubringer ermitteln. Und vielleicht können Sie sie auf frischer Tat ertappen."

Sebesta antwortete: „Ja, wir dürfen diese Satanisten nicht ungeschoren davonkommen lassen. Ich bin dabei."

„Sehr gut, das freut mich. Wir haben zwar keine Beweise für eine Anklage in der Hand, aber für ein paar Presseberichte dürfte es ausreichen. Wenn die großen Medien sich nicht trauen, dann werden wir eben in alternativen Medien die Story veröffentlichen. Wir könnten auch versuchen einen Journalisten zu finden, den wir auf die Geschichte ansetzen."

„Ja, wir brauchen jemanden, der das Ganze für die Medien aufbereitet. Ich werde mich mal nach einem geeigneten umsehen."

„Außerdem brauchen wir noch so etwas wie einen spirituellen Experten, der uns astralen Schutz bieten und eventuell übersinnliche Informationen einholen oder auch gegen die verbündeten Dämonen vorgehen kann."

„Kennen Sie da jemanden?"

„Ich kenne da jemanden, der in Frage kommen könnten."

„Gut, lassen Sie uns damit beginnen."

Scherach war vor einigen Jahren an Krebs erkrankt und die Ärzte hatten ihm Chemotherapie empfohlen. Das war ihm nicht sonderlich attraktiv erschienen und er hatte sich nach alternativen Heilern umgesehen. Dabei war er auf Silvio Bardon gestoßen.

Und dieser hatte ihn tatsächlich vom Krebs befreien können, und zwar in einigen wenigen Behandlungen. Scherach suchte die Adresse raus und rief Bardon an, erzählte ihm die Lage und fragte ihn, ob er bereit sei, ihnen beim Vorgehen gegen die Satanisten zu helfen.

Bardon überlegte, nahm kurz Kontakt zu seinem höheren Selbst auf, und sagte dann:

„Dazu bin ich gerne bereit. Aber es gibt karmische Grenzen dafür, was ich tun kann. Das können wir in einem Gespräch erörtern."

Sebesta suchte im Internet nach geeigneten Journalisten. Er suchte ein paar heraus, unter anderem Klaus Balow. Er telefonierte die Liste durch, schrieb ein paar Emails an die

Leute, die er nicht telefonisch erreichen konnte und hatte schließlich Balow am Apparat.

„Hallo Herr Balow, mein Name ist Till Sebesta."

„Haben Sie gerade mal ein paar Minuten?"

„Hallo Herr Sebesta, ja, ich bin ganz Ohr."

„Ich bin Privatdetektiv und arbeite gerade an einem Fall, der in die höchsten Kreise der Gesellschaft führt und unter anderem die Machenschaften von Satanisten und rituelle Kinderschändung offenlegt. Mein Auftraggeber ist ein wohlhabender Mann, der einen kleinen Kreis von Leuten zusammenstellen will, der gegen diese Leute vorgeht. Unter anderem benötigen wir einen Journalisten, der brisante Informationen veröffentlicht. Wie klingt das für Sie? Sind Sie an dem Thema interessiert?"

„Herr Sebesta, ich brauche zwar noch weitere Informationen, aber genau an solchen Sachen arbeite ich ohnehin gerade. Um es kurz zu fassen: Da wäre ich gerne dabei."

Sie unterhielten sich noch eine Weile und vereinbarten ein Treffen.

Bei den Scherachs gab es ein Meeting der zu gründenden „Einsatzgruppe". Der Finanzagent, Alexander Strohm, Balow, Bardon und natürlich Scherach und Sebesta waren anwesend. Scherach geleite sie in ein Arbeitszimmer und sie nahmen an einen großen Tisch Platz und erörterten das Vorgehen.

Scherach begrüßte alle und eröffnete die Runde. Dann übergab er das Wort an Strohm.

Strohm begann: „Ich habe angefangen, die finanziellen Verhältnisse dieser Herrschaften unter die Lupe zu nehmen. Es war und ist schwierig, in das Dickicht aus Beteiligungen und Firmen etwas Licht zu bringen. Und diese Leute sind reich, mehr als reich, sie haben so viel Geld, das es ihnen aus

Ohren und Augen quillt. Laut Steuererklärung erzielen sie ihr Einkommen aus Verpachtung von Land, Vermietung von Immobilien, aus Zinsen an Staatsanleihen und anderen Schuldbriefen und sie besitzen Anteile an großen Unternehmen und Fonds, insbesondere auch an Rüstungsunternehmen, im Rohstoffbereich, vor allem Goldminen und dergleichen, in der Pharmaindustrie und im Technologiebereich, wie etwa Monsatur sowie im IT-Bereich."

„Ihnen wirklich zu schaden, erscheint fast unmöglich, aber ärgern könnte man sie schon. Die Offenlegung ihrer Vermögensverhältnisse und ihrer Anteile wäre schon mal ein Anfang. Dann könnte man Verbündete suchen, z.B. NGOs, um einige der Firmen mit Klagewellen Schwierigkeiten zu machen. Dazu braucht man allerdings erhebliche finanzielle Mittel."

„Die sind kein Problem", warf Scherach ein.

„Ich bin mir allerdings fast sicher, dass ich in Sachen Steuerhinterziehung etwas finden werde – bleibt nur die Frage, ob die Behörden das verfolgen", fuhr Strohm fort.

„Auch gibt es einige Leute in den Finanzaufsichten, den Gesundheitsbehörden und bei den Monopolwächtern, denen man geeignetes Material zukommen lassen könnten, um sie zu bewegen, gegen gewisse Konzerne vorzugehen."

Scherach sagte: „Gut, arbeiten Sie weiter daran, bereiten Sie Aktionen vor und stellen Sie die Kontakte her."

„Das mache ich gerne", erwiderte Strohm.

„So jetzt zu Balow", sagte Scherach. „Sind Sie einverstanden, Herrn Strohm publizistisch zur Seite zu stehen?"

„Ich bin bereit mit Alex zusammen zu arbeiten und aus dem Material Artikel zu erstellen und die Medien zu bedienen. Außerdem werde ich das weitere belastende Material über die satanistischen Aktivitäten aufbereiten und veröffentlichen. Wir werden sehen, welche Resonanz wir dazu bekommen. Ich habe bereits begonnen, mich in das Material einzuarbeiten."

„Gut", sagte Scherach, „mit Sebesta habe ich bereits vereinbart, dass er an den Herrschaften dranbleibt, eventuell nach London zurückkehren wird, um da eine Aktionsgruppe aufzubauen und Kontakte zu Menschenrechts- und anderen Gruppierungen aufzunehmen. Ich selber werde die Koordination übernehmen und meine politischen und geschäftlichen Kontakte zu nutzen versuchen.

„Jetzt zu Ihnen, Herr Bardon."

Bardon sah mit seinem durchdringenden Blick in die Runde und begann: „Diese Gruppe von Satanisten ist durchaus gefährlich. Nicht nur verfügt jeder von ihnen über einen dämonischen Hilfsgeist, der ihnen persönliche Macht und Reichtum beschert, sondern unter ihnen gibt es auch fortgeschrittene Schwarzmagier, die über furchtbare Fähigkeiten verfügen. Wie alle Magier sind sie hellsichtig und können geistige Wesen aus den Sphären kommandieren. Sollte es zu einer psychischen Attacke auf einen von uns kommen, könnte das schlimme Folgen haben, von Krankheiten über den Verlust des Verstandes, Besetzung und Fremdsteuerung hin zum Tod. Ich werde sie daher alle psychisch überwachen und Ihnen einige Schutzgeister zur Seite stellen.

Aber sie müssen auch selber etwas tun. Es gilt sehr aufmerksam zu sein, was Sie denken und welche Gefühle Sie erleben. Sie müssen mit Mediation und der Kontrolle ihrer Gedanken und Gefühle beginnen. Ich habe Ihnen dazu Material mitgebracht.

„Jedenfalls hat die göttliche Vorsehung ihr Einverständnis gegeben, dass ich an Ihrer Seite stehen werde. Wenn Ihnen nahestehende Personen angegriffen werden sollten, müssen sie mich eiligst benachrichtigen."

Er händigte das Material aus.

„Lassen Sie uns einen kurzen Moment in uns gehen und die Kräfte des Lichts, der Liebe, der Glückseligkeit und der Weisheit zur Unterstützung anrufen."

Die vier Männer schlossen die Augen und der Magier breitete seine Arme über dem Tisch aus und sprach ein okkultes Gebet in lateinischer Sprache. Dann wandte er sich den vier Männern nacheinander zu und brachte für jeden einen Schutzzauber aus.

„Ich danke den Kräften des Lichts, der Liebe, der Glückseligkeit und der Weisheit, die uns schützen werden und die hier anwesend waren. Wir bitten sie, nun in ihre Sphären zurückzukehren und gedenken ihnen voller Lob und Achtung."

Sie führten danach die Besprechung fort und erörterten weitere Details.

Als sie fertig waren, sagte Bardon: „Herr Balow und Herr Sebesta, kommen Sie doch mal."

„Sicher, was haben Sie denn für uns?"

Sie gingen zu einer separaten Sitzecke.

Bardon fragte: „Haben Sie Übung in der Meditation und der Gedankenkontrolle?"

Balow antwortete: „Ich praktiziere regelmäßig Meditationsübungen und versuche, mein Ego und meine Gedanken einigermaßen zu kontrollieren."

Sebesta sagte: „Ne, damit hatte ich bisher nichts zu tun."

Bardon fragte ihn: „Können Sie sich denn auf eine Aufgabe oder eine Tätigkeit voll konzentrieren, ohne dass Sie abschweifen und ihre Gedanken eine Eigendynamik entwickeln?"

„Ja, damit habe ich keine Schwierigkeiten."

Bardon fuhr fort: „Wenn Sie beide damit einverstanden sind, bringe ich Ihnen einige Übungen und Methoden zur

Klärung der Gedanken, zur Konzentration und zur Egominimierung bei. Anschließend habe ich ein neuartiges elektronisches Gerät, das die Gehirnwellen beeinflusst und mit dem Sie außerhalb ihres Körpers reisen können, an jeden Ort der Welt und z.B. beobachten können, was unsere Herrschaften gerade so treiben."

„Für das Training sind einige gemeinsame Sitzungen nötig, dann kann ich Ihnen zeigen, wie man das Gerät benutzt und Sie können erste Ausflüge unternehmen."

In den Wochen danach trainierte Bardon Sebesta und Balow in der hohen Kunst der Geistesbeherrschung. Schließlich waren sie soweit, das Gerät ausprobieren zu können. Zuerst war Balow dran. In Anwesenheit von Bardon setzte er sich auf einen bequemen Sessel und setzte sich das Gerät auf, das wie eine Mütze über den Kopf gezogen wurde und über Kabel mit einer Steuerungseinheit verbunden war.

Er ging die Konzentrations- und Entspannungsübungen durch.

Dann sagte er: „Ich bin bereit."

Bardon sagte: „Ich schalte das Gerät jetzt ein. Begeben Sie sich nicht zu weit von diesem Ort weg und behalten Sie die Kontrolle. Wenn Sie zurückkommen möchten, einfach wieder auf das Zimmer hier und den Sessel konzentrieren."

„O.K.", sagte Balow.

Bardon schaltete das Gerät ein. Balow saß regungslos mit geschlossenen Augen dar. Dann merkte er, wie er plötzlich sehr leicht wurde und plötzlich befand er sich an der Decke des Zimmers und schaute auf sich und Bardon herunter.

Bardon sagte: „Gut, jetzt unternehmen Sie einen Ausflug – begeben Sie sich an einen Ort, den Sie kennen."

Balow staunte und konzentrierte sich dann. Er wählte den Park, der sich in der Nähe seiner Wohnung befand und stellte sich das Bild vom Park in seinem Geist vor. Es zog ihn aus dem Zimmer, er überquerte wie ein Vogel die Distanz zwischen dem Zimmer und dem Park und sah herunter auf die Stadt. Dann war er an der Stelle, die er in seiner Vorstellung aufgerufen hatte. Er sah sich um. Es war ein schöner Frühlingstag und es waren einige Leute unterwegs, gingen Spazieren oder saßen auf den Bänken. Er bewegte sich schwebend umher, kam in die Nähe von zwei Personen, die ihn nicht bemerkten und gelangte zu dem kleinen See, der in der Mitte des Parks lag. Schwebend überquerte er den See und als er auf der anderen Seite angekommen war, konzentrierte er sich wieder auf das Zimmer und wurde von einer Kraft wieder dorthin zurück geleitet.

Er war wieder in seinem Körper und öffnete die Augen.

Bardon schaltete das Gerät ab.

„Wow, das ist ja Wahnsinn!“

Bardon sagte: „Bei genügend Training kann man das auch ohne das Gerät machen.“

Inzwischen hatte die Kerngruppe fünf Aktionsgruppen gebildet. Strohm hatte vier Finanzspezialisten, einen in New York, einen in Genf, einen in London und einen in Hongkong angeheuert, mitzuhelfen.

Sebesta war mehrfach nach London geflogen und hatte Denise, einen Journalisten, eine Leiterin einer Kinderschutzorganisation, Barbara Reigner, sowie einen linken Politiker, Ken Corbett, der schon für viel Aufsehen gesorgt hatte, gewonnen, um gegen die Balfores und Rachel de Schwartzschild und ihren Gatten Rafael sowie die weiteren Beteiligten vorzugehen.

Balow hatte Journalistenkollegen angesprochen, die bereit waren mitzuwirken. Einer in New York, einer in London, einer in Brüssel und einer in Moskau bildeten seine Gruppe.

Scherach hatte zwei einflussreiche Geschäftsleute, einen angesehen Politiker der CDU sowie einen hochrangigen Richter für die Aktionen um sich gesammelt.

Und Bardon hatte zwei seiner Schüler sowie einen indischen Weisen und einen amerikanischen Meister zu einer Gruppe geformt.

Auch Sebesta unternahm seine erste Reise mit dem astralen Gerät und nach ein paar weiteren Wochen, waren sowohl er als auch Balow ziemlich versiert darin, in ihren feinstofflichen Körpern Ausflüge zu unternehmen. Sie konnten jetzt an jeden Ort der Erde und sogar ins Universum gelangen um zu sehen, was dort vor sich ging. Bardon warnte sie, sich zu weit aus dieser Welt wegzubewegen. Es bestand die Gefahr, dass die Rückkehr nicht mehr möglich sein könnte.

Balow und Sebesta konnten nun auch nur über das Bild einer Person augenblicklich in die Nähe dieser Person gelangen und Bardon überließ ihnen nun je ein Gerät, um eigenständig damit zu operieren.

Sebesta setzte sich hin und bereitete sich vor. Jetzt wurde es Ernst. Er würde versuchen, an Rachel und Rafael de Schwartzschild heranzukommen. Sollten diese seine Anwesenheit bemerken, könnte es Schwierigkeiten und Gegenaktionen geben. Er musste vorsichtig sein.

Er setzte sich bequem hin und begann mit der Meditation. Dann schaltete er das Gerät an. Wieder verließ er seinen Körper und es zog ihn hoch in die Wolken, dann von Frankfurt übers Rheinland, über Holland und den Ärmelkanal nach London. Mit hoher Geschwindigkeit absolvierte er die Reise.

Er hatte sich auf die Schwartzschilds konzentriert und befand sich nun anscheinend am Londoner Flughafen Heathrow. Da sah er die beiden. Sie gingen innerhalb des Terminals zu einem Gate. Sebesta blieb in einiger Entfernung und beobachtete sie, wie sie durch den Flugsteig gingen und in einen großen Privatjet stiegen. Sebesta folgte ihnen ins Flugzeug. Das war wie ein großes Hotelzimmer gestaltet und die beiden Herrschaften wurden von der Crew begrüßt: Sie nahmen Platz und erhielten Getränke, dann schnallten sie sich an und das Flugzeug begann sich zur Startbahn hin zu bewegen. Sebesta verließ das Innere des Flugzeugs und schwebte nun etwa dreißig Meter hinter und etwas über ihm. Das Flugzeug startete und Sebesta schwebte hinterher.

Er musste an den Abba-Song denken: „Flying high, high, like a bird in the sky..."

Schließlich waren sie auf der Reiseflughöhe über den Wolken angelangt und das Flugzeug und Sebesta schwebten durch die Lüfte. Der Flug dauerte etwa zwei Stunden, dann begann das Flugzeug die Höhe zu verringern und schließlich landete es auf einem Flughafen. Sebesta sah am Tower den Schriftzug „Flughafen Genf". Er war jetzt müde und seine Konzentration ließ nach, so dass er in seinen Körper zurückkehrte, den er aus dem Tiefschlafzustand ziemlich mühsam erwecken musste.

Sebesta rief Balow an, und sagte ihm, er solle mal am Abend versuchen, heraus zu bekommen, was die Schwartzschilds in Genf trieben.

Ein paar Tage später war Sebesta in London und traf sich mit den Mitgliedern seiner Aktionsgruppe.

„Wie sollen wir vorgehen?"

Sebesta sagte: „Ich denke, wir können zumindest die Balfores auf frischer Tat ertappen. Dafür brauchen wir zwei, drei Einsatzgruppen und wir müssen die anschließenden Aktionen gut planen, damit die Behörden das Ganze nicht wieder abtun können."

Barbara Reigner sagte: „Die Einsatzgruppen können wir aus den Aktivisten meiner Organisation bilden, dort gibt es viele fähige und aktionsbereite Leute."

Corbett warf ein: „Die müssen aber bewaffnet sein, wenn sie etwa ein Kindergefängnis hochnehmen oder bei einer Treibjagd eingreifen wollen!"

Reigner sagte: „Ein paar Leute kenne ich, die mit Schusswaffen umgehen können."

Sophie sagte: „Ich kenne da auch ein paar Leute, die sich vermutlich überzeugen ließen, da mitzumachen und ihre Waffen mitzubringen. Außerdem kenne ich jemanden, der sich mit Drohnen auskennt und vielleicht eine Überwachung übernehmen könnte."

Sebesta sagte: „O.K., wir erstellen diese Einsatzgruppen, überwachen das Anwesen der Balfores wie auch immer und bei der nächsten Treibjagd oder der nächsten Kinderschändungsorgie treten wir in Aktion."

Der Journalist sagte: „Ich werde inzwischen Artikel vorbereiten und habe Kontakt zur Gruppe um Balow aufgenommen, mit der ich zusammenarbeite. Wenn es dann soweit ist, starten wir eine Medienkampagne."

Corbett sagte: „Wenn es soweit ist, werde ich in der politischen Welt mit ihrer Hilfe auch einiges lostreten können."

Inzwischen hatte Balow die Überwachung der Schwartzschilds übernommen. Bei einem ersten „Ausflug" hatte er erfahren, dass ein wichtiger Termin anstand. Einige Stunden später, eine halbe Stunde vor dem vereinbarten Zeitpunkt, unternahm er die nächste Reise.in seinem feinstofflichen Körper. Die Schwartzschilds fuhren zu einem Anwesen in der Nähe von Genf. Dort wurden sie von Richard Zockefellow empfangen, Balow kannte ihn aus TV-Berichten, ein Chinese, ein russischer Oligarch und ein hochrangiger Vatikanbank-Chef waren auch anwesend, wie Balow aus den Begrüßungen entnehmen konnte. Er folgte ihnen in den Sitzungssaal und verkroch sich in die hinterste Ecke, außer Sichtweite hinter einem Sofa. Diese Leute waren in der Magie bewandert.

Zockefellow eröffnete das Meeting: „Ich eröffne hiermit die Sitzung des dritten oberen hohen Rats der Großen Vereinten Weltloge der Illuminaten

„Liebe Brüder, unsere Herren haben entschieden, dass es für den kompletten Finanz- und Wirtschaftscrash noch nicht an der Zeit ist. Das stellt uns vor einige Schwierigkeiten, gemäß unseres Planes steigen die Schulden der Nur-Menschen, ihrer Unternehmen und ihrer Nationen unaufhörlich, während die Reichen in unseren Kreisen immer mehr Vermögen anhäufen. Dies verursacht bei den Schlafschafen einige Unruhe. Leider wird zunehmend das ganze System vor allem von den alternativen Medien offenbart und kritisiert. Wir müssen etwas unternehmen.“

„Der Vorschlag ist es, das Bargeld auf der ganzen Welt nach und nach abzuschaffen, damit der Schafherde die Möglichkeit genommen wird, ihr Vermögen dadurch zu retten, dass sie es von den Banken abheben und – wie wir wissen – wenn sie das in Massen tun würden, unser System zum Einsturz bringen könnten. Aber das große Werk verlangt es: Wenn wir unser Ziel erreichen und das Bargeld abschaffen, dann haben wir die völlige Kontrolle und die volle Übersicht über alle Schafe. Alles, was sie kaufen und verkaufen, können wir dann sehen. Die letzten verbleibenden Bereiche der Privatsphäre werden dann verschwunden sein.“

Der Russe meldete sich zu Wort: „Wir machen bereits einige Fortschritte in dieser Operation. Die Förderung von elektronischen Zahlsystemen per Handy und Internet ist auf gutem Weg. Es ist mittlerweile trendy, mit Mobiltelefon zu zahlen oder sich unseren Chip implantieren zu lassen, mit dem auch bezahlt werden kann, ohne dass irgendetwas vorgezeigt werden muss. Aber es gibt noch erhebliche Widerstände gegen die völlige Abschaffung von Bargeld."

Der Chinese ergriff das Wort: „Es wird einige Jahre dauern, bis wir dieses große Werk umsetzen können. Wir müssen das Pack weiterhin langsam darauf vorbereiten, aber wir müssen unsere Anstrengungen erhöhen. Schweden ist unser Testland. Dort wird bereits im großen Umfang kein Bargeld mehr akzeptiert und die Schafe protestieren kaum dagegen – da unsere Medien ihnen unaufhörlich erzählen, dass damit der Schwarzmarkt und die Kriminalität in den Griff bekommen werden kann. Auch in Holland machen wir große Fortschritte. In meinem Land dagegen sind wir noch ganz am Anfang, da hier die Infrastruktur noch nicht so weit entwickelt ist und auch Kartenzahlung in vielen Regionen erst eingeführt werden muss."

Zockefellow sagte: „Vornehmlich geht es um die christlichen Länder, die, die uns am meisten daran hindern könnten, unser großes Werk zu vollenden. Zunächst konzentrieren wir uns auf diese Länder."

Das Meeting ging noch etwas weiter und die fünf dunklen Eminenzen diskutierten weitere Details und schufen einen Plan, welche konkreten Maßnahmen welchen Personen in der Organisation übergeben werden würden.

Balow machte sich leise und unauffällig von dannen und flog zurück in sein Arbeitszimmer.

Die Londoner Aktionsgruppe organisierte die Einsatzgruppen und die Überwachung der Balfores, sowohl mit Drohnen als auch mit Observierungen. In den Einsatzgruppen war etwa die Hälfte mit Schusswaffen ausgestattet. Ein paar Aktivisten nahmen das Anwesen der Balfores ins Auge und wechselten sich ab mit der Observierung.

Es dauerte nicht lange und der im Gebüsch verborgene Aktivist sah zwei Lieferwagen auf den großen Vorplatz des Anwesens fahren. Jeweils zwei Männer stiegen aus und gingen zum Eingangsportal. Lord und Lady Balfore erschienen mit einigen Bediensteten und redeten kurz mit den Männern. Zwei der Männer öffneten die Schiebetür zum hinteren Bereich des Lieferwagens und der Aktivist beobachtete, wie sie fünf Kinder, zwei Mädchen und drei Jungen im Alter von etwa sieben Jahren heraus geleiteten. Lady Balfore nahm sie in Obhut und führte die Kinder zusammen mit ihren Mitarbeitern in das Anwesen. Die anderen beiden Männer stiegen wieder in ihren Lieferwagen und Balfores Limousine fuhr vor, in die er einstieg. Die drei Fahrzeuge verließen das Anwesen.

Der Aktivist alarmierte sein Unterstützerteam, das mit einem Wagen in der Nähe wartete. Sie starteten ihre Drohne und die war in kurzer Zeit in der Luft. An der Einfahrt zum Anwesen fing sie die drei Autos ab und folgte ihnen. Der leere Lieferwagen bog nach rechts ab, die Limousine und der andere Lieferwagen nahmen die andere Richtung. Sie fuhren eine Weile auf der Landstraße, dann fuhren sie von der Straße auf einen privaten Feldweg. Nach ein paar hundert Metern kamen sie zu einem Zaun mit Stacheldraht und einem Stahltor. Sie hielten an und Balfores Chauffeur öffnete das Tor. Die beiden Autos fuhren hindurch und nach ein paar Kilometern erreichten sie eine Hütte und parkten. Balfore stieg aus, die beiden Männer im Lieferwagen auch und sie öffneten die Seitentür des Lieferwagens. Die Drohne war in einiger Höhe über ihnen und lieferte ein gutes, wenn auch etwas wackliges Bild. Aus dem Lieferwagen stiegen nun fünf Kinder im Alter von sechs bis zehn Jahren, drei Jungen und zwei Mädchen, die alle verängstigt wirkten. Balfore begutachtete die Kinder, fasste eins von ihnen am Kinn an und drehte seinen Kopf hin und her. Er lächelte und sagte etwas und dann wurden die Kinder in die Hütte gebracht.

Das Einsatzteam rief Sebesta an.

„Hallo, wir haben Alarmstufe – sie haben gerade fünf Kinder in eine Hütte gebracht. Was unternehmen wir?"

„Wir warten noch, bis sie tatsächlich ihre abscheuliche Hetzjagd starten."

„Aber vielleicht vergehen sie sich gerade an ihnen!"

„Das glaube ich nicht, wenn wir jetzt eingreifen, können die sich da wahrscheinlich herausreden. Wie lange kann die Drohne in der Luft bleiben?"

„Noch etwa zwei Stunden."

„Dann ziehen sie sie ab und laden sie neu auf. Bleiben sie dran, das ist unsere Gelegenheit. Können Sie in die Nähe der Hütte gelangen?"

„Wir können es versuchen."

„Gute Arbeit – dann melden Sie sich, wenn es etwas Neues gibt. Ich alarmiere inzwischen die Einsatzgruppen. Bis dahin halten sie unbedingt die Situation im Auge!"

„Wir werden uns bemühen", sagte der Aktivist.

Kurz nach Einbruch der Dunkelheit kam es am Anwesen der Balfores zu Aktivitäten. Mehrere Limousinen fuhren vor und der Aktivist in seinem Versteck konnte mittels Fernglas zahlreiche Prominente identifizieren. Da waren ein Chef einer großen amerikanischen IT-Firma, ein Vorstandsmitglied einer britischen Bank, ein hoher Staatssekretär, ein hochrangiger Richter, ein deutscher Prinz sowie einige weitere Prominente. Allerdings fuhr auch bewaffnetes Wachpersonal vor und begann sich aufzuteilen und die Umgebung zu sichern. Der Aktivist rief die Kollegen an:

„Hallo, ich muss mich hier verziehen, die haben Wachmannschaften in Position gebracht, die hier alles absuchen werden."

„Verstanden, also verschwinde da."

„Schöne Scheiße", sagte Sebesta in der Einsatzzentrale, wo auch Reigner, Corbett und einige andere anwesend waren.

„Wenn wir versuchen, in den Landsitz einzudringen, und die Party zu crashen, kommt es wahrscheinlich zu Gewalt und Schusswechseln."

„Ja, die Wachmannschaften haben teilweise Schnellschusswaffen. Das könnte in einem Blutbad enden", sagte Reigner.

„Wir warten bis morgen. Die Aktivisten sollten abgelöst werden und in sicherer Entfernung verbleiben, um zu sehen, wer das Anwesen verlässt. Bei der Hetzjagd morgen gibt es wohl eine bessere Chance:"

„Das kann doch nicht euer Ernst sein", rief Corbett. „wir können doch nicht zusehen, wie sie diese Kinder missbrauchen. Wir müssen die Polizei alarmieren."

„Mr. Corbett, damit würden wir alles aufs Spiel setzen und die bisherige Erfahrung zeigt, dass die Polizei untätig bleiben oder alles vertuschen wird. Wir müssen eine besser Gelegenheit abwarten."

Corbett machte ein saures Gesicht, sagte aber nichts mehr.

Den Abend und die Nacht über gab es keine Änderung der Lage. Im Anwesen der Balfores ging es wohl hoch her und alle Gäste blieben über Nacht. Am nächsten Vormittag tat sich etwas. Die Aktivisten meldeten, dass ein ganzer Konvoi von Fahrzeugen das Anwesen verließ und sie starteten die Drohne, um ihnen zu folgen.

Sebesta, Reigner und Corbett alarmierten die Einsatzgruppen.

„Jetzt wird's ernst. Wir greifen ein."

Die Aktivisten und die anderweitig Beteiligten trafen rasch an den vereinbarten Treffpunkten ein, stiegen in Minibusse und fuhren los. Sebesta und Corbett waren auch in einem der Minibusse und Reigner besetzte die Zentrale mit zwei Technikern, die sich bereits in den Funk der Sicherheitsleute der Prominenten eingehackt hatten.

Der Autokonvoi bog wiederum auf den Feldweg zur Hütte ab. Diesmal blieben einige Wagen der Wachmannschaft am Tor stehen, während die Limousinen und weitere Wagen der Wachmannschaften weiterfuhren. An der Hütte parkten alle und stiegen aus. Sie hatten Hunde dabei, große gefährlich aussehende Dobermann. Die Prominenten waren mit Jagdgewehren ausgestattet.

Zwei Aktivisten waren in das Gelände eingedrungen und hatten sich in einiger Entfernung von der Hütte versteckt. Sie beobachteten nun die Vorgänge durch Ferngläser.

Es dauerte eine Weile, bis die Jagdgemeinschaft bereit war. Zunächst wurden Tische und Stühle aufgestellt und es gab einen kleinen Imbiss und Umtrunk. Dann wurden die Kinder aus der Hütte geholt. Balfore trat vor sie und sagte ihnen ein paar Worte. Dann begannen die Männer die Kinder zu verängstigen und weg zu scheuchen, so dass sie begannen, in Richtung des in der Nähe gelegenen Waldes wegzulaufen. Zwei Hunde scheuchten sie weiter, blieben aber, aufs Beste trainiert, etwas hinter ihnen.

Die Jagdgemeinschaft machte sich nun bereit.

Inzwischen waren die Einsatzgruppen in der Nähe des Geländes eingetroffen. Ein Team war in eine kleine Ortschaft am entgegen gesetzten Ende des Gebiets gefahren, zwei Gruppen parkten in der Nähe des Feldweges, einer westlich, einer östlich und die jeweils etwa zehn Mann stiegen aus und berieten sich kurz. Dann machten sie sich durch das Gebüsch auf den Weg zum Tor, um dort die Wachmannschaften zu stellen.

Das Gelände war ebenerdig, mit einigen Bäumen, aber bestand hauptsächlich aus Gestrüpp und Brombeerranken.

Als sie in die Nähe des Zaunes und des Tores gelangt waren, gingen sie in Deckung und nahmen Kontakt zur anderen Gruppe auf. Nach einer Weile schickten die beiden Gruppen dann jeweils drei Mann in Richtung Tor. Aus beiden Richtungen pirschten sich nun die Männer an die Wachmannschaft am Tor heran. Sebesta war einer von ihnen und war schließlich etwa dreißig Meter vom Tor entfernt und spähte hinter einem Busch auf die Wachmannschaft, die aus vier Leuten bestand, zwei davon trugen Maschinenpistolen. Sie waren entspannt, scherzten untereinander und beobachteten hauptsächlich den Feldweg.

Sebesta sprach in sein Funkgerät: „O.k., wir nehmen sie jetzt hoch."

Er und seine beiden Mitstreiter pirschten weiter heran, die anderen drei auf der anderen Seite ebenfalls. Die Wachleute bemerkten nichts. Zwei Wachmänner standen direkt am Tor und jeweils einer etwa zehn Meter auf der Seite. Sebesta beobachtete seinen Mann, der drehte sich zu den Leuten am Tor und in dem Moment sprang Sebesta hoch und schlug ihn mit einem gezielten Schlag nieder. Auch der Wachmann auf der anderen Seite wurde angegangen. Dieser lieferte sich jedoch einen kurzen Kampf mit dem Angreifer, schlug ihn zu Boden und ein zweiter Aktivist musste eingreifen und dem Wachmann von hinten einen gezielten Schlag in den Nacken geben, der diesen niederstreckte. Die drei anderen Aktivisten richteten ihre Waffen auf die beiden Wachleute am Tor und riefen: „Waffen weg, Hände hoch!"

„Der eine Wachmann rief zurück: „Lassen Sie das, wir sind vom Geheimdienst!"

Aber er blieb an Ort und Stelle und nahm auch seine Maschinenpistole nicht hoch.

„Ja, wir wissen, dass Ihr Kriminelle seid, Waffen runter!"

„Das wird Euch noch leidtun", entgegnete der Wachmann, aber beide legten ihre Waffen nieder und hoben die Hände.

Sie wurden gefesselt und der Rest der Gruppen kam zum Tor. Vier Mann blieben am Tor und bewachten die Wachleute, die gefesselt am Boden saßen. Sie übernahmen die Funkgeräte und bekamen von den Technikern bei Reigner Anweisungen, wie sie auf Funkanfragen reagieren mussten.

Die Aktivisten nahmen die Waffen und die Munition der Wachmannschaft an sich. Paul Thompson, einer von ihnen, der als Kind von den Balfores missbraucht worden war, begutachtete die Maschinenpistole und sagte: „So 'was wollte ich schon immer mal in der Hand haben..."

„Mach keinen Unsinn, Junge", sagte einer der älteren Aktivisten.

Sie öffneten das Tor und bewegten sich in Richtung der Hütte. Hier war das Gelände hauptsächlich mit hohem Gras bewachsen, es gab ein paar vereinzelte Bäume und ein paar Inseln mit dichtem Gestrüpp. Es war ebenerdig, es gab aber kleine Anhöhen, die meist bewaldet waren. Als sie sich der Hütte auf etwa dreihundert Meter genähert hatten, inspizierten sie verdeckt die Lage. Die Jagdgemeinschaft war aufgebrochen, es waren nur noch einige Bedienstete, die zwei Männer, die die Kinder gebracht hatten und zwei Wachmänner an der Hütte. Sie teilten sich erneut auf und pirschten sich aus drei Richtungen an. Eine Gruppe schlich durch den beachtlichen Fuhrpark, der aus Limousinen und Lieferwagen bestand. Als die Gruppen in etwa dreißig Meter Entfernung waren, verließen sie die Deckung, nahmen die Waffen hoch und liefen auf die Hütte zu. Einer der Wachmänner richtete seine Maschinenpistole auf eine Gruppe, der andere hob gleich die Hände.

„Wenn Sie schießen, sind Sie tot“, rief Sebesta und der Wachmann nahm die Waffe runter. Die Bediensteten und die beiden Lieferanten der Kinder hoben ebenfalls die Hände und blieben wie angewurzelt stehen.

Sebesta und die Aktivisten nahmen den Wachmännern die Waffen ab und fesselten sie und die übrigen und sperrten sie in die Hütte und zwei Mann blieben bei ihnen. Der Rest machte sich auf, die Jagdgemeinschaft und die Kinder zu finden. Auf dem Fuhrpark standen drei Jeeps. Sie besorgten sich die Schlüssel und fuhren los auf dem Feldweg, der noch weiter ins Gebiet hinein führte. Die dritte Gruppe auf der entgegengesetzten Seite war inzwischen weit in das abgezäunte Gebiet vorgestoßen und die beiden Aktivisten, die schon vorher im Gelände gewesen waren, waren der Jagdgemeinschaft und den Kindern gefolgt und gaben per Funk Ortsangaben. Außerdem filmten sie fleißig, was da vor sich ging.

Sie hatten mitverfolgt, wie die Hunde die Kinder vor sich hertrieben. Die stolperten allerdings oft und bewegten sich nur langsam. Als die Jagdgemeinschaft aufbrach, waren sie nicht mehr als zwei Meilen entfernt. Schließlich holten die ehrenwerten Herrschaften von Prominenz die Kinder soweit ein, dass sie sie sehen konnten. Sie begannen auf sie zu schießen. Zwei Kinder brachen in völliger Panik zusammen, wurden von den anderen wieder hochgezogen und dann rannten sie in verschiedene Richtungen. Ein Kind wurde getroffen und fiel zu Boden.

Der Konzernchef sagte: „Das ist meine Beute!“

Balfore entgegnete: „Nur zu, holen sie sich ihre Trophäe!“

Der Konzernchef machte sich auf dem Weg zu dem verletzten Kind, während die anderen Prominenten dem Rest der Kinder folgten. Die Hunde hatten nun die Taktik gewechselt und stellten sich den Kindern in den Weg. Diese wussten nun nicht mehr, wohin sie fliehen sollten in ihrem ohnehin schon panischen Zustand. Zwei Kinder begannen zur Seite weg zu rennen, die anderen beiden blieben völlig verängstigt stehen.

Die Jagdgemeinschaft teilte sich. Balfore und der Banker nahmen die Verfolgung der beiden flüchtenden Jungen auf, die anderen gingen zu den beiden verängstigten Mädchen.

Der eine beobachtende Aktivist sagte zum anderen: „Ich versuche, das verletzte Kind zu retten. Du bleibst hier und beobachtest weiter, ok?"

Er rannte los und war bald in der Nähe. Er sah, wie der Konzernchef vor dem Kind stand und sich bereit machte, es zu missbrauchen. Er war blutbesudelt, denn das Kind blutete stark aus einer Schulterwunde und wimmerte. Der Aktivist pirschte sich heran und als der Konzernchef seine Hose herunter ließ, sprang er vor und schlug ihn mit einem schweren Stock nieder und schlug noch mehrere Male auf ihn ein: „Du erbärmliches Wesen, du kannst Dich nicht mal mehr Mensch nennen, Du Abschaum", sagte er ihm, bevor er von ihm abließ, ihn fesselte und sich um das Kind kümmerte.

Die anderen hohen Herrschaften waren inzwischen bei den verängstigten Mädchen angekommen und machten sich bereit, sie weiterer „Behandlung" zu unterziehen. Die Aktivistengruppe, die sich aus der entgegengesetzten Richtung genähert hatte, verließ nun ihre Deckung und einer schrie:

„Waffen runter, Hände hoch, fassen Sie diese Kinder nicht an!"

Die Prominenten guckten verdutzt und erschrocken auf. Einer nahm die Waffe hoch, da traf ihn ein Schuss eines Aktivisten am Arm und er ging zu Boden. Die anderen Prominenten nahmen die Hände hoch. Das Team nahm diesen Teil der Jagdgemeinschaft gefangen.

Balfore und der Banker waren inzwischen den beiden Jungen dicht auf den Fersen und stellten sie schließlich. Ein Junge ergab sich und der Banker befahl ihm, sich auszuziehen und hinzulegen. Balfore rannte hinter dem anderen her und erwischte ihm am Bein, so dass er zu Boden ging. Balfore schlug ihn und zog ihm die Hose herunter.

Sebesta und die Teams in den Jeeps waren inzwischen in der Nähe eingetroffen. Einige Wachleute hatten sie gesehen und eröffneten das Feuer auf sie. Ein Aktivist bekam einen Bauchschuss ab und zwei weitere brachten ihn zurück zu den Jeeps. Sebesta und die Gruppe verschanzten sich im Gelände und erwiderten das Feuer. Schließlich wichen die Wachleute zurück und über Funk erfuhren sie, wo Balfore und der Banker ungefähr sein mussten. Sie rannten los.

Paul Thompson und zwei andere Aktivisten fanden den Banker, der sich gerade an dem Jungen verging. Sie zerrten ihn von dem Kind weg, das wimmerte.

„Tut mir nichts, ich hab nichts Böses getan", flehte nun der Banker sie an. Zwei Aktivisten hielten ihn. Thompson stand zwei Meter weg und hob seine Maschinenpistole.

„Du Stück Scheiße", sagte er und verpasste dem Banker eine Salve in den Oberkörper. Der sackte zusammen und die beiden anderen Aktivisten ließen ihn los und schrien: „Bist Du irre! Was sollte das denn? Du hättest uns treffen können!"

Sebesta und drei weitere Männer drangen zu Balfore vor. Aber es war zu spät. Dieser hatte sein Messer gezückt, dem Jungen die Genitalien abgeschnitten und hielt sie nun in Siegerpose hoch in die Luft. Der Junge blutete stark und stöhnte und wimmerte. Als Balfores die Aktivisten bemerkte schrie er: „Ihr seid verdammt, bei Baphomet!"

Er blieb in der Siegerpose.

Sebesta richtete seine Waffe auf Balfore und sagte: „Viel Vergnügen in der Hölle“, und schoss ihm mit einem gezielten Schuss mitten in die Stirn.

Die beiden anderen Aktivisten kümmerten sich um den Jungen, der nur stöhnte und sagte: „Bitte, bringt mich um!“

Sie versuchten die Blutung zu stoppen.

Inzwischen hatten die verbliebenen Sicherheitsleute Verstärkung gerufen und in der Ferne konnte man Sirenen hören. Reigner in der Einsatzzentrale funkte: „O.K., Thompson muss fliehen, alle die sonst noch die Auseinandersetzung mit den Behörden scheuen, ebenfalls. Wir haben eine Menge eindeutiges Filmmaterial, aber sicher sein können wir uns nicht. Auch Sebesta sollte sich vielleicht dem Zugriff entziehen.“

Thompson und einige andere machten sich in Richtung Süden auf den Weg aus dem Gelände. Sebesta blieb vor Ort – er würde auf Notwehr plädieren. Die Gruppen mit ihren Gefangenen und den Kindern gingen zur Hütte. Dann trafen die Polizei und weitere Geheimdienstleute ein und setzten erstmal alle fest. Sanitäter trafen auch ein und kümmerten sich um die Verletzten. Der Junge, dem Balfore die Genitalien abgeschnitten hatte, verblutete allerdings.

AUM

Zunächst versuchten die Behörden, alles zu vertuschen. Alle Aktivisten und Sebesta wurden in Handschellen abgeführt und inhaftiert. Die Prominenten wurden verhört und dann freigelassen. Ebenso die Wachmannschaften. Lediglich die beiden Kinderlieferanten blieben in Haft. Dann begannen die Verhöre. Corbett wurde nach intensiver Vernehmung aufgrund seiner Immunität freigelassen. Sebesta und die

Aktivisten, die bei Balfore gewesen waren, sagten allesamt aus, dass Balfore die Waffe auf sie gerichtet hätte und Sebesta dann geschossen hätte. Balfores Leiche wurde sichergestellt. Sie war blutverschmiert, von seinem eigenen und dem Blut des Jungen und seine verkrampfte Hand hielt immer noch die Genitalien des Jungen. Sein Gewehr lag neben ihm.

Corbett begab sich sofort zu Reigner und sie begannen, die Filmaufnahmen und Artikel zu veröffentlichen und an die Presse zu schicken. Der Tod Balfores und des Bankers waren überall die wichtigste Nachricht in den Medien. Zunächst war der Tenor, dass eine durchgeknallte Aktivistengruppe die Prominenten kaltblütig ermordet habe. Aber nach und nach kamen die Hintergründe der Tode und der Aktivitäten Balfores ans Licht und auch die großen Medien kamen nicht mehr daran vorbei. Insbesondere ging ein Bild vom blutverschmierten Balfore in Siegerpose mit den Genitalien in der Hand um die Welt. Es gab einen riesigen Skandal und die restlichen zunächst freigelassenen Prominenten wurden verhaftet. Zähneknirschend ließ man die Aktivisten und Sebesta nach einer Woche Knast frei. Lediglich Thompson wurde nun per Haftbefehl gesucht.

AUM

Im Zuge ihres Besuchs in der Schweiz hatten die Schwartzschilds inzwischen bei einer Ihrer wichtigsten Banken, der Bank für Internationalen Zahlungsausgleich, nach dem Rechten gesehen. Diese Privatbank war die Zentralbank der Zentralbanken, in privater Hand, durfte von niemandem reguliert werden, war niemandem Rechenschaft schuldig, operierte vorzugsweise verdeckt und ihre Mitarbeiter genossen weitgehende Immunität vor der Strafverfolgung. Niemand wusste genau, was diese Bank alles so trieb.

Die BIZ war ein mächtiges Instrument zur Kontrolle der Zentralbanken und damit der globalen Finanzen. Zusammen mit Internationalem Währungsfond und der Weltbank wurden Politik und Wirtschaft von hier aus subtil dirigiert.

Es gab ein Meeting mit den Direktoren und Rafael de Schwartzschild gab einige Anweisungen.

„Meine verehrten Herren spekulieren Sie bitte weiter gegen die südeuropäischen Staaten, damit diese keine Luft zum Atmen bekommen. Halten Sie die Aktienmärkte auf der Welt in den nächsten zwei Wochen stabil mit leichtem Aufwärtstrend.

„Was zurzeit wichtig ist, ist die verdammten Familienbetriebe in der Landwirtschaft auszutilgen. Das geht noch viel zu langsam vor sich. Treiben Sie also bitte die Milch- und Fleischpreise in den Keller. Wir werden die europäischen Kulturlandschaften in Wüsten verwandeln. Wir können zwar nur indirekt vorgehen, aber weisen Sie unsere Leute bei der EZB, den großen Banken, der EU und den Nationalregierungen entsprechend an.

„Halten Sie außerdem den Ölpreis weiterhin niedrig. Das ist zurzeit das beste Mittel, um Russland, den Iran und Venezuela unter Druck zu halten.

„Um die südamerikanischen Staaten zu ärgern, sollte außerdem der Preis für Soja fallen und die Preise für Getreide steigen. Die werden noch sehen, was sie davon haben, zu versuchen, aus unserem globalen System auszusteigen.

„Außerdem wirkt der hohe Getreidepreis destabilisierend auf die arabischen und afrikanischen Staaten.

„So das wäre es für's Erste“, sagte Schwartzschild zufrieden.

„Wird gemacht, Sir“, entgegnete der Direktor des BIZ und verneigte sich vor dem Fürsten der internationalen Finanz.

Am nächsten Tag ging es von Basel nach Genf zum

CERN-Komplex, in dem sich der große Teilchenbeschleunigerring befand.

Im CERN wurden sie von den hochrangigsten Wissenschaftlern und den Direktoren und der Leiterin der Einrichtung begrüßt. Sie wurden in einen noblen Verhandlungssaal geführt und das Meeting begann.

Die Leiterin des CERN begrüßte die Teilnehmer und eröffnete das Meeting.

„Wir arbeiten hart an allen unseren Projekten und haben gute Fortschritte erzielt. Es bleibt aber noch einiges zu tun. Insbesondere die Schaffung eines schwarzen Lochs ist noch nicht durchführbar. Wir könnten zwar eines kreieren, aber wir wissen noch nicht, wie wir es kontrollieren können. Da müssen noch einige Tests und Berechnungen klarere Ergebnisse liefern, bevor wir so weit sind."

„Bei der Öffnung eines Portals für unsere Herren machen wir gute Fortschritte. In den ersten Experimenten ist es uns gelungen, Antimaterie zu erzeugen und dementsprechend eine Öffnung zu generieren und einige der Mächtigen – ich will sie jetzt nicht beim Namen nennen – haben sich kurz materialisiert. Aber noch ist das Portal nur für eine sehr kurze Zeit offen und etwas instabil und wenn es sich schließt, zieht es unsere Meister wieder in die andere Dimension."

„Leider mussten wir drei Wissenschaftler entlassen, die unbequeme Fragen stellten. Einer starb an Herzinfarkt, zwei bei Unfällen. Ich gebe das Wort jetzt an den Leiter des Projekts Zeitsprünge. Danach kommen wir zum Geoengineering."

„Das Projekt Zeitsprünge macht auch gute Fortschritte. Es gelingt uns, einzelne Moleküle in der Zeit vor und zurück zu senden. Wir arbeiten daran, größere Objekte durch die Zeit zu senden. Wir haben erste Erfolge in der Manipulation von Informationen gemacht. In den letzten Wochen ist es uns gelungen, den Namen der US-Serie „Sex in the City“ in „Sex and the City“ umzubenennen.“

„Sehr gut“, sagte die Schwartzschild, „das macht gar keinen Sinn mehr.“

„Auch konnten wir das Mitglied der Rockband The Who von Townsend in Townshend umbenennen.“

„Und wie spricht man das jetzt aus?“

Der Leiter ignorierte die Frage und fuhr fort: Weiterhin haben wir in der englischen Version von Schneewittchen den Satz „Mirror, mirror on the wall“ in „Magic mirror on the wall“ umstellen können.

„In spätestens drei Jahren, schätze ich, können wir größere Änderungen am Geschichtsverlauf vornehmen und dann später auch Menschen durch die Zeit schicken.“

Die Runde applaudierte, und das Geo-Engineering-Projekt erhielt das Wort.

„CERN ist eine äußerst wirkungsvolle Einrichtung, um zusammen mit der Sendeanlage HAARP, mit Chemtrails, mit Fracking und mit den Windenergieanlagen die Atmosphäre zu ionisieren und die Erde in unserem Sinn umzugestalten.“

Wie Sie wissen, haben die Chemtrails den Zweck, die Atmosphäre leitfähig zu machen, außerdem vergiften sie die Umwelt und schützen vor der veränderten Strahlung von der Sonne und von der Galaxis. Zugleich nehmen damit die Umwelt und alle Lebewesen Nanopartikel auf. Da sie über Hochfrequenzstrahlung gesteuert werden können, z.B. über Handymasten, nennen wie sie gerne Nanobots. Sind diese in den Organismen erstmal ausreichend angereichert, können wir damit Pflanzenwachstum steuern, und beim Menschen und Tieren Krankheiten, Depression, aber auch Hochgefühle verursachen.

Fracking bewirkt, dass in den betroffenen Gebieten die

Erde nicht mehr die Ionisierung ausgleichen kann, außerdem wird das Magnetfeld geschwächt. Die Windenergieanlagen produzieren eine erhebliche Ionisation der Luft über ihnen. Insgesamt sind wir auf einem guten Weg, das Klima und die Atmosphäre der Erde umzugestalten und ihre Lebewesen steuerbar zu machen.

Nebenbei bemerkt, macht die Klimaerwärmung auch gute Fortschritte.

Wenn die Teilchenbeschleunigeranlage voll hochgefahren ist, kommt es zu einer starken Beeinflussung des Magnetfelds der Erde. Wir arbeiten daran, diesen Effekt zu steuern und seine Auswirkungen zu berechnen. Momentan können wir überall auf der Erde Erdbeben und Stürme auslösen. Über der Anlage kommt es zu Wetterphänomenen, für die wir momentan noch eine Steuerung brauchen. Wir sind also mitten bei der Arbeit.

Dagegen haben wir in Zusammenarbeit mit HAARP das Wetter weitgehend unter Kontrolle. Die nächste Woche wird es in Europa Hochdruckwetter geben, danach wird es etwas kälter und es gibt Regen für zwei Tage und dann bleibt es eine Woche trüb.

Die Runde applaudierte wiederum, es gab noch einige Diskussionen und Fragen, dann endete das Meeting.

AUM

Die Schwartzschilds fuhren in ihr Hotel zurück, wo sie die Nachricht von Balfores und des Bankers Tod erreichte. Sie machten sich sofort auf den Weg zurück nach England, um die Krise zu managen.

Es gab ein Meeting mit dem Premierminister, dem Innenminister, dem Polizei- und dem Geheimdienstchef sowie weiterer Amtsinhaber.

Der Innenminister stellte fest: „Den Konzernchef und Lady Balfore können wir nicht retten – die anderen müssen wir aus der Schusslinie nehmen, der Staatssekretär und der Richter müssen zurück treten und der Prinz soll nach Deutschland verschwinden und alle drei sollen das Maul halten, sonst müssen wir doch einschreiten."

Rachel de Schwartzschild sagte: „Ja, Lady Balfore und den Konzernchef werde ich gleich kontaktieren. Am wichtigsten zurzeit ist die Kontrolle über den Nachrichtenfluss. Wir müssen diese Aktivistengruppe diskreditieren und die Verbreitung ihrer Medien unterbinden."

Der Geheimdienstchef sagte: „Wir sind bereits daran, die Filme und Artikel im Internet zu sperren und gegen die Website der Aktivisten vorzugehen. Diese Website wird in ein paar Stunden offline sein."

Rafael de Schwartzschild sagte: „Gut, wir spielen die Geschichte herunter und geben den Balfores und dem Banker den schwarzen Peter, unterdrücken aber so viele Details wie möglich. Mit den beiden Kinderlieferanten sollten ebenfalls etwas unternommen werden."

Der Polizeichef meldete sich zu Wort: „Das übernehmen wir. Wir werden sie in solche Panik versetzen, dass sie das Maul halten. Außerdem werden wir ihnen die Hauptschuld zuweisen."

Der Geheimdienstchef sagte: „Wir brauchen ein Ablenkungsmanöver – wie wär's mit einem Terroranschlag oder einem großen Erdbeben?"

Rafael de Schwartzschild sagte: „Das ist eine gute Idee, arbeiten Sie etwas aus. Ich war gerade in Genf und wir könnten einen Vulkan aktivieren."

„In Island gibt's doch welche – dann hätten wir eine riesige Lavawolke, der Flugverkehr in Europa würde weitgehend eingestellt werden müssen und die Medien wären abgelenkt.“

Schwartzschild sagte: „Gut, das machen wir. Ich gebe den Amerikanern für ihr HAARP und den Leuten bei CERN einen Auftrag.“

Der Premierminister sagte: „Es wird zwar etwas ungemütlich werden, aber mit diesen Maßnahmen werden wir diese Krise in den Griff bekommen.“

Am nächsten Tag fand man die Leiche von Lady Balfore in ihrem Arbeitszimmer. Es sah nach Selbstmord aus, der leer getrunkene Becher mit Resten des Giftes stand neben ihr und sie hatte einen Abschiedsbrief verfasst, in dem lediglich stand: „Verzeiht mir!“

Der Konzernchef starb noch in derselben Nacht an einem Herzinfarkt, nachdem er sich geweigert hatte, selbst seinem Leben ein Ende zu bereiten.

Rachel de Schwartzschild rief den NSA-Direktor an, wutschnaubend:

„Ich will, dass diese Leute umgebracht werden, insbesondere diesen Sebesta, der meinen Adjutanten umgebracht hat!“

„Madam, ist das nicht zu auffällig?“, fragte der Direktor zurück.

„Wollen Sie etwa mit mir diskutieren? Tun Sie, was ich sage, sonst nehme ich mir Sie vor!“

„Madam, natürlich stehe ich und mein Unternehmen Ihnen zu Diensten.“

Die Strahlenwaffenabteilung der NSA bekam die Liste der Personen, die durch Herzinfarkte sterben sollten und die, denen man eine schwere Krebserkrankung verpassen sollte.

Als erstes nahmen sie sich Sebesta vor und konnten ihn

schnell in seinem Hotel orten.

„O.K:, starten Sie die Aktion“, befahl der Leiter, ein Oberst in Armeeuniform, dem Mitarbeiter.

Der drückte auf die Taste und die Bestrahlung begann hochzufahren.

Bardon war gerade in einem Restaurant, als er die Eingebung hatte, dass Sebesta angegriffen wurde.

Er zog sich schnell in die Waschräume zurück und konzentrierte sich. Die Schutzhülle, die er um Sebesta und die anderen erzeugt hatte, wehrte die ersten schadhaften Impulse ab. Er ging in sich, um herauszufinden, woher der Angriff kam und hatte das klare Bild von Rachel de Schwartzschild, dem NSA-Direktor und dem Leiter der Strahlenwaffenabteilung vor sich. Da karmisch der Leiter verantwortlich war, visualisierte er sein Bild und dann nahm er psychischen Kontakt zu Sebesta auf und lud die Schutzhülle mit dem bioenergetischen Profil des Leiters der Strahlenwaffenabteilung auf.

Die Computer in der NSA-Zentrale begannen zu rödeln – automatisch hatten Sie das Profil des Ziels anhand seiner momentanen Schwingungen modifiziert und hatten nun ein zweites Ziel gefunden – etwas, das nicht in der Programmierung vorgesehen war. Das System bestrahlte Sebesta weiterhin, aber die Pulse prallten von ihm ab, weil die Strahlung keine Resonanz mit seinem bioenenergetischen Feld aufbauen konnte. Automatisch begann das System nun auch die zweite Quelle des Profils zu bestrahlen, den Oberst, der die Strahlenwaffenabteilung leitete, mitten in der Einsatzzentrale der NSA. Die Strahlung begann mit den Computern rückzukoppeln und diese begannen heiß zu laufen und es gab zahlreiche Systemfehlermeldungen.

„Sir, wir haben hier ein Problem“, sagte ein Systemtechniker.

In dem Augenblick trafen den Leiter die Impulse voll und er brach mit einem Herzinfarkt zusammen. Dann brannten nach und nach die Motherboards und die Prozessoren des ganzen Systems durch und in der Abteilung fiel der Strom aus. Außerdem waren düstere Schatten unterwegs. Notbeleuchtung ging an und einer der Mitarbeiter lief zu seinem Chef, der mit einem vor Grauen verzerrtem Gesicht tot vornüber gebeugt auf seinem Stuhl saß.

AUM

Nach den Vorfällen auf dem Gelände der Balfores und nach seiner langen Vernehmung, in der er alle Schuld von sich wies, reiste der Prinz von Oberstaufen-Papstburg-Niedersachsen zurück nach Deutschland in seine Residenz. Er machte sich sofort daran, sein deutsches Kinderschänder-Netzwerk zu tarnen und vorübergehend zu deaktivieren.

Der Vulkan mit dem unaussprechlichen Namen in Island brach aus und der Flugverkehr in ganz Nordeuropa wurde vorübergehend eingestellt. Die Affäre um die Balfores verschwand aus den Schlagzeilen. Gegen die noch lebenden Teilnehmer der Jagdgemeinschaft wurde keine Anklage erhoben, da die Beweise der Staatsanwaltschaft dem Richter zu dürftig erschienen. Lediglich gegen die beiden Kinderlieferanten wurde ein Prozess eröffnet. Aber diese schwiegen beharrlich und jedes Mal, wenn ein Zeuge auf die Verwicklung weiterer Prominenter oder das weitverzweigte Netzwerk der Kinderschänder hinwies, wurde er diskreditiert oder starb bei einem unglücklichen Unfall. Gegen Sebesta wurde keine Klage erhoben und auch nicht gegen die anderen Aktivisten. Thompson blieb untergetaucht.

Aber die Angelegenheit hatte hohe Wellen geschlagen und

jeder, der sich eingehender damit beschäftigte, sah, dass hier eine Vertuschung stattgefunden hatte und weite Kreise der sogenannten Eliten an der Sache beteiligt waren.

Barbara Reigners Menschenrechtsgruppe ließ nicht locker und gründete die Aktion „Gerechtigkeit für die Opfer von Kindesschändung durch die Eliten“, kurz „Wir verlangen Gerechtigkeit!“, die immer mehr Unterstützung fand.

Sebesta reiste zurück nach Frankfurt und begann mit Ermittlungen zu den Aktivitäten des Prinzen von Oberstaufen-Papstburg-Niedersachsen. Auch einige der englischen Aktivisten begleiteten ihn, um auch in Deutschland eine Aktion durchzuführen und sie fanden schnell deutsche Betroffene und Aktivisten, die mitmachen wollten.

Der Prinz hatte weitreichende Kontakte zu den deutschen Eliten, zum Hochadel, zu den Superreichen, zur Politik und zu berühmten Schauspielern und anderen Stars.

Die Gruppe um Sebesta organisierte sich, fand Räumlichkeiten und organisierte Ausrüstung und begann wie gehabt mit der Observierung des Prinzen. Schon bald erfuhren sie von zwei Kindergefängnissen und der Identität der aktivsten Mitglieder dieser deutschen Kinderschändergruppe.

Diesmal warteten sie nicht, bis es eine „Party“ gab, sondern nahmen die Kindergefängnisse hoch, befreiten die Kinder und überstellten die Aufpasser an die Behörden. Nun gab es auch in Deutschland einen Skandal, denn sowohl die Kinder sagten aus, als auch deren Aufpasser, außerdem lieferte die Gruppe um Sebesta den Behörden und den Medien Informationen zu den wahren Drahtziehern und Tätern. Es gab einen riesigen Skandal, und die Behörden hatten alle Mühe, das Ganze unter den Teppich zu kehren. Unter dem sprichwörtlichen Teppich war ein Berg entstanden.

Schließlich mussten die Behörden sich dem Druck der Öffentlichkeit beugen und der Prinz und einige andere wurden geopfert und angeklagt. Außerdem kam nach und nach das Ausmaß dieser Aktivitäten ans Licht. Überall in Europa wurden Kindergefängnisse entdeckt und Kinderhändler verhaftet. Teils machten diese keine Aussage, teils belasteten sie weitere Mitglieder des Establishments und es gab einen europaweiten Skandal. Ein Kinder- und Menschenhändlerring wurde komplett zerschlagen, es gab viele Verhaftungen und an seiner Spitze waren die russische Mafia und ein ukrainisch-jüdischer Oligarch. Dieser hatte den europäischen „Markt" mit Babys, Kindern und jungen Frauen und Männern versorgt. Er floh nach Israel und das Land weigerte sich, den Mann auszuliefern.

Der Prinz begann Selbstmord und die anderen Angeklagten in Deutschland, ein Politiker, ein Banker, zwei weitere Mitglieder des Hochadels wurden zu langjährigen Haftstrafen verurteilt.

Die Affäre hatte das Vertrauen der Bevölkerung in die Eliten erschüttert und schwelte weiter – sie wurde als Balfore-Papstburg-Skandal bekannt.

Prolog
Dritter Teil

Im Zuge der Zusammenarbeit mit Strohms Gruppe beschäftigte sich Balow eingehend mit den Grundlagen des Geldsystems. Ihm gingen die Augen auf. Er fand einen Artikel, der es gut zusammenfasste:

„Das heutige Geldsystem ist reine Abzocke. Man muss es deutlich sagen, es ist ein Betrugsmodell und kein noch so seriöser und adretter Banker kann am Ende darüber hinweg täuschen.“

Irgendwann entstand die Idee, dass man anstatt schwere Gold- und Silbermünzen herumzutragen, auch einen Schein ausstellen könnte, der an möglichst vielen Orten wieder gegen die Münzen einzutauschen wäre. Damit war das Papiergeld aus Schuldscheinen geschaffen. Schnell merkten die Banker, dass wenige ihre Gold und Silbermünzen beanspruchten, so kamen sie auf die Idee, mehr Scheine auszugeben, als sie Münzen hatten. Die Geldschöpfung aus dem Nichts war erfunden!

„Alles, was es braucht, ist das Vertrauen in diese Scheine – und darauf muss eine Bank sehr achten.“

„Heute brauchen die Banken nicht mal mehr Scheine auszustellen, sie geben einfach Zahlen in ihren Computer ein und siehe da – Geld ist entstanden. Das nennt man Giralgeldschöpfung.“

„Bald bemerkten die Banker, dass es sehr vorteilhaft und mit weniger Risiko behaftet war, Kredite an Fürsten und Könige zu vergeben. Denn die Bürger der Fürstentümer und Königreiche zahlen Steuern und bürgten so für die Darlehen, so dass es nur ein minimales Risiko gibt.

Wahrscheinlich deshalb nennt man uns auch Bürger – wir bürgen für das aus dem Nichts erschaffene Geld der Banker."

„Die Geschäfte mit Fürsten und Königen hatten noch einen anderen Effekt: Man konnte Einfluss auf sie nehmen, insbesondere wenn sie bei dem Geldadel Schulden hatten und man stieg außerdem zur selben Größe wie sie selbst auf und wurde in ihre Gesellschaft eingeführt. So entstand die Allianz zwischen Hochadel, Königshäusern und dem Geldadel, die bis heute andauert. Das Verheiraten von Mitgliedern dieser Gruppen besiegelte die Allianz."

„Die Banker versuchten natürlich, möglichst hohe Gebühren für ihre Bemühungen einzustreichen, hatten aber wegen des Zinsverbotes noch einige Hemmnisse zu überwinden. Auch blieb das Recht auf Münzprägung den Fürsten und Königen vorbehalten. Da gab es also eine weitere Herausforderung."

„Mittels Tricks, Betrug, Kriegen und Einflussnahme schafften es gewisse Banker dann nach und nach die Zentralbanken der Nationalstaaten zu übernehmen. Heute druckt die Bundesbank oder die EZB zwar das Geld, aber das Bargeld ist nur ein kleiner Bruchteil des jedes Jahr geschöpften Geldes. Es wird den Privatbanken zur Verfügung gestellt, die es sich für den Zentralbankzinssatz ausleihen können. Die Privatbanken bestimmen, wie viel Bargeld sie brauchen und damit, wie viel Bargeld in Umlauf kommt. Der Staat darf nicht direkt Geld von der Zentralbank anfordern. Er muss, wenn er Geld benötigt, Kredite bei den Privatbanken aufnehmen. In den USA ist es sogar so, dass auch das Bargeld nicht dem Staat gehört, sondern gegen Schuldscheine von den Privatbanken gekauft wird. Nur das Münzrecht ist den Staaten verblieben. Vielleicht sollte man mal 2-Billionen-Euro Münzen prägen und ein paar Schulden bezahlen."

„Die Geldschöpfung geschieht heute über die Kreditvergabe der Privatbanken, nur zum kleinsten Teil über das Drucken von Bargeld. Sie schöpfen Geld, indem sie Kredite aus dem Nichts erzeugen. Nur ein Bruchteil (zehn Prozent) der Kreditsummen muss als Deckung in der Bank tatsächlich vorhanden sein. Und was sind Kredite: Sie sind Schulden. Das nennt man das Schuldgeldsystem. Jeder Cent, der erzeugt wird, wird von einem Schuldner der Bank geschuldet. Die Staaten haben somit die Kontrolle über das Geld an die Privatbanken abgegeben und die enormen Staatsverschuldungen sind direkte Folge davon."

„Damit bestimmen die Privatbanken auch die Geldmenge. Wollen die Banker eine Nation strafen oder in die Krise bringen, gewähren sie zunächst jede Menge Kredite und erhöhen somit die Geldmenge. Dann verknappen sie das Kreditangebot und fordern ihre Zinsen ein, so dass eine Geldknappheit entsteht und die Wirtschaft in eine Krise abrutscht. Dabei werden dann die realen Sachwerte den Banken überschrieben. Gerne lässt man auch unabhängige Bankhäuser pleitegehen, um sie dann übernehmen zu können und die Macht weiter zu konzentrieren. So plündern die Bankiers die Volkswirtschaften aus und profitieren auch von den Wirtschaftskrisen."

„Ein weiteres heikles Detail des Geldsystems ist, dass zwar das Geld und damit die Schulden aus dem Nichts geschöpft werden, aber die Zinsen, die auf diese Schulden anfallen, nicht miterzeugt werden. Daher gibt es eine ständige Knappheit des Geldes – in der Volkswirtschaftslehre wird deshalb auch damit begonnen, dass es in der Wirtschaft um knappe Ressourcen geht – in der Natur finden wir dagegen nur zuweilen Knappheit, aber vor allem auch Überfluss und Reichtum."

„Diese Knappheit begründet auch den Wachstumszwang. Denn die Menschen müssen, bevor sie selbst etwas von ihren Leistungen haben, erstmal das zusätzliche Geld für die Zinsen aufbringen. Deshalb gibt es einen ständigen Fluss des Geldes hin zu den Bankiers und den Reichen."

„Jeder, der etwas über das Geld der Sparer oder der Steuerzahler erzählt, sollte wissen, dass das allermeiste Geld nicht aus diesen Quellen stammt, wohl aber, dass der Bürger für das aus dem Nichts erzeugte Geld haftet, für die Erbringung der Zinsen schuften muss und – um es klar zu formulieren – somit versklavt wird."

Soweit der Artikel. Balow recherchierte weiter, insbesondere hatte Strohm ihm Hinweise gegeben, welche Banken die Schwartzschilds indirekt über ein Geflecht aus Holdings und Investmentfirmen kontrollieren.

In den letzten Jahren hatte besonders eine ihrer Banken von sich reden gemacht, die direkt ihre Interessen gegenüber den Märkten und den Staaten vertrat: Goldsax. Diese Bank war aufgebaut wie ein Mönchsorden, mit eigener Philosophie, eigenen Ritualen und glich einer verschworenen Gemeinschaft. Nach und nach waren die Agenten und Mitarbeiter dieser Bank über ihre Kontakte zu den Notenbanken, zu den Clubs und Think-Tanks der Eliten in zentrale Positionen in Regierungen, in der EU, bei den Zentralbanken und so weiter gelangt. Goldsax' Banker hatten hohe Positionen im Wirtschafts- und Finanzministerium der USA eingenommen, einen Präsidenten der EZB gestellt und hatten ihr Netz weit ausgeworfen. Diese Bank beriet Politik und Wirtschaft auf der ganzen Welt.

Als es zur Finanzkrise wegen der faulen Immobilienkredite kam, die gebündelt und als allerlei Finanzprodukte auf der ganzen Welt verschachert worden waren und nun ihren wahren Wert – nämlich keinen – zeigten, wurde auch Goldsax davon getroffen, obwohl sie während sie sie verkauften schon begonnen hatten, gegen diese Anleihen zu spekulieren. Mittels ihrer Kontakte ins US-Finanzministerium gelang es ihnen aber, ihre Pfründe zu sichern, indem sie auswählten, wer vom Steuerzahler gerettet werden würde und wer nicht.

Anstatt dass nun der wild gewordene Finanzmarkt unter Kontrolle gebracht wurde, wurden Milliarden und Abermilliarden von Dollar und Euros an die Banken gegeben, andernfalls wäre, so wird behauptet, das Finanzsystem zusammen gebrochen. Aber Goldsax war das nicht genug, man plante bereits den nächsten Coup: Man begann gegen die Euro-Länder zu spekulieren, die hohe Schuldenraten hatten. Gleichzeitig führte man die EZB an und beriet die EU und die europäischen Regierungen. Das Resultat war die Eurokrise, in der ein Land nach dem anderen in die Knie gezwungen wurde. Irland, Spanien, Portugal und schließlich Griechenland.

Diesen Ländern wurden nun harte Sparprogramme auferlegt, die die über Jahrhunderte erkämpften Arbeitnehmerrechte und dazugehörige Sozialsysteme in einem Ausmaß beschnitt, den sich vorher keiner vorstellen konnte.

Die europäischen Staaten und die EU griffen ein, um den Schuldendienst der in Not geratenen Staaten weiter zu finanzieren – das ganze Kapital zur angeblichen Rettung des Euros floss an die Bankenmafia, während gleichzeitig die Güter und Ländereien der betreffenden Länder privatisiert – das bedeutet geplündert wurden.

Der Öffentlichkeit wurde erklärt, man könne auf keinen Fall einen Schuldenschnitt oder einen Austritt dieser Länder aus der Eurozone riskieren, sondern der Euro müsse auf jeden Fall gerettet werden. Dazu schuf man eine neue Institution, den ESM, den europäischen Rettungsschirm. Dieser wurde mit einem Kapital von 700 Milliarden Euro ausgestattet, darf aber jederzeit mehr Geld von den Mitgliedsstaaten einfordern. Diese Bank und ihre Bediensteten dürfen die Staaten verklagen, aber selbst dürfen sie nicht belangt werden und sie sind niemanden Rechenschaft schuldig und es ist nicht mal möglich, Einsicht in ihren Schriftverkehr zu nehmen. Also genau so wie bei der Bank für Internationalen Zahlungsausgleich.

Balow schluckte, nachdem er das alles recherchiert hatte: „Wie soll man diesen Verbrechern nur beikommen", fragte er sich.

Kapitel 3
Der große Coup: Die Umverteilung

Strohm und seine Gruppe hatten die Arbeit aufgenommen. Sie mieteten eine Büroetage in einem glitzernden Frankfurter Geschäftshochhaus, zapften die Telefonleitungen des Gebäudes an und konnten so abwechselnd die IP-Adressen der anderen im Hochhaus befindlichen Firmen annehmen. Da gab es Rechtsanwaltskanzleien, Inkasso-Firmen, Finanzdienstleister, Hedge-Fond- und Bankenniederlassungen und dergleichen mehr. Auch hackten sie einige der Handys der ansässigen Herrschaften und die ihrer Kontakte in Justiz und Politik. Jeder der Mitarbeiter erhielt einen Decknamen und es wurden für größere Summen gefälschte Papiere besorgt. Sie benutzten anonyme Handys, die sie wöchentlich austauschten. Die meisten Mitarbeiter kannten sich nur unter ihren Decknamen und private Kontakte galt es zu vermeiden.

Auch in London, New York und Moskau gründeten die Kollegen solche Gruppen, mieteten sich ebenfalls in großen Geschäftsblocks ein und begannen mit der Arbeit.

Jeder Gruppe wurde von Bardon ein Adept zugeteilt, der mittels Hellseherei und mentaler Beobachtung die Aktionen unterstützte. Die Adepten schützten die Gruppen auch vor Verrat, denn sie sahen schnell, wenn ein Mitglied entsprechende Schwingungen in seinem mentalen Feld entwickelte.

Scherach stöhnte. Sein beträchtliches Vermögen schrumpfte immer weiter und er musste an die Reserven gehen.

Die Gruppen nahmen die finanziellen Verhältnisse und Verstrickungen der Schwartzschilds unter die Lupe.

Die Hackergruppe hackte sich in die Computer verschiedener Banken, in der Schweiz, auf den Jungferninseln, in Guernsey und in Liberia.

Von den Milliarden, die die Bundesrepublik im letzten Jahr Kapitaldienst geleistet hatte, flossen sage und schreibe zwei Drittel über die verschiedenen Großbanken an eine dubiose Finanzfirma, die Morgenstern Holdings.

Diese Holding hatte Verbindungen zu dem deutschen Zweig der Schwartzschilds. Baron von Schwartzschild und seine Gattin sowie seine drei Kinder waren unter anderem im Taunus ansässig. Dort stand ihr prachtvoller Landsitz.

Balow setzte sich hin, um den Baron von Schwartzschild astral auszuspähen. Er aktivierte das Gerät und setzte die Kappe auf. Er konzentrierte sich auf den Mann und es zog ihn über die Landschaft hinweg zu dem Schloss im Taunus. Durch die Dächer hindurch zog es ihn ins Arbeitszimmer des deutschen Vertreters der mächtigsten Finanzdynastie der Welt. Der Baron saß vor seinem Computer und Balow kam näher und schaute ihm über die Schulter. Schwartzschild war so in seine Email-Korrespondenz vertieft, dass er nichts bemerkte.

Er beschäftigte sich gerade damit, möglichst viel Grundbesitz von den aufgrund der Politik der Eliten und der EU arg unter Bedrängnis stehenden europäischen Landwirten aufzukaufen. Außerdem wies er die Chinesen an, in Afrika Farmland aufzukaufen, das dann nicht mehr der Nahrungsmittelversorgung der einheimischen Bevölkerung diente.

Balow las die Emails mit und war geschockt. Schließlich verlangte ein Geschäft eine Überweisung und Schwartzschild loggte sich bei der Morgenstern-Holding ein. Erst gab er nacheinander drei Passwörter ein, um auf das Konto zu gelangen. Balow konzentrierte sich auf die Finger auf der Tastatur. Das erste Passwort war ein Zahlencode. Balow bemühte sich, ihn zu verinnerlichen. Dann gab es noch zwei Sicherheitsabfragen.

Wer ist der Herr der Welt: Antwort: Luzifer.

Wem gehört die Zukunft: Antwort: Ahriman.

Dann verlangte die Website die Identifikation per Stimmanalyse und der Baron wurde aufgefordert, einen zufällig generierten Satz zu sagen.

Die Website meldete: Zugang erfolgt.

Balow sah auf den Bildschirm. Das Guthaben des Kontos betrug über 15 Billionen Dollar (das ist gut sechsmal so viel, wie das deutsche Bruttosozialprodukt, im Englischen Trillionen, dort gibt es das Wort Milliarden nicht, stattdessen wird dort Billionen verwendet) und das war beileibe nicht das einzige Konto. Schwartzschild überwies einer seiner ausführenden Firmen mal eben 11 Milliarden. Für die Bestätigung der Überweisung zog der Baron eine Brille mit Irisscanner auf. Das Gerät stellte über WLAN die Verbindung mit dem Computer und der Website her, scannte die Iris Schwartzschilds und schließlich erhielt der Baron über SMS eine TAN-Nummer, die er dann eingab.

Der Baron loggte sich aus dem Konto aus und lehnte sich zurück. Er drehte sich um, weil er etwas spürte. Balow beeilte sich, durch das Fenster hinaus wegzukommen und flog zurück in sein Büro. Schwartzschild sah hinter ihm her und zuckte dann mit den Schultern.

Balow traf sich mit Strohm und weiteren Mitstreitern. Auch Scherach und Sebesta und ein Schüler Bardons waren anwesend.

„Was sollen und können wir unternehmen“, fragte Scherach.

„Warum stehlen wir nicht einfach alle Zugangsdaten und übernehmen das Konto“, erwiderte Sebesta.

„Wie soll das gehen?“

„Die Passwörter können wir ausspähen, Balow hat bereits die drei – die müssen wir aber nochmal bestätigen. Mittels eines Stimmgenerators können wir die Stimme nachahmen, das Handy können wir hacken, nur der Irisscanner ist etwas schwieriger zu überlisten.“

„Man braucht ein sehr gutes Bild von Schwartzschilds Iris und dann kann man daraus Kontaktlinsen fertigen. Bleibt nur die Frage, wie wir an ein solches Bild kommen.“

„Er geht doch gerne vornehm Essen, da postieren wir einen Kellner mit Kamera oder wir brechen in das Schloss ein und positionieren eine Kamera.“

Scherach sagte: „Ich kenne Schwartzschilds Lieblingsrestaurant und den Eigentümer. Das könnte klappen. Will sich jemand freiwillig als Kellner betätigen?“

Sebesta sagte „Das ist ganz mein Ding. Den Kerl will ich mal aus der Nähe sehen!“

„O.k., Sebesta, hört sich gut an.“

Scherach wurde informiert, dass der Baron einen Tisch im nobelsten Restaurant in Frankfurt reserviert hatte. Er benachrichtigte Sebesta, der zum Restaurant fuhr und sich als Kellner einkleidete. Er hatte sich in dem Restaurant schon vorher vorgestellt. Der Eigentümer war ein Vier-Sterne-Koch von internationalem Renommee und ein Freund Scherachs, dessen Leidenschaft vorzügliches Essen war. Der Maître de Cuisine ärgerte sich aber langsam zunehmend über seine arrogante und unverschämte Kundschaft und war gerne bereit, mitzumachen.

Er hatte Sebesta einen Crash-Kurs in der Nobelkellnerei gegeben, wie und wo man welches Besteck platziert, wie serviert wird und wie man sich zu verhalten hat. „Sie sind ein wahres Naturtalent – Sie können bei mir sofort anfangen, wenn Sie wollen", hatte der Chef de Cuisine kommentiert.

„Ne, lassen sie mal – ich würde irgendwann über diese Bonzen herfallen", antwortete Sebesta.

„Das kann ich verstehen, mon ami", sagte der Chef.

Während Sebesta auf Schwartzschild wartete, machte er sich als Kellner nützlich und servierte hauptsächlich Getränke, wie mit dem Chef abgesprochen.

Eine junge Dame und ein älterer Herr wurden von der Empfangskellnerin an einen Tisch geleitet und nahmen dort Platz. Sebesta ging zu ihnen und hieß sie Willkommen. Die bildhübsche Blondine trug ein Abendkleid mit tiefem Dekolletee, das den Ansatz ihrer prachtvollen Brüste preisgab und trug glitzernde Ohrringe, eine Halskette, die offensichtlich mit Diamanten bestückt war und wunderschöne Ringe. Für den Schmuck hätte man sich auch eine Villa kaufen können. Der Herr war in einem eleganten Anzug gekleidet.

Sebesta, überreichte ihnen die Karte und sagte: „Was darf ich Ihnen zu trinken bringen?"

„Wie immer, Elena", fragte der Herr.

Die Dame nickte.

„Wir nehmen zwei Martini und einen Domaine de la Romanee-Conti Grand Cru."

„Kommt sofort", sagte Sebesta. Die Flasche Wein kostete so viel wie ein Mittelklassewagen.

So verging die Zeit und dann traf Schwartzschild mit seiner Gattin und einem befreundeten Bankier-Ehepaar ein. Die Gäste wurden zum reservierten Tisch geleitet und vier Empfangskellner rückten die Stühle für sie zurecht und sie nahmen Platz. An dem Tisch waren fünf Gedecke und fünf Stühle, obwohl die Gesellschaft nur aus vier Gäste bestand.

Die Bankiersfrau fragte: „Wozu ist das fünfte Gedeck?" Schwartzschild antwortete: „Das ist der Platz für den, dem wir unseren Erfolg und unseren Reichtum verdanken."

„Ihrem Ahnen“, fragte die Dame.

„Ja, so könnte man es nennen“, antwortete der Baron.

Schwartzschild war um die Fünfzig, von hagerer Statur, hatte eine Halbglatze und graues Haar sowie eine prominente Nase und herabfallende Mundwinkel.

Sebesta und der Oberkellner kamen zu dem Tisch, begrüßten die Herrschaften, verteilten die Karten und nahmen die Getränkewünsche auf.

Die Herrschaften bestellten Aperitifs. Dann wandte sich der Baron zum Oberkellner und sagte: „Danach wünschen wir den Wein, den wir Ihnen bereits zukommen ließen.“ Dabei handelte es sich um den teuersten Wein der Welt.

„Natürlich, wie Sie wünschen.“

Sebesta und der Oberkellner brachten die Aperitifs. Schwartzschild sah Sebesta mit seinem durchdringenden Blick an. Sebesta trug einen Ring mit Kamera, an seinem Kragen war eine weitere Kamera als Knopf getarnt angebracht und eine weitere an seiner Weste. Alle drei machten Aufnahmen.

Etwas später sammelten sie die ausgetrunkenen Gläser ein. Sebesta hatte extra ein Glas für Schwartzschild präpariert und nahm dies vorsichtig vom Tisch und hielt es oben am Rand. Er brachte die Gläser in die Küche und tat das Glas mit Schwartzschilds Fingerabdruck in eine Plastiktüte.

Dann brachten sie den Rotwein. Sebesta öffnete die Flasche vor Schwartzschilds Augen, goss dem Baron eine kleine Menge in das Glas. Der Baron schmeckte den Wein und nickte. Sebesta begann erst den Damen, dann dem Bankier, und dann dem Baron einzuschenken. Danach platzierte er die Flasche auf dem Tisch und dabei stieß er Schwartzschilds Glas um, so dass der teuerste Wein der Welt auf dem Schoß des Barons landete. Dieser trug eine helle Hose und sprang entsetzt und in Rage auf. „Sie Trottel – können Sie nicht aufpassen!“ schrie er Sebesta mit weit aufgerissenen Augen an. Sebesta hob seine Hand mit dem Ring vors Gesicht und alle drei Kameras machten Nahaufnahmen vom Gesicht des Barons, der mit wildem Blick Sebesta anstarrte. Sebesta sagte: „Mea culpa, das tut mir leid, so etwas ist mir noch nie vorher passiert“, log er.

Schwartzschild sagte: „Sie Schwachsinniger, ich werde Sie verklagen und das wird Sie Ihren Job kosten“, und begann nach dem Chef des Etablissements zur rufen.

Dieser kam, Schwartzschild fuhr ihn an, was für bemitleidenswerten Abschaum er beschäftigte. Der Chef wandte sich zu Sebesta, putzte ihn herunter und befahl ihm, auf der Stelle das Restaurant zu verlassen.

Sebesta verlangte Gnade, doch die wurde ihm verwehrt. Dann sagte er mit erhobener Faust: „Krieg den Palästen – Power to the People!“, ging in die Küche, zog sich um, holte die Tüte mit dem Glas und verließ mit den Aufnahmen das Nobelrestaurant durch den Hintereingang.

Der Chef sagte zu Schwartzschild: „Kann ich Ihnen vielleicht eine andere Hose anbieten?“

Schwartzschild sah auf seinen Schritt, auf dem ein großer roter Fleck zu sehen war und bejahte.

Strohms Gruppe traf sich, um das weitere Vorgehen zu besprechen.

„Also, wir haben alle Passwörter und alle biometrischen Daten zusammen, wir holen uns jetzt die Moneten von Schwartzschild“, sagte Sebesta.

Strohm erwiderte: „Um sicher zu gehen, dass unsere Transaktionen nicht rückgängig gemacht werden können, müssen wir schon zur Bank auf die Jungferninseln fliegen und das Konto am besten gleich ganz schließen.“

„Dann müsste aber jemand die Rolle des Barons einnehmen, oder eine Vollmacht mitbringen."

Balow sagte: „Strohm, Sie sehen dem Baron am ähnlichsten von uns. Mit einer guten Maske und einer Perücke und einem Stimmadapter könnten wir Sie zu Schwartzschild machen."

Strohm sagte: „Hören Sie mal auf zu spinnen – und ob ich die Nerven hätte, in diese Höhle des Löwen vorzudringen, weiß ich auch nicht."

„Das schaffen Sie schon, ich oder mein Schüler kommen mit und eine Maskenbildnerin werden wir auch auftreiben."

Bardons Schüler sagte: „Wir können ihnen auch ein psycho-magnetisches Ebenbild des Barons über ihren Astralkörper legen – damit können wir sogar die bioenergetischen Analysegeräte austricksen."

„O.K., das machen wir", sagte Scherach.

Kontaktlinsen wurden in Auftrag gegeben, aus den hochwertigen Fingerabdrücken auf dem Glas wurden Kunststoffaufsätze für die Finger erzeugt, und die Maskenbildnerin verwandelte Strohm in ein Abbild des Barons, mittels Kunststoffaufsätzen, viel Schminke und einer Perücke.

Man traute sich nicht, für den falschen Schwartzschild einen Pass zu besorgen, aber dieser Herr brauchte vermutlich sowieso keine Papiere. Strohm und die übrigen erhielten jeweils zwei falsche Identitäten mit dazugehörigen Papieren für alle Hin- und Rückreisen.

Scherach sagte: „Hoffentlich klappt das, mir geht allmählich das Geld aus!"

Schließlich war Strohm in voller Montur, mit einem Halstuch, um den Stimmadapter auf seiner Kehle abzudecken, mit Perücke und Maske und trat vor das Team.

„Wow", sagte Sebesta, „besser geht's nicht."

Die IT-Spezialisten des Teams hatten sich inzwischen beim

Mobilfunkprovider des Barons eingehackt. Er benutzte zwar ein besonderes Hochsicherheitsgerät und gesicherte Leitungen, aber es gelang den Hackern, die Rufnummer zu kapern und bei Bedarf umzuleiten.

Strohm übte unterdessen eifrig die Unterschrift des Barons. Mit etwas Hilfe von Sebesta war er schließlich in der Lage, die Unterschrift fast perfekt zu fälschen.

Scherach eröffnete inzwischen einige Konten in den sogenannten Steuerparadiesen sowie eines in der Schweiz und eines auf Island.

Dann war es soweit: Strohm, Balow, der Schüler Bardons und die Maskenbildnerin machten sich auf zu den Jungferninseln. Strohm war in voller Montur und auch die anderen drei trugen Perücken und waren aufwendig zurecht gemacht, so dass keine Gesichtserkennung möglich sein würde. Damit ihre Namen nicht auf einer Passagierliste auftauchten, hatte Scherach einen Privatjet zur Verfügung gestellt. Sie hatten die Kennung von Schwartzschilds Privatjet herausbekommen und das Flugzeug mit der entsprechenden Markierung versehen und verwendeten die Flugidentifikation von Schwartzschilds Jet für die Flugsicherheit.

Die Gruppe fuhr zum Flughafen und ging an Bord der Maschine. Nach langem Flug erreichten sie die Jungferninseln und bereiteten sich innerlich auf die bevorstehende Aktion vor. Die Maskenbildnerin brachte Frisuren und Schminke der Gruppe auf Vordermann. Das Flugzeug landete, bewegte sich zu seinem angewiesenen Halteplatz und stoppte. Strohm sagte: „Alles klar bei Euch? Jetzt geht's los!"

Die anderen bejahten, alle vier vereinten ihre Hände in einem Handschlag und die Gruppe stieg aus. Sie wurden vom Gouverneur der Inseln empfangen, der von dem Besuch „des Barons" informiert worden war.

Dieser begrüßte Strohm – alias Baron von Schwartzschild überschwenglich – der erste Test war bestanden. Ein so hochrangiger Besuch musste natürlich nicht seine Papiere vorzeigen.

Strohm und die anderen wurden in einer teuren Limousine in ein fünf-Sterne-Hotel gebracht.

Sie bezogen eine riesige Suite und bestellten erstmal Getränke und Speisen, alles nur vom Feinsten, Champagner, Hummer, Kaviar und so weiter. Dann gingen sie noch am Strand spazieren.

Am nächsten Morgen war es soweit. Der Besuch bei der Bank stand bevor.

Der Schüler Bardons versetzte sich in tiefe Trance und erschuf aus dem Energiemuster Schwartzschilds ein bioenergetisches Schild für Strohm, das sich über dessen Astralkörper lagerte.

Die Maskenbildnerin gab ihr Bestes und Strohm wurde wieder zum Baron, inklusive falschem Fingerabdruck, Kontaktlinsen, Stimmgenerator. Sie bestellten eine Limousine und fuhren zur Bank.

Dort wurden sie wärmstens empfangen. Der Bankdirektor wandte sich zu Strohm: „Es ist eine große Ehre für uns, Sie einmal wieder bei uns begrüßen zu dürfen!"

„Ja, ja, ich hoffe, Sie haben gut auf mein Geld aufgepasst."

Strohm gab den Arroganten und seine Stimme hörte sich über den Stimmadapter für ihn ziemlich fremd an. Er versuchte, cool zu bleiben und sich seine Anspannung nicht anmerken zu lassen.

„Natürlich. Sie sind unser größter und bei weitem am meisten geschätzter Kunde", schleimte der Bankdirektor.

„Was können wir für Sie tun?"

„Ich muss dieses Konto schließen und brauche dafür den vollen Zugriff."

„Wie bitte? Sie wollen uns verlassen? Sind Sie etwa unzufrieden mit unseren Leistungen?“

„Nein, das hat ausschließlich interne Gründe. Aber ich zahle Ihnen zehn Millionen extra.“

Das besänftigte den Bankdirektor.

„Ich möchte nun das Geld transferieren“, sagte der falsche Baron.

„Wenn es sein muss – dann kommen Sie bitte.“

Der Bankdirektor leitete Strohm und Balow zu einer elektronisch gesicherten Stahltür, gab einen Code ein und die Tür öffnete sich. Dahinter war ein Raum mit einer Computerkonsole. Der Bankdirektor sagte: „Bitte, an diesem Computer können Sie voll über das Konto verfügen. Ich brauche natürlich noch Unterschriften unter diverse Dokumente, die ich jetzt ausstellen werde. Ich lasse Sie nun allein.“

Die attraktive Maskenbildnerin und der Magier begleiteten ihn und der Bankdirektor bat sie, in seinem Büro Platz zu nehmen. Er flirtete mit der Dame und der Magier bearbeitete ihn unterdessen mental, so dass bei ihm alle Zweifel beseitigt wurden.

Strohm setzte sich an den Computer. Balow stand hinter ihm. Strohm loggte sich ein und die Sicherheitsabfragen begannen. Etwas nervös vertippte sich Strohm zweimal beim Eingangscode – hielt inne – pustete durch und gab dann den richtigen Code ein. Dann absolvierte er die Sicherheitsfragen. Danach wurde sein Fingerabdruck geprüft: Erfolg. Als nächstes forderte das Programm die Prüfung seiner Iris. Er setzte die Brille mit dem Irisscanner auf und das Programm und der Scanner begannen das Auge abzutasten. Das Programm meldete: „Unbekannter Fehler – bitte Vorgang wiederholen!“

Strohm sagte: „Scheiße!“

Balow erwiderte: „Ruhig bleiben!“

Erst beim dritten Durchlauf meldete das Programm: „Identität bestätigt, Zugang erfolgt."

Strohm wischte sich den Schweiß von der Stirn. Der Computer begann nun mit einem Scan des bioenergetischen Feldes von Strohm. Der Computer machte einige Geräusche, aber nach etwa einer Minute bestätigte das Programm wiederum die Identität. Nun hatte er Vollzugriff auf das Konto.

Er gab eine Überweisung ein über das volle Guthaben auf dem Konto, abzüglich der zehn Millionen für die Bank. Er schickte die Überweisung ab und der Computer meldete „TAN wurde an Ihr Mobiltelefon geschickt."

Darauf hatten die IT-Techniker in Deutschland gewartet und leiteten die SMS um an das Handy von Strohm. Das piepte und zeigte die TAN, die er dann eingab.

14 Billionen, 979 Milliarden, 654 Millionen, 767.871 Tausend Dollar und 23 Cent flossen auf ein Konto in Guernsey. Dort wurde es automatisch weiter überwiesen auf ein Konto in Liechtenstein, dann in die Schweiz, dann nach Liberia und wurde von dort aus auf zahlreiche Konten verteilt. Jede Bank erhielt 50 Millionen für ihre Dienste. Das fiel nicht weiter auf, da die Schwartzschilds regelmäßig gigantische Summen um die Welt schickten.

Strohm loggte sich aus dem Computer aus und er und Balow verließen den Raum. Der Bankdirektor erwartete sie und bat sie in sein Büro. Dort unterzeichnete Strohm einige Dokumente und übergab damit die verbliebenen zehn Millionen Dollar auf dem Konto an den Bankdirektor. Dann wurde das Konto geschlossen.

Die Gruppe verabschiedete sich und verließ die Bank, fuhr zurück zum Hotel, holte ihre Sachen und fuhr zum Flughafen. Sie bestiegen die Maschine und ließen sich erstmal nach Kuba bringen, um ordentlich zu feiern. Auch hier genoss die Maschine mit Schwartzschilds Kennung Vorzugsrechte und sie brauchten keine Ausweise vorzuzeigen. Sie verhandelten kurz mit den kubanischen Behörden und gaben ihnen zehn Millionen Dollar, damit diese Stillschweigen über ihre Durchreise wahrten. Ihr Jet wurde mit Kerosin übergossen und angezündet. Der explodierte nach einigen Minuten und es waren nur noch Trümmer übrig.

Sie änderten ihre Aufmachung, nahmen weitere vorbereitete Identitäten an, besuchten eine kubanische Tanzbar, tanzten, lachten und feierten. Am nächsten Morgen flogen sie mit einer normalen Passagiermaschine zurück nach Deutschland, wo sie sicher ankamen und mit ihren falschen Papieren ohne Probleme die Einreisekontrolle passierten.

AUM

Schwartzschild bemerkte den Diebstahl einige Tage später und wurde fuchsteufelswild. Er alarmierte alle Geheimdienste, denen er habhaft werden konnte, um seine Gegner und das gestohlene Geld aufzuspüren. Aber das erwies sich als schwierig.

Er rief einen Geheimdienst-Chef an.

„Was haben Sie heraus bekommen? Wer steckt dahinter?“

„Die Spurenlage ist leider schlecht. Ein Mann hat vollständig Ihre Identität angenommen. Das Flugzeug liefert einige Hinweise, es ist in Frankfurt gestartet, aber auf Kuba zerstört worden. Wir können aber die vier Personen noch nicht identifizieren.

„Und das Geld ist über die üblichen Kanäle geflossen. Unsere eigenen Verschleierungsmechanismen verhindern, dass wir sehen können, wo es gelandet ist. Aber wir arbeiten dran.“

„Verdammt noch mal“, schrie der Baron, „wenn Ihnen Ihr Job lieb ist, dann liefern Sie endlich was“

Scherach hatte inzwischen eine Gruppe gebildet, die sich mit der Verwaltung der Billionen befasste. Das Team arbeitete Tag und Nacht, um zahllose Briefkastenfirmen zu gründen und Nummernkonten zu öffnen, und das Geld möglichst breit zu verteilen. Es wurde auch das Internet-Krypto-Geld benutzt, das absolut anonyme Überweisungen ermöglicht.

Als erstes wurden die Erstempfängerkonten leergeräumt und an zahlreiche weitere Konten in Steueroasen überwiesen. Scherach hatte bereits den „Volksfond für Gerechtigkeit" gegründet und überwies eine Billion auf das entsprechende Konto. Dann wurden anonyme Konten mit Summen von jeweils 300 Milliarden für Griechenland, Portugal und Spanien angelegt. Strohm rekrutierte eine Kontaktgruppe, die die Verhandlungen mit den Regierungen dieser Staaten führen würden. Vor allem wurden Vertreter der linken Parteien kontaktiert und diese versprachen, mit dem Geld die Austeritätspolitik zu beenden. Dann waren andere übel gebeutelte Staaten dran, etwa Venezuela, Simbabwe und Nicaragua, die je 100 Milliarden erhielten. Die Kontaktgruppe machte sich daran, jedes Land zu besuchen, um sicher zu stellen, dass das Geld für die Bevölkerung und nicht für die Eliten verwendet werden würde.

Das Team erstellte eine Liste unabhängiger, kleiner Entwicklungshilfe- und Umweltorganisationen, von Projekten für Nachhaltigkeit, Menschenrechtsgruppen, alternativen Medien, Protestgruppen und diversen anderen Organisationen, die gute Arbeit machten. Jede dieser Gruppen erhielt ein Nummernkonto mit Milliardenbeträgen. Es gab auch Direktüberweisungen auf vorhandene Konten. Die alternativen Organisationen und Projekte schwammen plötzlich im Geld. Sie konnten neue Mitarbeiter in Vollzeitjobs anstellen und ihre Aktivitäten nahmen stark zu. Auch der Bereich der alternativen Kunst- und Kulturszene begann aufzublühen. Insgesamt wehte plötzlich in ganz Europa ein frischer Wind. Der ganze Bereich der Alternativ- und Protestszene gewann enorm an Einfluss und überall gründeten sich neue Nachbarschaftsvereine, Tauschringe und Bürgerinitiativen. Die etablierten Parteien und Politiker versuchten das Beste aus der Lage zu machen, aber verloren deutlich an Einfluss. Die Wirtschaft blühte auf und die ganze Welt fragte sich, warum man eigentlich sparen sollte, nur um damit die Ungleichheit von Arm und Reich auf der Welt zu verstärken.

Die Autoritäten und die Monopolstrukturen wurden überall in Frage gestellt, insbesondere wurden die Hintergründe des Geldsystems aufgedeckt und die Forderungen nach einem neuen Geldsystem wurden unüberhörbar.

Die staatlichen und internationalen Organisationen verloren zunehmend an Bedeutung und es bildeten sich neue internationale, nicht hierarchische Organisationen und die bestehenden, wie das Weltsozialforum und seine Gruppen, fanden viel mehr Gehör.

Es gab auch Überweisungen an hoch verschuldete deutsche und andere europäische Kommunen mit der Auflage, die Privatisierung öffentlicher Dienste zurück zu nehmen und die unsäglichen Public-Private-Partnerships zu beenden.

Eine andere Zielgruppe waren die unabhängigen Landwirte, die durch die Globalisierung, die EU und die Industrialisierung der Landwirtschaft arg gelitten hatten. Jeder Hof in Europa und den USA, die eine gewisse Größe nicht überschritt, bekam 200.000 Dollar überwiesen. Mit dem Geldsegen begannen sie, gegen die großen Marktmonopolisten vorzugehen, sie gründeten eigene Molkereien, Schlachtereien und andere Betriebe oder kauften bestehende auf, schlossen sich zu Erzeugergemeinschaften zusammen und weigerten sich, ihre Produkte unter dem Erzeugerpreis abzugeben. Das Angebot an Billig-Lebensmitteln wurde deutlich knapper. Sie begannen auch, gegen die großen Agrarbetriebe, den Großhandel und die Einzelhandelsketten vorzugehen und gründeten neue Qualitätsmarken und Logos, wie einen roten Kreis mit dem durchgestrichenen Wort „Großmastbetrieb" darin, oder einem Logo. „Für die Erhaltung der europäischen Kulturlandschaft" und „keine Monokulturen."

Das hatte Wirkung auf die Verbraucher, die zunehmend darauf achteten, nicht mehr die großen Lebensmittelerzeuger zu unterstützen. Auch begannen die Landwirte, eigene Saatgutbanken zu gründen und ihr eigenes Saatgut zur Zulassung zu bringen.

Nach Afrika und Asien flossen weitere riesige Summen an geeignete Organisationen, die den Landwirten beistanden und auch dort begann man, gegen die Saatgutmonopolisten und die Billigerzeugung vorzugehen.

Überall auf der Welt wurden nachhaltiges Wirtschaften gefördert und dementsprechende Strukturen aufgebaut. Brunnen wurden gebohrt, die Wasserversorgung umgebaut und sichergestellt, die lokale Landwirtschaft unterstützt, Schulen und Kinderbetreuung errichtet und lokale Genossenschaften gegründet. Slums wurden saniert, es wurde Kanalisation und dezentrale Energieversorgung aufgebaut und vergiftete und vermüllte Flüsse und andere Gebiete begann man zu säubern.

Auch in den Medien gab es einige Bewegung. Schnell wurden neue Fernsehsender etabliert, etwa in Deutschland, die 24 Stunden am Tag nur vom irrsinnigen Geldsystem und der weltweiten Verschwörung gegen die Völker der Welt berichteten.

Die Welt erlebte einen ungekannten Wirtschaftsaufschwung, der vornehmlich den kleinen Unternehmen und der Bevölkerung zugutekam. Die Konzerne, die staatlichen und internationalen Institutionen gerieten ins Hintertreffen und verloren an Bedeutung. Die Menschen begannen zunehmend, ihre Rechte einzufordern und Fragen zu stellen.

Die Geldschwemme blieb natürlich nicht unbemerkt angesichts der neuen Kraft der alternativen Projekte. In Großbritannien und den USA wurden einige der Geldsummen von den staatlichen Stellen gepfändet aufgrund des Verdachts auf illegale Transaktionen und Steuerhinterziehung. Aber niemand wollte damit herausrücken, woher das Geld wirklich stammte und so gab es wilde Spekulationen über superreiche Gönner oder kriminelle Machenschaften. Schwartzschild schaffte es nicht, sein Geld zurück zu bekommen, nur einen kleinen Teil davon.

Die Medien und die Wirtschaft gerieten zunehmend in Erklärungsnot, warum es mit dieser Geldschwemme den Volkswirtschaften so gut ging. Der Neoliberalismus und seine Ideologie der Privatisierung und der Knappheit der Geldmenge gerieten zum Auslaufmodell. Überall traten Vertreter der alternativen Bewegungen auf und verwiesen auf die Vorteile eines Wirtschaftssystems ohne Knappheit und stellten die These des Wettbewerbs in Frage – die gemeinschaftliche Produktion und Verteilung wurde zum Leitbild.

AUM

Die Geheimdienste bekamen schließlich heraus, wer für diese Aktionen verantwortlich war. Sie ermittelten, dass Strohm, Sebesta und Scherach zentrale Figuren waren. Aber sie hatten nach wie vor das Problem, das auf keinen Fall bekannt werden durfte, woher das Geld stammte. Strohm wurde auf einem Flughafen verhaftet und an die USA ausgeliefert. Bardon konnte ihm wenig helfen. Scherach wurde nun zum Ziel. Sie versuchten ihm einen Herzinfarkt zu verpassen, aber wie im Fall Sebesta, konnte Bardon den Angriff abwehren. Stattdessen erlitt ein weiterer Befehlsempfänger der NSA einen Herzinfarkt und diesmal gab es im Computerzentrum der NSA einen erheblichen Schaden mit enormem Datenverlust. Das globale Ausspähungsnetz blieb einige Wochen inaktiv. Das verursachte einige Aufregung bei den Geheimdiensten und es gab Krisengespräche. Man überlegte sich eine neue Strategie, wie man Scherach und die anderen diffamieren oder umbringen könnte.

Daraufhin wurden Scherach und einige seiner Mitarbeiter in Deutschland verhaftet. Man beschlagnahmte Unterlagen und Computer. In der Untersuchungshaft wurden sie malträtiert und heftigen Verhören unterzogen. Aber schließlich wurde Scherach einem Haftrichter vorgeführt und nach einem Gespräch unter vier Augen, wurden sie alle wieder freigelassen, da auch die Unterlagen und die Computer wenig hergaben. Das IT-Team von Scherach hatte schon längst die wichtigen Daten woanders untergebracht und das Team hatte seine Arbeit beendet, seine Unterlagen und Computer vernichtet und das Geld auf der ganzen Welt verteilt.

Dagegen bekam der „Volksfond für Gerechtigkeit“ erhebliche Schwierigkeiten. Seine Konten wurden gesperrt und Ermittlungsverfahren angestrengt.

Die Verhandlungsgruppe von Strohm wurde ebenfalls ins Visier genommen. Als sie aus Venezuela zurück nach Deutschland flogen, übernahm die NSA per Fernsteuerung die Kontrolle über die Maschine und schaltete nach und nach alle Systeme und dann die Triebwerke ab. Das Flugzeug stürzte in den Atlantik. Alle 136 Menschen an Bord und die fünf Leute der Kontaktgruppe starben.

Sebesta tauchte unter und versteckte sich in Südamerika.

Dort war er erstmal unter einer anderen Identität sicher.

Scherach zog es hingehen auf eine Südseeinsel.

Gegen Balow wurde per Diffamierung und einem Shitstrom im Internet vorgegangen. Es wurde versucht, ihn zu diskreditieren und seinen Namen in den Schmutz zu ziehen. Aber das funktionierte nur teilweise, denn er erhielt von vielen Seiten Unterstützung.

Es war allerdings erstmal für die Gruppe von Strohm einige Zeit zu gefährlich, weitere Operationen anzugehen.

AUM

Es gab ein Krisentreffen der des dritten oberen hohen Rats der Großen Vereinten Weltloge der Illuminaten in New York.

Rafael Schwartzschild, Richard Zockefellow, der Chinese, der russische Oligarch und der Vatikanbank-Chef betraten einen Sitzungssaal und setzten sich an einen großen runden Mahagonitisch.

Der Chinese eröffnete das Meeting und begrüßte die Teilnehmer.

Schwartzschild ergriff das Wort: „Meine Brüder, wie Ihr wisst, hat man meinem deutschen Cousin 15 Billionen Dollar gestohlen und die Gruppe, die dafür verantwortlich ist, steht unter dem Schutz eines weißen Magiers. Unsere herkömmlichen Methoden, mit solchen Leuten umzugehen, sind weitgehend fehlgeschlagen. Wir müssen etwas unternehmen."

Der Vatikanbank-Chef sagte: „Was sagt der, dessen Namen man nicht nennen darf, dazu?"

Wir haben mit ihm konferiert und er hat einige seiner Dämonen geschickt, um der Gruppe das Leben schwer zu machen. Aber wir sollen Anstrengungen unternehmen, die Schlafschafe, die nunmehr laut blöken und ihre angeblichen Rechte einfordern, unter Kontrolle zu bringen.

„Irgendwelche Vorschläge?“

„Eine neue große internationale Krise wäre doch das Richtige. Entweder wir starten den Krieg mit Iran oder wir entfachen einen neuen arabischen Frühling und destabilisieren die Region weiter. Wir könnten auch den IS stärken und den Krieg in Syrien anheizen oder ihm befehlen, das nächste Land anzugreifen, vielleicht Jordanien“, sagte Zockefellow.

„Das sind keine schlechten Ideen, doch sie sind allesamt riskant in dem Klima, das wir zurzeit haben. Ich schlage stattdessen einen sehr blutigen Bürgerkrieg in Afrika vor und dazu eine weltweite Rezession mit Massenentlassungen“, sagte Schwartzschild.

„Wie wäre es denn, wenn wir den Einwanderungsstrom nach Europa wieder anfachen und die Rechten und die Linken gegeneinander aufhetzen, so dass es zu einer Krise kommt“ „warf der Russe ein.“

„Außerdem sollten wir die Hunger- und die Wetterwaffe einsetzen. Eine große Hungersnot in Afrika und Überschwemmungen und Gewitter sowie eine Hitzewelle in Europa wären doch nicht schlecht – dazu sollten wir die Bestrahlung erhöhen und den Regionen, in denen sich am meisten Widerstand formiert hat, mit Lethargiestrahlung insbesondere nachts bedenken.“

Die fünf Illuminati diskutierten noch eine Weile über die verschiedenen Vorschläge und einigten sich dann darauf, welche sie durchführen würden.

Zum Schluss sagte Schwartzschild: „Gut, das werden wir in Angriff nehmen. Diese Maßnahmen werden uns die Kontrolle wiedergeben. Wir beschließen sie hiermit und ordnen unsere Untergebenen an, sie auszuführen.“

Seine Miene verriet in keiner Sekunde, dass er gerade das Elend und den Tod von Millionen von Menschen verkündet hatte.

AUM

In den nächsten Monaten versank die Weltwirtschaft in einer schlimmen Rezession. Überall gab es Massenentlassungen und die Arbeitslosigkeit stieg. Die neoliberalen systemtreuen Wirtschaftsexperten ergriffen die Gelegenheit und gaben der vorherigen Geldschwemme die Schuld.

In einigen arabischen Staaten flammten die Proteste wieder auf und es gab bürgerkriegsähnliche Zustände zwischen Polizei, Militär und den Aufständischen. In Libyen und Syrien startete die IS eine neue Offensive und machte große Landgewinne. In Afrika gab es im Osten eine große Hungersnot und im Westen einen blutigen Bürgerkrieg.

Die Flüchtlingsströme nach Europa schwollen wieder an und die Antifa und die Rechtsextremen, beide von den Geheimdiensten bezahlt, unterwandert und unterstützt, begannen mit Straßenkämpfen in ganz Europa. Autos und Barrikaden brannten, Straßen und Geschäfte wurden verwüstet und die Mehrheit war entrüstet. Das Klima des Aufbruchs geriet inmitten dieser ganzen Katastrophen in den Hintergrund, allerdings waren die alternativen Gruppen nicht untätig und weiterhin gestärkt. Sie riefen zur Mäßigung und zum Frieden auf und es gab zahlreiche Aktionen und Demonstrationen gegen die Gewalt und die Zustände auf der Welt.

AUM

Nach einiger Zeit hatte sich die Lage für Scherach und Konsorten soweit beruhigt, dass sie die zweite Phase der Operation beginnen konnten. Strohm allerdings saß immer noch in einem amerikanischen Gefängnis, trotz des Engagements teurer Anwälte und Scherach und Sebesta blieben weiter untergetaucht.

Sie bildeten eine Gruppe bestehend aus einem IT- und Balows Journalistenteam, den Finanzexperten sowie den Adepten und starteten die Aktion „Schluss mit Monopoly-Spiel!“. Strohms Position nahm einer seiner Schüler ein, Dieter Kurow. Die Gruppe verfügte über gut eine halbe Billion Dollar und ihr Ziel war es, einige große Konzerne und Banken in Bedrängnis zu bringen. Sie begannen mit der Arbeit und förderten Unmengen an Informationen zu Tage und versuchten, diese zu einem Gesamtbild zusammen zu fügen. Außerdem nahmen sie Kontakt zu diversen Umweltschutzorganisationen, Antikorruptions- und anderen Gruppen auf, die sich gegen die Politik von Weltbank und IMF und gegen die Machenschaften des Finanzsektors engagierten.

Ihr erstes Ziel war Monsatur und es gelang ihnen, sich tief in deren Computersysteme einzuhacken und an Unmengen von Dokumenten zu gelangen.

Nachdem die Arbeitsgruppe die darin enthaltenen Informationen ausgewertet hatten, nahmen sie Kontakt zu einer Organisation der US-Farmer auf, die von Monsatur arg gebeutelt worden waren. Mit den neuen Informationen und den internen Dokumenten starteten die „Farmer für Lebensmittel ohne Gentechnik“ eine Klagewelle gegen den Konzern, sowohl gegen ausgewähltes patentiertes Saatgut, als auch gegen die damit einhergehenden Pflanzenschutzmittel sowie gegen die kriminelle Geschäftspraxis des Konzerns. Auch verklagte man die amerikanische Umweltschutzbehörde und die Lebensmittelkontrollbehörde.

Balow und andere Mitstreiter hatten außerdem mit zahlreichen Journalisten und Medien Kontakt aufgenommen und verbreiteten Artikel und die erbeuteten Dokumente. Die Massenmedien selbst in den USA konnten nicht länger die Informationen unterdrücken und es gab einen riesigen Skandal. Insbesondere kam heraus, dass die Behörden zahlreiche

Informationen und Gutachten willentlich ignoriert hatten, die die Schädlichkeit von genmodifizierten Organismen und den daraus produzierten Nahrungsmitteln belegten.

Der Börsenwert von Monsatur fiel um mehr als fünfzig Prozent.

Das nächste Projekt zielte nun darauf ab, die Großbanken, insbesondere Goldsax zu schaden. Wiederum begannen sie zunächst mit Recherchen, um ein genaues Bild der Firmenstruktur, der Obligationen und der Anlagen der Bank zu ermitteln. Nebenher begannen sie still und leise, Aktien der Bank und der Konzerne, die Kredite bei ihr hatten oder an denen die Bank Aktien hielt, aufzukaufen. Das IT-Team hackte sich in die Computer der Bank und förderte eine Unmenge an Informationen zu Tage.

Balow benutzte sein Astralreisen-Gerät, um weitere Interna der Bank auszuspähen. Er verbrachte viel Zeit in der Zentrale in New York und bereitete eine Menge Artikel vor, die das Geschäftsgebaren und die aktuelle Strategie der Bank offenlegten.

Irgendwann gab es ein hochrangiges Meeting des Vorstands, sowie vom Chef der US-Notenbank und einigen Regierungsvertretern bei Goldsax. Der EZB-Präsident und der Kommissionspräsident der EU waren ebenfalls anwesend.

Balow positionierte sich in einer Ecke des Sitzungssaals und begutachtete aufmerksam das Geschehen.

Das Meeting wurde eröffnet und der Chef von Goldsax begann: „Unser Ziel ist es, die Mittel, die an die unabhängigen Institutionen und die schwachen Staaten gegangen sind, zurück zu holen. Dafür haben wir eine Reihe von Vorschlägen erarbeitet."

Er gab einem Mitarbeiter das Wort:

„Die Weltwirtschaft haben wir in die Rezession getrieben."

Nun müssen wir noch weitere Maßnahmen ergreifen, um die betreffenden Staaten auszuplündern und die unabhängigen Organisationen ihres Geldes zu berauben.

Dazu werden wir zunächst die Kredit-Ratings aller dieser Länder erheblich senken. Dann haben wir für jedes einzelne Land einen Plan erstellt. Zunächst zu Europa.

Wir werden die Lebensmittelpreise soweit senken, dass die Landwirtschaft in eine Krise gerät. Das wird alle Länder treffen, die wir auf der Liste haben.

In Spanien werden wir den Aktienmarkt abstürzen lassen, das wird erheblich die verfügbaren Geldmittel reduzieren und die Wirtschaft weiter schwächen. In Italien werden wir die Regierung anweisen, eine Arbeitsmarktreform durchzuführen, die so unpopulär sein wird, dass es zu Massenstreiks kommen wird. In Griechenland werden wir den Bankensektor in die nächste große Krise stürzen, so dass sie wiederum enorme Gelder für die Banken aufbringen müssen oder ohne funktionierenden Bankensektor dastehen.

Bezüglich der unabhängigen Organisationen haben wir die EU angewiesen, eine neue Steuer und neue Gesetze für diese Institutionen auf den Weg zu bringen. Insbesondere entziehen wir ihnen den Status der Gemeinnützigkeit. Damit werden sie zu Unternehmen und müssen sich ordentlich versteuern, was uns einige Möglichkeiten bieten wird, ihnen Schaden zuzufügen.

Das Meeting dauerte noch eine erhebliche Zeit und Balow wurde langsam müde. Mental hatte er alles notiert.

Um diesen Maßnahmen entgegen zu steuern, begann das Team um Balow mit finanziellen Operationen. Wenn Goldsax auf fallende Kurse setzte, kaufte man mit erheblichen Mitteln die betreffenden Werte auf, um sie in die Höhe zu treiben. Es spekulierte Goldsax auf steigende Kurse, verkaufte die Gruppe mit Leerverkäufen ohne Rücksicht auf Verluste die entsprechenden Werte.

Außerdem begannen Balow und die Anti-Monolopy-Gruppe, die Interna, Pläne und Ziele von Goldsax zu veröffentlichen. Nichts was die Bank tat, blieb unbeobachtet.

Dann wurden weitere Informationen lanciert. Insbesondere über die Geschäftspraktiken der Bank, die Regierungen und Landesbanken beriet, um dann gegen die entsprechenden Länder vorzugehen. Das gleiche gab es bei anderen Aktien- und Börsenwerten. Anlegern und Kunden der Bank wurde nahegelegt, in eine bestimmte Firma zu investieren, gleichzeitig wurde gegen diese Firma spekuliert, so dass die Kunden arge Verluste hinnehmen mussten.

Die Verstrickung der Bank mit den Zentralbanken der USA und Europas wurde offengelegt. Nach und nach wurde die Bank in Verruf gebracht und es gab einen Skandal. Auf Druck der Öffentlichkeit begannen die Behörden zu ermitteln und bei Goldsax intern gab es mächtig Ärger, da es offensichtlich ein Leck gab. Goldsax beauftragte die Geheimdienste, heraus zu bekommen, wer für diese Aktionen verantwortlich war.

Bevor Goldsax die Maßnahmen für die südeuropäischen Länder umsetzen konnte, startete die Anti-Monopoly-Gruppe ihre Hauptaktion. Sie warfen alle Aktien von Goldsax und den verbundenen Unternehmen auf den Markt und die Kurse stürzten ab. Weitere Anleger begannen ihre Anteile an der Bank und den beteiligten Unternehmen zu verkaufen und Goldsax geriet in einen Abwärtsstrudel.

Das IT-Team begann, die Algorithmen der Bank zu verändern, so dass sie das Gegenteil von dem ausführten, wozu sie eigentlich programmiert worden waren. Innerhalb kurzer Zeit verschärfte sich die tiefe Krise der Bank dramatisch.

Die US-Regierung und die Notenbank griffen ein und kamen für einige der Verluste auf, um Goldsax vor dem Konkurs zu retten.

Die NSA bekam irgendwann heraus, wo die Attacken und die Maßnahmen gegen die Bank herstammten. Sie ermittelten die Büroetage in Frankfurt und die in New York mit einigen dazugehörigen falschen Identitäten der Protagonisten.

Eine SWAT-Einheit mit 50 Mann fuhr zum New Yorker Wolkenkratzer, in dem sich die Büroetage der New Yorker Anti-Monopoly-Gruppe befand. Sie fuhren mit ihrem Konvoi in die Tiefgarage und positionierten weitere Leute um das Gebäude herum, aber außer Sichtweite der Büros im Wolkenkratzer. Zwanzig Mann vom SWAT-Team bestiegen den Aufzug und fuhren in die 33. Etage, in der sich die Büroräume befanden. Der Rest sicherte das Erdgeschoss und die Tiefgarage.

Der Schloßexperte des Teams öffnete die Tür und die vermummten und bis an die Zähne bewaffneten und gepanzerten Polizisten stürmten die Büros. Doch die waren komplett leergeräumt. Lediglich ein einziger Computer befand sich auf einem Schreibtisch. Auf dem Bildschirm war zu lesen: „Fuck Goldsax and the Fed!“

Die Truppe zog ihre Masken ab und sah sich überrascht und frustriert um.

Auf dem Computer befanden sich Dokumente und Beweise, die die Machenschaften von Goldsax offenlegten.

In Frankfurt passierte das gleiche. Eine SEK-Einheit stürmte die Büros von Balows Gruppe. Hier fanden sie auch einen Computer, auf dessen Bildschirm zu lesen war: „Krieg den Palästen – wir fordern unsere Rechte zurück.“ Auf diesem Computer fand die Polizei belastende Hinweise zu Finanzaktionen der Schwartzschilds.

Aber insgesamt war es zu gefährlich geworden, weitere Aktionen durchzuführen. Alle Gruppen lösten sich auf und viele der Mitglieder tauchten unter. Sie waren alle mit finanziellen Mitteln und weiteren falschen Identitäten ausgestattet worden. Die Geheimdienste ermittelten weiter, aber die Tarnungen waren sehr gut und sie konnten nur zwei IT-Spezialisten verhaften, die ihnen aber wenig weiterführende Informationen lieferten. So kehrte erstmal Ruhe ein.

AUM

In seinem Versteck in Indien blieb Balow am Ball und recherchierte weiter über verschiedene Details der globalen Finanzstrukturen. Er hatte sich auf die USA eingeschossen, die schließlich die herrschende Supermacht waren und großen Einfluss auf die Weltpolitik und die großen Finanzinstitutionen, wie IWF und Weltbank hatten.

Balows Recherchen ergaben einiges. Da las er z.B. folgendes: „Die ganze Welt finanziert die USA durch die Weltleitwährung des US-Dollars, der auch als Petrodollar bekannt ist, da alle Ölgeschäfte in Dollar abgerechnet werden. Das mittlerweile völlig überbewertete Geld der USA, der Dollar, wird nur dadurch am Leben erhalten, dass alle Nationen der Welt sich den Dollar anschaffen müssen. Dafür bezahlen sie mit Waren und Dienstleistungen und erhalten im Gegenzug lediglich bedrucktes Papier. So können die USA in Wohlstand leben (zumindest die Oberschicht) und ihren überdimensionierten Militärapparat finanzieren."

In einem anderen Artikel stand folgendes:

„Die USA spielen eine zentrale Rolle in der neoliberalen Globalisierung. In den USA wurde dieses Programm erfunden und auf fast der ganzen Welt durchgesetzt. Mittels Privatisierung und Deregulierung wird der Reichtum der Nationen an die Konzerne und Banken verteilt. Die Entfesselung der Finanzmärkte spielt dabei eine ausschlaggebende Rolle. Die Macht ist an die Finanzmärkte übergegangen und jeder Versuch der Bändigung dieses Turbokapitalismus scheitert vor allem an den USA und Großbritannien. Die Staaten können keine Politik mehr gegen die Interessen der Finanzinstitutionen betreiben."

Dabei haben IWF und Weltbank eine Polizeifunktion bekommen. Beide Institutionen vertreten nur die Interessen des Kapitals und der USA. Schuldnerstaaten müssen neoliberale Maßnahmen einleiten, vornehmlich Sozialabbau, Privatisierung und Beschneidung der Arbeitnehmerrechte.

Seit Beginn des neoliberalen Feldzugs haben sich die globalen Schulden um ein vielfaches erhöht. Insbesondere haben fast alle Nationen enorm hohe Schulden bei den Finanzinstitutionen. Der Schuldner ist abhängig vom Gläubiger und zahlt in der Regel weit mehr als das Geliehene an Schuldzinsen dem Gläubiger. Zudem kann sich dieser in die Politik der Regierungen einmischen.

Versagen alle diese „friedlichen" Methoden, um einen Staat „auf Linie" zu bringen, wird zu gröberen Mitteln gegriffen. Geheimdienste versuchen es mit Bestechung und Erpressung. Hilft auch das nichts, gibt es Mordanschläge. Flugzeugabstürze, Krebserkrankungen, Attentate, da gibt es viele Möglichkeiten. Dann kann man auch eine Opposition aufbauen und einen Regierungssturz einleiten. Versagt auch das und will ein Land sich immer noch nicht der neoliberalen Herrschaft beugen, gibt es Sanktionen und schließlich Krieg. Ein Land, das sich erfolgreich gegen dieses System wehrt, wird als Schurkenstaat diffamiert und dann marschiert das Militär auf und bombardiert solch ein Land in die Steinzeit zurück, dann folgt gegebenenfalls die Invasion und immer die Plünderung aller Schätze und Ressourcen des Landes.

Der neoliberale Feldzug wurde von Anfang an von Propagandakampagnen begleitet. Die Geheimdienste und Think-Tanks erarbeiten angemessene Strategien, suchen sich aufstrebende Wissenschaftler und Journalisten und starten in fast allen Ländern der Welt ihre dem Land angemessenen PR-Kampagnen.

Die Mainstream-Medien machen mit, sie sind heute in der Hand von privaten Konzernen oder sonst wie abhängig vom Establishment. Sie erstatten schon lange nicht mehr unabhängig Bericht, sondern berichten im Sinne der Mächtigen für die neue Weltordnung.

Mittels verdeckter CIA-Aktionen und sogenannten Psy-Ops werden die Stimmung und die Meinungsbildung in der Öffentlichkeit weiter manipuliert.

Durch die Infiltration von Gegenbewegungen, wie etwa der deutschen Antifa oder auch den Rechtsextremen, durch Diffamierungen von Politikern und Aktivisten, durch Beeinflussung und Nötigung von Politikern und Journalisten etc. etc. wird die gewünschte Meinung hergestellt. Die RAF war natürlich übrigens eines der Kinder der CIA, von Anfang an manipuliert und infiltriert von den Geheimdiensten.

In den USA hat seit den 70er Jahren die Herrschaft der sogenannten WASPs, die Abkürzung für weiße, angelsächsische Protestanten, zunehmend abgenommen und jüdische Gruppen haben zunehmend an Einfluss gewonnen. Heute sind die USA ziemlich eindeutig von Zionisten und jüdischen Gruppen kontrolliert. Viele hohe Staatsbeamte haben die doppelte Staatsbürgerschaft, einen israelischen und einen US-Pass. Da wundert es kaum, wieso die USA Israel so vorbehaltlos unterstützten.

Balow pustete durch. Der Feind war ein Ungetüm mit

zahllosen Köpfen. Die Aktionen seiner Gruppen hatten zwar aufgehört, aber er wollte die Zeit nutzen. Er suchte weiter umher, um einen der Köpfe der Verschwörer in den USA zu finden. Die meisten in der Öffentlichkeit stehenden Personen waren nicht besonders interessant. Es war klar, dass z.B. der Präsident nur eine Marionette war.

Balow fand aber trotzdem jemand, der ihn interessierte. Das war Roger Zockefellow, der wohl berühmteste Billionär im Land. Man konnte ihn ohne Mühe als Statthalter der Schwartzschilds in den USA bezeichnen.

Balow setzte sich hin, um Zockefellow astral auszuspähen, aktivierte das Gerät und setzte die Kopfbedeckung auf. Er konzentrierte sich auf den Mann und es zog ihn über die Landschaft hinweg, dann über den Atlantik nach New York.

Zockefellow befand sich gerade in seinem Büro und telefonierte über Freisprechanlage.

„Wir haben die Ukrainer angewiesen, uns ihr gesamtes Gold auszuhändigen“, tönte es aus dem Lautsprecher des Telefons. „Wir erwarten die Lieferung in den nächsten Tagen. Die Flugzeuge werden zunächst in Washington D.C. landen.“

Zockefellow sagte: „Gut, ich werde meine Leute anweisen, dass sie die Fracht übernehmen und umgehend in unser Depot weiterleiten.“

Die Verbindung wurde beendet.

Zockefellow wählte eine Nummer.

„Ja, Sir“, erklang eine Stimme.

„Bereiten Sie eine Lieferung zu unserer Schatzkammer vor. Wir erwarten das ukrainische Gold“, sagte Zockefellow.

„Wird erledigt, Sir.“

Zockefellow erhob sich von seinem Schreibtisch und zog sich eine Jacke an, um Essen zu gehen.

Balow beendete die kurze Sitzung und flog zurück in seinen Körper.

In den nächsten Tagen unternahm er diverse Überwachungen und erfuhr schließlich, wann und wo die Bediensteten Zockefellows das Gold in Empfang nehmen würden.

An einem Donnerstag landeten gleich mehrere Maschinen in Washington und das Gold wurde umgeladen. Balow kam hinzu und prägte sich die Erscheinung des befehlshabenden Adjutanten von Zockefellow ein. Er blieb, bis das Gold in andere Maschinen umgeladen war und diese mit unbekanntem Ziel starteten.

Er kehrte zurück in sein Büro und startete einige Stunden später eine erneute Astralausspähung. Der Adjutant befand sich in einer unmarkierten Boeing 747, die soweit er das feststellen konnte, mitten über dem Atlantik in Richtung Süden auf dem Weg war. Er kehrte wiederum in sein Büro zurück, legte sich schlafen und stellte den Wecker für ein paar Stunden Schlaf.

Dann konzentrierte er sich erneut auf Zockefellows Bediensteten und es zog ihn über Europa, dann Afrika, dann über den Atlantik hin zur Antarktis. Balow verlangsamte seine Fluggeschwindigkeit, als er die ersten Eisberge erblickte. Er verringerte die Höhe und sah auf das tiefblaue Meer mit den darin schwimmenden riesigen Eisformen hinab. Er sah auch einige Wale, die ruhig im Meer schwammen und ab und zu ihre Schwanzflossen aus dem Wasser hoben oder Wasser ausprusteten. Es war sonniges Wetter und das Eis glitzerte.

Dann beschleunigte er wieder und flog seinem Ziel entgegen.

Die Flugzeuge waren auf einer Eispiste auf dem schneebedeckten Kontinent gelandet und das Ausladen der Fracht hatte begonnen.

Balow flog in einiger Höhe über dem Gelände. Es war ein riesiger Flugplatz, auf dem einige Maschinen parkten. Es gab mehrere Tore, die in den Untergrund führten. Balow schwebte herab und durch eins der Tore hindurch. Verborgen unter dem Eis war eine riesige Siedlung mit einem See und Bepflanzungen um ihn herum. Licht kam aus Scheinwerfern und aus Schächten, in denen das Sonnenlicht gebündelt und dann wieder ausgestrahlt wurde.

„Das ist wohl Neu-Schwabenland", dachte sich Balow, der lange Jahre skeptisch gewesen war, was die angeblichen Geheimwaffen und Geheimoperationen der Nazis anging.

Er flog zurück zum Eingang, wo Fahrzeuge das Gold vom Flugfeld hereinbrachten. An einem Ende des riesigen unterirdischen Geländes gab es einige Gebäude, wohin die Fahrzeuge fuhren. Dort waren Lagerhallen in den Stein gehauen worden und die Tore waren offen. In eines der Lagerhallen verfrachtete man gerade das Gold aus der Ukraine. Balow begab sich hinein. Dort war fast der gesamte Goldschatz der Erde gelagert. Das US-Gold, das einst in Fort Knox gelagert gewesen war, war schon lange hierhin abtransportiert worden und Balow sah Tonnen über Tonnen von Gold, aufgeschichtet in der langen Halle.

Er begab sich in die nächste Halle. Hier wurden Kunstschätze gelagert, vornehmlich aus Gold und Edelsteinen. Figuren, Schmuck, Statuen, hier lagerten die verlorenen Schätze der Menschheit.

Er begab sich in die nächste Halle. In dieser befanden sich diverse Berge von Edelsteinen. Mehrere Diamantenberge, Smaragde, Opale, Platin, Kristalle, alle möglichen Edelsteine waren hier gelagert. Balow musste an Donald Ducks Schatzkammer denken.

Dann besah er sich den Rest des Geländes. Es gab eine Stadt, die ganz normal daherkam, daneben einen unterirdischen Flughafen, auf dem einige scheibenförmige Fluggefährte zu sehen waren, offensichtlich Raumschiffe oder dergleichen. Außerdem sah er einen unterirdischen U-Boothafen, in dem eine Vielzahl von U-Booten lag.

Er hatte erstmal genug gesehen. Er kehrte zurück in sein Büro und pustete durch.

Er spähte Zockefellow weiter aus, startete eine Menge Besuche und hatte schließlich einen guten Überblick über wichtige Termine.

Am nächsten Tag hatte Zockefellow ein Meeting mit dem Puppet Control HQ der CIA. Zockefellow flog nach Langley und wurde in den Gebäudekomplex geleitet. Balow hatte nervös auf den richtigen Zeitpunkt gewartet und flog nun ebenfalls in die CIA-Zentrale.

Zockefellow wurde in einen Raum mit einer Menge Computern geführt und von dem Chef der Abteilung begrüßt. Der CIA-Direktor war ebenfalls anwesend. Balow schwebte hinter der Gruppe her und platzierte sich in einer Ecke des Raums unter der Decke, von wo aus er die ganze Zentrale gut einsehen konnte.

Abrams, der Abteilungschef, begann: „Schön, dass Sie bei uns vorbei schauen, Sir."

„Wir haben erhebliche Fortschritte gemacht und haben eine Show für Sie vorbereitet."

„Aber zunächst fasse ich einmal zusammen. Unsere Zielgruppen sind erstens unsere Spezialagenten, zweitens ausgewählte Zielpersonen, drittens Personen des öffentlichen Lebens, darunter auch Sportler und viertens die Gesamtbevölkerung."

„Unsere Agenten werden von Geburt an konditioniert. Ihnen wird nur die geringste Zuwendung gewährt und sie werden von Anfang an der Folter und dem Missbrauch unterworfen. Wenn sie Zuwendung erhalten wollen, müssen sie dafür immer etwas tun. Kleinkinder z.B. müssen ihren Stofftieren die Gliedmaßen abschneiden, dann Insekten die Flügel ausreißen und schließlich kleine Säugetiere mit Messern bearbeiten, so dass Blut fließt, also in lebendiges Fleisch schneiden und auch Extremitäten abtrennen usw."

„Das führt dazu, dass diese Personen vollkommen unfähig sind, Mitgefühl zu empfinden sowie zu einer Spaltung der Persönlichkeit, denn dem Terror entkommen sie nur, wenn sie ihn in eine nicht zugängliche Ecke der Psyche verstecken und leugnen. Dieser Teil der Persönlichkeit kann aber durch uns später jederzeit aktiviert werden, durch bestimmte Codewörter."

„So kann z.B. eine ganz normale Hausfrau per Codewort zu einer Agentin werden, die ihre Reize für unsere Zwecke einsetzt und/oder von uns ausgewählte Ziele auslöscht."

Die zweite Gruppe sind die ausgewählten Individuen, die in der Regel dafür eingesetzt werden, als Sündenböcke zu fungieren. Es sind in der Regel absonderliche Außenseiter, die etwa rechtsextreme Positionen vertreten. Mittels unserer neuen Technologie können wir diesen Personen Gedanken, Gefühle und ganze Erinnerungssequenzen eingeben.

Z.B. wird ein Ziel, das im öffentlichen Leben steht, Opfer eines Anschlags unserer Agenten. Dann lassen wir die Sündenböcke zum Zeitpunkt des Anschlags sich an den Ort der Tat begeben, und impfen ihnen die Erinnerung ein, dass sie den Anschlag mittels Messer oder anderer Waffe ausgeführt haben. Die Waffen werden ihnen entweder untergejubelt oder sie benutzen Küchenmesser oder dergleichen.

Zockefellow fragte: „Wie werden die Erinnerungen aufgezeichnet?"

Abrams antwortete: „Das erledigt unser Team von psychisch trainierten Mitarbeitern. Diese sind geschult, sich

Situationen und Verhalten in allen Details vorzustellen. Das nehmen wir dann mit Computern auf und senden es an die Zielpersonen, meist mittels Handystrahlung. Aber wir arbeiten daran, die Erinnerungen direkt im Computer zu erzeugen.“

„So zum nächsten Punkt. Die Umwelt, die Atmosphäre und die Lebensmittel werden auf fast der ganzen Welt mit Nanopartikeln angereichert. Diese Nanopartikel werden von allen Lebewesen und natürlich der Bevölkerung aufgenommen und bleiben im Organismus.“

Zuvor haben wir natürlich schon die Strahlenwaffen gehabt, die auch direkt auf die Lebewesen und die Bevölkerung einwirken können, etwa wurden im Irak, wie Sie wissen, die feindlichen Soldaten mit Bestrahlung derart in Angst und Depression versetzt, dass sie alle ihre Positionen verließen und flohen.

„Ich zeige Ihnen ein kurzes Video.“

Auf einem der riesigen Bildschirme an der Wand begann ein Video anzuspielen. Es zeigte eine belebte Bahnhofshalle und man hörte die ganzen Geräusche, die in so einer Umgebung typisch sind, laute Stimmen, Ansagen, ein- und abfahrende Züge usw.

Dann gab es einen Schriftzug im Film: „Start der Bestrahlung.“

Innerhalb weniger Minuten verebbte das rege Treiben, die Leute wurden stumm und schleppten sich nur noch durch die Halle. Der Geräuschpegel ließ merklich nach und eine eigenartige Ruhe kehrte in die Halle ein.

Es gab wieder einen Schriftzug im Film: „Phase 2 der Bestrahlung.“

Wiederum innerhalb kurzer Zeit wurde die Halle wieder lebhaft, aber es mischte sich ein aggressiver Unterton in die Geräuschkulisse und wenig später kam es zu vielfältigen

Auseinandersetzungen zwischen den arglosen Anwesenden in der Halle. Überall gab es Streit, die Leute beschimpften sich gegenseitig und dann kam es sogar zu handgreiflichen Auseinandersetzungen.

Es gab wieder einen Schriftzug im Film: „Ende der Bestrahlung."

Nach und nach ebbten die Auseinandersetzungen ab und die Halle kehrte zur Normalität zurück.

Zockefellow sagte: „Ich bin beeindruckt, sehr gut."

Abrams sagte: „Jetzt kommen wir zum Höhepunkt dieser Vorführung. Ich habe die Nanopartikel bereits erwähnt. Mit ihnen ist es möglich, weit mehr als bei den Strahlenwaffen den ganzen Organismus zu steuern.

„In Europa gibt es gerade die Fußball-Europameisterschaft. Deshalb haben wir auch den Termin mit Ihnen so vereinbart. Es beginnt in Kürze ein Spiel. Bitte entspannen Sie sich und sehen Sie zu, was wir so alles machen können. Bedenken Sie, das ist eine Live-Übertragung."

Auf den großen Bildschirmen war nun ein Fußballstadion zu sehen, in verschiedenen Einstellungen, außerdem wurden alle Spieler der beiden Mannschaften aufgelistet. Einige Mitarbeiter hatten an Computerkonsolen Platz genommen.

„Sir, wir werden Ihnen jetzt zeigen, wie wir auf so ein Spiel Einfluss nehmen. Sport ist viel zu wichtig und politisch, um ihm dem Zufall zu überlassen. In allen Spielern sind die Nanopartikel – oder besser Nanoroboter – so weit angereichert, dass wir ihre körperlichen Funktionen und Bewegungen steuern können. Sehen Sie selbst!"

Das Spiel begann. Beide Teams waren etwa gleich stark und lieferten sich viele Zweikämpfe und die Angriffe der beiden Teams wurden dank der guten Verteidigung beider Mannschaften noch nicht gefährlich.

Abrams gab die Anweisung: „O.k., lassen wir die Mannschaft in Weiß ein Tor schießen."

Sein Team begann an den Computern herum zu tippen.

Abrams sagte: „Also, wir haben jetzt die Innenverteidiger des roten Teams müde und desinteressiert gemacht und den Stürmer des weißen Teams haben wir einen großen Schub Adrenalin sowie den festen Glauben und Willen eingeimpft, jetzt nach vorne zu gehen und ein Tor zu schießen."

An seine Leute gerichtet sagte er: „Starten Sie den Angriff!"

Auf dem Computerbildschirm wurde eine Angriffsprojektierung geschaltet, mit Pfeilen wohin der Ball gehen sollte und kurze Zeit später begann der Angriff des Teams in den weißen Trikots genau nach dem vorgegeben Muster. Es gab einen langen Pass vor den Strafraum, der Ball schlug auf und sprang über den roten Verteidiger hin zu einem heran eilenden Angreifer.

Der Fußball-Moderator kommentierte: „Mein Gott, was für ein Anfängerfehler – man darf den Ball nicht springen lassen, das lernt man in der C-Jugend!"

Der Flügelangreifer erhielt den Ball und schoss einen flachen Pass vor das Tor. Der Mittelstürmer des weißen Teams kam an den Ball, die Verteidiger ließ er hinter sich und gab einen gezielten Schuss auf das Tor ab. Der Torwart war machtlos. Das Team in weiß jubelte.

Abrams sagte: „Wir können sogar die Schusstechnik der Spieler kontrollieren. Wir haben gerade den Computer berechnen lassen, wie der Mittelstürmer schießen musste, um ein Tor zu erzielen und haben seine Bewegung entsprechend gesteuert."

Das Spiel ging weiter und das Team mit den weißen Trikots zog sich erstmal zurück und ließ die Roten angreifen.

Dann sagte Abrams: „O.k., Leute, lasst den Rastafari von den Roten ein Tor schießen."

Dem jungen Fußballstar der Roten wurde eine Adrenalindusche verpasst und zugleich ein Angriffsplan vorgegeben, den Innenverteidigern des weißen Teams wurde der Mumm genommen. Auf dem Bildschirm waren nun einige Rote grün markiert, die weißen Verteidiger rot.

Die Roten griffen an, die Spieler in weiß verteidigten mühevoll, und der junge Fußballstar mit den Rastafari-Locken erhielt den Ball am Strafraum und setzte einen Schuss an. Sein Schuss war scharf, wurde von einem Verteidiger noch abgefälscht und landete unhaltbar im Tor.

Die roten Spieler jubelten.

Abrams sagte: „Gut, lassen Sie das rote Team im Elfmeterschießen gewinnen, keine Tore mehr."

Wenig später hatte der große Star der roten Mannschaft Renoldi eine Riesenchance. Nach einem Angriff des Teams in den weißen Trikots gab es einen schnellen Konter und Renoldi erhielt den Ball am Elfmeterpunkt. Der teuerste Fußballer der Welt verfehlte den Ball vollkommen und dieser sprang stattdessen in die Arme des Torhüters.

Abrams sagte: „Gut, mehr wollen wir Ihnen heute nicht zeigen – ich denke, das war überzeugend."

Zockefellow sagte: „Beeindruckend, das ist gute Arbeit."

Abrams sagte: „Danke Sir, in der allgemeinen Bevölkerung ist die Anreicherung mit den Nanorobotern noch nicht so weit fortgeschritten, dass wir hier das Gleiche tun könnten, aber es wird nur noch 20 Jahre dauern, dann können wir alle fernsteuern."

„Sehr gut", sagte Zockefellow.

Balow machte sich von dannen.

AUM

Direkt am nächsten Tag unternahm er wieder eine „Reise"

zum CIA-Hauptquartier. Dort gab es noch andere interessante „Projekte“, da war er sich sicher.

Er schwebte durch die Eingangshalle, sah sich die Tafeln an. Da gab es nicht viel zu sehen. Nur Abteilung eins, zwei usw., keinen Hinweis darauf, was die so machten. Er nahm sich die einzelnen Etagen vor, schwebte durch die Gänge, sah sich die Aufschriften an den Türen an und beobachtete die Mitarbeiter. Eine Abteilung trug den Namen „Allmächtig“ und Balow begab sich in die Räumlichkeiten dieser Truppe.

Er kam in ein Großraumbüro, in dem zahlreiche Mitarbeiter an Computern arbeiteten. Angrenzend waren durch Glas abgeschottete Büroräume, Besprechungsräume und das Büro des Abteilungsleiters. Balow schwebte hinein und sah sich um. An der Wand hing ein Bild des Präsidenten sowie das Bild vom Ein-Dollar-Schein mit der Pyramide und dem Auge in der abgetrennten Spitze sowie dem Schriftzug: „Novus Ordo Seclorum“.

Er schwebte wieder hinaus in das Großraumbüro und gerade da wurde ein neuer Mitarbeiter eingewiesen. Balow positionierte sich hinter den beiden. Eine Gruppenleiterin wies den Neuen ein.

Sie sagte: „In dieser Abteilung wachen wir darüber, dass der Anschein aufrecht erhalten wird, dass Widerstand zwecklos ist. Gleichzeitig müssen wir natürlich den Glauben an den Rechtsstaat und die Demokratie nicht in Gefahr bringen.“

Um diese Ziele zu erreichen, gehen wir vielschichtig vor. Wir arbeiten eng mit Hollywood und den Medien zusammen. Eine ganze Abteilung überarbeitet Drehbücher, damit die richtige Botschaft von den großen Filmen ausgeht. In den 70ern gab es viele Filme, in denen man auf Widerstand gegen die Behörden setzte und auf Einzelkämpfer, die gegen die Mächtigen angingen. Das Motiv des Widerstands und der Einzelkämpfer haben wir inzwischen so umgestaltet, dass diese Leute nur noch gegen Verbrecher, Terroristen und ab und zu gegen korrupte Staatsbeamte kämpfen.

In allen Bereichen fördern wir die Botschaft, dass der Einzelne komplett machtlos ist und auch aufkommende Bewegungen, in denen sich die Bürger organisieren, zum Scheitern verurteilt sind.

„In manchen Fällen allerdings fördern wir gewisse Ziele des Widerstands, damit nicht der Verdacht aufkommt, dass die Demokratie und die Rechte der Bürger komplett verschwunden sind.

Aber unsere Aufgabe besteht darin, dass wir die Idee in den Menschen implantieren, dass Widerstand zwecklos ist. Diese Abteilung erarbeitet dafür den intellektuellen Hintergrund.

Wir haben z.B. bei der Finanzkrise den Slogan „Too big to fail“ erfunden und propagiert. Wir arbeiten eng mit zwei weiteren Abteilungen zusammen. Die eine unternimmt die Infiltration von Protestbewegungen, die andere kontrolliert die Politiker und die Parteien. Aber wir sind für den geistigen Hintergrund verantwortlich und Sie als Sozialwissenschaftler werden Ihre Ideen dazu beitragen.

Der neue Mitarbeiter nickte und sagte: „Ja, das ist doch mal eine schöne Aufgabe.“

„Das denke ich auch“, sagte die Frau. „Ein großer Teil unserer Arbeit ist es natürlich auch, die Medien anzuweisen, über erfolgreichen Widerstand nicht zu berichten. Im Fall der Finanzkrise hat Island tatsächlich die Banken abgewickelt und die ausländischen Investoren leer ausgehen lassen. Das durfte natürlich nicht berichtet werden.“

„Unsere Klientel sind aber hauptsächlich die Protestbewegungen und die oppositionellen Parteien sowie die esoterischen Gruppen und die Alternativmedien, insgesamt alle Individuen, die gegen das System sind. Unsere Aufgabe ist es, sie auf falsche Fährten zu setzen.“

Eine andere unserer Abteilungen steuert die Infiltration von Protestgruppen oder gründet Gegenbewegungen und wir liefern dazu die Hintergrundphilosophie. Außerdem geben wir der Politik und den Medien geeignete Schlagwörter und Konzepte vor, mit denen sie gegen diese Proteste vorgehen können. In der Flüchtlingskrise z.B. war es unsere Idee, alle kritischen Stimmen sofort der Ausländerfeindlichkeit und des Rassismus zu bezichtigen.

Ein großer Erfolg war die Idee eines Mitarbeiters, den Begriff der politischen Korrektheit einzuführen. Politisch korrekt ist nur, was uns passt. Wenn jemand fundamentale Kritik äußert und sich aus der herrschenden Meinung begibt, kann er sofort mit diesem Konzept diskreditiert werden.

In Deutschland, einem sehr wichtigen Operationsgebiet, haben wir die Gegenbewegungen und vor allem die Linken und die Antifa seit Jahrzehnten infiltriert und steuern sie. Um möglichst viel Wut und Aufruhr zu schaffen, haben wir die Antifa angewiesen, den Schlachtruf: 'Bomber Harris, do it again!' zu benutzen. Das bezieht sich auf die Terrorbombardierungen gegen die deutsche Zivilbevölkerung vor allem gegen Ende des zweiten Weltkriegs. Und die Erwähnung von Bomber Harris macht die Gegenseite extrem wütend.

„Ja, Madam, ich habe verstanden, was ich tun soll. Womit soll ich anfangen?“

„Als erste Aufgabe möchte ich Ihnen folgendes geben: Entwickeln Sie Strategien, wie man Protestwähler und Systemgegner dazu bringt, nicht wählen zu gehen. Wir reden von den stabilen Demokratien wie den USA, Frankreich und Deutschland, nicht von den Krisenländern. Ich bin gespannt, ob Ihnen da etwas Neues einfällt.“

„Da fällt mir gleich etwas ein: Man muss doch nur sicherstellen, dass das Wählen wirklich sinnlos ist und Wahlen am System nichts ändern können. Wenn man dazu noch die großen Medien und die Politiker herunter beten lässt, dass möglichst viele wählen sollen, dann glauben die Systemgegner doch von selbst, dass es besser ist, nicht zu wählen."

Ich sehe, Sie haben Talent. Genau das tun wir natürlich. Eine andere Abteilung infiltriert und manipuliert die Oppositionsparteien. Aber das ist ein Haufen Arbeit und es wäre uns lieber, es gäbe keine Proteststimmen.

Ich werde darüber nachdenken und mich bemühen, „Madam", sagte der neue Mitarbeiter.

„Ich gebe Ihnen noch ein paar weitere Infos: Der Vorgänger dieser Abteilung erfand nach der Beseitigung des Verräters Kennedy das Konzept der Verschwörungstheorie. Der Mitarbeiter, der sich das ausgedacht hat, bekam viele Auszeichnungen. Jeder, der auf verdeckte Operationen oder verdeckte Absprachen hinweist, kann nun ganz einfach abserviert werden: Man muss nur das Wort benutzen und schon hat man die Person diskreditiert."

„Eine andere sehr wichtige Operation ist die Verteidigung der Politik Israels. Wir haben die Idee gehabt, dass Verfechter der israelischen Besatzung stets folgende drei Punkte in den Vordergrund stellen. Sie bezeichnen den Widerstand der Palästinenser als Terrorismus, ihre eigenen Maßnahmen der Unterdrückung und der gezielten Morde als Selbstverteidigung, und sie weisen darauf hin, dass die Hamas Israel vernichten will und das Existenzrecht Israels bestreitet."

„Das hatte nachhaltigen Erfolg, obwohl die Kriege Israels sehr heikel sind und großen Widerstand hervorrufen. Noch können wir die Palästinenser nicht endgültig aus ihren Gebieten vertreiben."

„Einer unserer weiteren großen Erfolge war die Manipulation der esoterischen Gruppen. In den 70ern und 80ern haben wir die Philosophie der New-Age-Bewegung grundlegend mitgeprägt. Wir erschufen einige Prinzipien, die bis heute Grundlage für die neue Spiritualität sind. Soll ich Ihnen die Punkte nennen?"

„Ja, bitte, das ist interessant!"

„Wir waren genial. Wir nahmen einige spirituelle Grundeinsichten und interpretierten sie so um, dass sie sich gegen die Menschen richteten und Widerstand gegen das System als völlig tabu erscheint. Als erstes etablierten wir die Doktrin „Alles ist eins". Daraus kann man eine Menge ableiten. Wenn alles eins ist und die Menschen keine Individuen mehr sind, dann macht es keinen Sinn, sich gegen andere Menschen zu stellen oder sie zu kritisieren."

Als nächstes griffen wir das Konzept vom Karma auf. Jeder ist für seine Taten verantwortlich und bekommt deshalb im Leben, das, was er verdient. Das war ein Riesenerfolg. Damit ist jedes Leid und jedes Unrecht quasi von dem Opfer selbst angezogen und verursacht worden.

Dann griffen wir das Prinzip auf, das jeder seine eigene Realität erschafft. Das war ebenso ein Knaller. Zusammen mit dem Karma kann man nun jede Verantwortung für Leid und Unrecht den Opfern zuschreiben. Das ist wahrhaft genial und der Mitarbeiter, der sich das ausgedacht hat, wurde mit einigen Orden bedacht.

Der nächste darauf aufbauende Punkt ist, dass die physikalische Welt lediglich Maya, also Illusion ist. Das war auch sehr erfolgreich. Alles Leid und alles Unrecht auf der Welt sind damit auch nur Illusion und das Ziel des Menschen ist es, durch die Illusion durchzudringen zum wahren Sein. Das bedeutet, dass niemand mehr in diesen Kreisen politisch tätig wird oder sich Protestbewegungen anschließt.

Der nächste Baustein für die politische Ausschaltung der

Esoteriker war das Konzept, dass alles, was man in sein Bewusstsein lässt, einem begegnet. Wenn man sich also mit Leid und Unrecht beschäftigt, wird dieses unweigerlich in das eigene Leben treten, so die Doktrin. Wenn man sich dagegen mit Liebe und Wachstum beschäftigt, dann wird man diesen begegnen – das ist ein absolutes Totschlagargument und hat die spirituelle Bewegung fast vollständig davon abgebracht, sich um die Zustände auf der Erde zu kümmern.

„Als nächstes war Gewaltlosigkeit an der Reihe. Im Verbund mit den anderen Prinzipien hat diese Doktrin eine verheerende Wirkung. Sie verlangt vom Anhänger des New Age absolute Gewaltlosigkeit in Wort und Tat. Damit ist jede Selbstverteidigung und selbst verbale Aggression verpönt und die Esoteriker ergehen sich in „Peace"-Parolen, wo Widerstand angebracht wäre. Besonders die Männer werden zu echten Waschlappen, aber auch bei den Frauen wird das weibliche Prinzip des Mitgefühls völlig korrumpiert durch die Summe dieser Grundsätze."

„Sie sehen also, wir sind äußerst erfolgreich in dem, was wir tun und das erwarten wir auch von Ihnen."

„Ja, Madam, ich mache mich gleich an die Arbeit."

„Gut, wir sprechen uns später."

Balow machte sich auf den Rückweg – das Ausmaß der Unterwanderung durch diese Leute musste er erstmal verdauen.

Prolog
Vierter Teil

Am Abend ging Balow zu einem Vortrag mit dem Titel „Deutschland – ein souveräner Staat?“. Das war ein interessantes Thema und diese Leute wurden dermaßen diffamiert und von den Mainstream-Medien angegriffen, dass sie vermutlich Recht hatten. Die Veranstaltung fand in einem Bürgersaal statt und als Balow ankam, war der Saal schon fast voll. Ein Mann kam auf ihn zu und begrüßte ihn.

„Hallo, Sie sind doch Herr Balow, der Alternativjournalist?“

„Ja, das bin ich, hallo.“

„Ich bin Richard Naumann, Mitveranstalter. Hoffentlich wollen Sie über uns schreiben? Hinten ist ein Infostand und ich gebe ihnen meine Karte, sie können mich jederzeit für weiteres Material kontaktieren.“

„Danke, Herr Naumann, das tue ich gerne.“

„Genießen Sie den Vortrag!“

Wenig später kam der Redner auf die Bühne und es wurde ruhig im Saal.

„Liebe Anwesende, meine Damen und Herren, begann der Vortragende.“

Ich möchte Sie heute auf einiges hinweisen, was ganz normal erscheint, aber wenn man sich damit näher auseinandersetzt, Abgründe offenbart. Ich will Ihnen ein Beispiel nennen.

Vielleicht haben Sie sich schon einmal gefragt, wieso es Personalausweis heißt. Wieso nicht Personenausweis oder Identitätsausweis. Wieso Personal? Wessen Personal sind wir? Die Antwort auf diese Frage lautet: Wir sind das Personal der Finanzagentur GmbH der Bundesrepublik Deutschland!

Lassen Sie mich etwas ausholen. Es gab nie einen Friedensvertrag nach dem zweiten Weltkrieg und Deutschland ist immer noch ein besetztes Land. Es gibt auch keine Verfassung, das Grundgesetz ist zwar schön und gut, aber es hebt den Besatzungsstatus nicht auf. Man kann sogar argumentieren, dass nach der Wiedervereinigung der Artikel 23 gestrichen wurde, der den Geltungsbereich des Grundgesetzes bestimmte und dass das Grundgesetz damit keinen Geltungsbereich mehr hat. Jedenfalls ist der bundesrepublikanische Staat nur eine Verwaltung, und nicht souverän. Also existiert gar kein deutscher Staat, sondern nur eine Verwaltung eines besetzten Gebiets. In der Folge ist auch der Bürger dieses Staates, also wir, nicht voll souverän und hat den juristischen Status eines Staatslosen, dem gemäß UN-Statuten kein Staatsangehörigkeitsausweis, sondern nur ein Personalausweis zusteht, in dem keine Staatsangehörigkeit korrekt angegeben ist, sondern nur der Begriff „deutsch" steht.

Balow saß hinten im Saal, hörte dem Vortrag zu und versuchte, es sich auf seinem Holzstuhl etwas bequemer zu machen. Vor ihm saßen zwei Damen, die sich zuweilen flüsternd austauschten.

Nachdem der Redner noch weitere Details erwähnt hatte, fuhr er fort:

„Wollen wir wieder Staatsangehörige sein, müssen wir zurückgehen in der deutschen Geschichte. Seit dem Ende des ersten Weltkriegs ist die Souveränität Deutschlands nicht mehr voll gegeben. Die NS-Zeit, in der Hitler 1934 das Staatsbürgerschaftsrecht änderte, ist ein gesonderter Fall – aber auch da kann man diskutieren und wir wollen auch keine Bürger der NS-Diktatur – keine Reichsbürger – sein.

Es bleibt also nur, noch weiter zurück zu gehen und zwar in die Kaiserzeit zum Jahr 1913."

„Um ein souveräner Bürger zu werden, müssen Sie – halten Sie sich fest – zum Ausländeramt gehen und dort einen Antrag stellen, dass Sie als Bürger Deutschlands anzusehen sind. Dafür benötigen Sie den Nachweis, dass Ihre Vorfahren im Gebiet des Deutschen Reiches geboren sind. Übrigens ist es für alle Politiker, die ein Amt ausüben, notwendig, dies ebenfalls zu tun – denn sonst sind sie nicht voll rechtsfähig."

Der Vortrag ging noch weiter und der Redner führte noch eine Menge weiterer unglaublicher Details aus. In Deutschland gibt es spezielle Verhältnisse, aber überall auf der Welt werden den Bürgern unter anderem durch die Anwendung des internationalen Seerechts die Menschenrechte entzogen. Das Perfide am Seerecht ist, dass jeder als verschollen gilt, der sich nach sieben Jahren nicht meldet. Da man sich nirgends melden kann, gilt man ab dem siebten Lebensjahr als auf hoher See verschollen und damit als tot. Und dieses Recht wurde weit ins Land hinein verschoben.

In dem darauf aufgebauten Rechtssystem ist ein Gericht wie ein Handelsschiff und der Richter der Kapitän. Verhandelt wird nur über Sachen, nicht über Personen und schon gar nicht über Menschen.

Der Redner fuhr fort: „Es beginnt alles mit der Herausgabe der Geburtsurkunde. Auf dieser Geburtsurkunde wird der Name des Menschen mit Großbuchstaben geschrieben – laut römischem Recht ist das das Merkmal eines Sklaven – eine Verhöhnung der Bürger. In der Tat wird mit der Geburtsurkunde eine Person geschaffen, die nicht mehr die gleichen Rechte wie ein Mensch hat. Insbesondere unterliegt sie dem Handelsrecht. Ein Mensch hat eine Person, er ist sie nicht, er hat einen Namen, er ist nicht der Name. Dieser Unterschied ist sehr wichtig. Mit der Geburtsurkunde wird eine Handelsware geschaffen, in Großbritannien wird die Person zum Eigentum der Königin, in der USA zum Wertpapier, mit dem gehandelt wird und in Europa wird jede Person bei der Bank für Internationalen Zahlungsausgleich registriert und sein Wert verpfändet."

„So wird mit der Geburt die juristische und natürliche Person geschaffen. Der Mensch hat diesem Vorgang nicht zugestimmt. Da er darüber hinaus über die rechtliche Differenzierung Mensch/Person im Unklaren belassen wurde, nimmt man ihm sein Recht der freien Entscheidung. Stattdessen werden ihm Pflichten auferlegt und er wird an das „System" gebunden, zum Verwaltungsobjekt und damit kann die Staatsgewalt über diesen Menschen verfügen. Aber es beruht alles auf einer Fiktion und der Mensch bleibt außen vor."

„Im Rahmen der Unterjochung der ganzen Welt wird aber nicht nur der Mensch kommerzialisiert, sondern auch die Staaten und die Behörden gemäß des internationalen Handelsrechts, dem UCC (Uniform Commercial Code). In den internationalen kommerziellen Verzeichnissen sind alle Staaten und Behörden als Unternehmen eingetragen. An manchen Stellen wird das offensichtlich: So gibt es nunmehr die Agentur für Arbeit, nicht mehr das Arbeitsamt. Aber auch die Polizei, die Gerichte, alle staatlichen Behörden sind nunmehr Unternehmen und unterliegen dem Handelsrecht und haben eine Umsatzsteueridentifikationsnummer."

„Auch die Umstellung von den grünen auf blaue Uniformen und Kennzeichen hängt damit zusammen, denn nunmehr vertritt die Polizei das internationale Seehandelsrecht.
„So ist der Staat, der die Menschenrechte schützen soll, daran gar nicht mehr interessiert und mehr noch: gar nicht dazu verpflichtet."

Der Vortrag ging noch eine Weile weiter und schließlich

kam der Redner zum Ende. Alle applaudierten und Balow ging auf Naumann zu, der sich mit dem Redner und einigen anderen unterhielt.

Naumann drehte sich zu ihm: „Darf ich Ihnen den Redner vorstellen, Paul Hageler?“

Balow und Hageler begrüßten sich. Hageler hatte in den Zeiten der Internetblase ein kleines Vermögen gemacht und sich danach darauf konzentriert, systemkritische Ansätze zu verfolgen und dazu eine Website produziert. Er wurde zunehmend als Redner zu Veranstaltungen wie dieser hier geladen und war zu einer Autorität geworden.

Der Mainstream ignorierte ihn oder wenn es gar nicht anders ging, nannte man ihn einen Verschwörungstheoretiker oder einen Rechten.

Balow machte Hageler Komplimente zu seiner Rede und sagte dann: „Ich werde mich weiter in das Thema vertiefen und eine Artikelserie darüber schreiben.“

„Das ist schön zu hören! Sie haben bestimmt schon von Herrn Naumann Informationen bekommen, auch auf meiner Website ist einiges an Material zu finden.“

Sie unterhielten sich eine Weile über das Thema, dann fragte Balow Hageler: „Stört es Sie eigentlich, als Rechter beschimpft zu werden?“

„Der Vorwurf des Antisemitismus und des Rechtsextremismus werden immer dann in der politischen Diskussion bemüht, wenn man sich mit einem Thema auf gar keinen Fall auseinandersetzen will.“

„Als ich vor zwanzig Jahren angefangen habe, hinter die Kulissen zu schauen, habe ich mich zunächst mit dem Geldsystem beschäftigt. Und es ist so dermaßen ein Schleier um das ganze Thema gezogen worden, dass die meisten völlig getäuscht sind. Gerade in diesem Bereich werden alternative Theorien gerne mit dem Vorwurf des Antisemitismus oder als rechte Ideologie abgetan, wie zum Beispiel Silvio Gesells Arbeiten zur Wirkung der Zinsen und sein Entwurf für einen dritten Weg. Und den Namen Schwartzschild darf man schon gar nicht erwähnen, dabei haben bestimmte jüdische und zionistische Gruppen einen sehr großen Einfluss nicht nur auf die Hochfinanz, sondern auf das gesamte System."

„Die USA, Großbritannien und Israel bestimmen zusammen weitgehend die Weltpolitik und die Weltwirtschaft. Der Einfluss jüdischer Individuen und Organisationen wie der AIPAC oder der Anti Diffamation League in den USA sind kaum zu überschätzen. Die Schwartzschilds kontrollieren die City of London, das Finanzzentrum Europas und vielleicht der Welt, und haben auch erheblichen Einfluss auf die Wall Street und zusammen mit anderen Familien gehört ihnen die Notenbank der USA. Wir brauchen eine Aufarbeitung dieser Themen."

„Es ist haarsträubend, dass man über die Hochfinanz, die Bankster, nichts sagen kann, ohne dass man dafür als 'struktureller Antisemit' beschimpft wird. Die Diskussion wird nicht mit Argumenten geführt, sondern mit verbalen Keulen und mit Diffamierung."

„Ich verstehe, was sie meinen", sagte Balow.

Sie unterhielten sich noch eine Weile über das Thema. Dann sagte Hageler: „Ich habe nächste Woche einen Gerichtstermin. Wenn Sie da hinkommen, verspreche ich Ihnen eine Überraschung. Das sollten Sie sich nicht entgehen lassen."

„Gut, ich komme."

AUM

Balow war am besagten Tag zum Gericht gekommen. Vor dem Saal traf er Hageler, der sich mit einigen Leuten unterhielt. Sie begrüßten sich, tauschten einige Worte aus, dann war es schon Zeit für den Gerichtstermin.

Hageler benutzte den Eingang zum Zuschauerbereich, nicht den Eingang für die Prozessbeteiligten.

Balow begleitete ihn und setzte sich. Hageler stand nun am Rand des Zuschauerbereichs, der gut gefüllt war, und Richter und Anwälte nahmen ihre Plätze ein. Die Bank des Beklagten, also von Hageler, war leer.

Der Richter schaute auf und fragte: „Wo ist der Beklagte?“ Hageler meldete sich vom Zuschauerbereich aus.

Der Richter sagte: „Setzen Sie sich bitte auf den dem Beklagten zugewiesenen Platz!“

Hageler erwiderte: „Ich werde mich erst auf diesen zugewiesenen Platz setzen, wenn das Gericht mir belegen kann, dass es über mich richten darf.

„Ich bin der Mensch, dem der Namen Paul Hageler gegeben worden ist. Ich bestreite aber die Identität mit diesem Namen. Ich bin mit niemandem identisch. Ich bin der Begünstigte der Person und ich übernehme nicht die Treuhandschaft für die Person.“

„Ich möchte vor Verhandlungsbeginn vom Gericht Antworten auf drei konkrete Fragen bekommen. Darf ich vortreten?“

Der Richter schaute etwas irritiert und sagte dann: „Sind Sie noch bei Trost? Ich werde Ihren geistigen Gesundheitszustand prüfen lassen.“

Hageler erwiderte: „Ich bin geistig vollkommen klar und mir aller meiner Rechte bewusst.“

Der Richter ließ Hageler vortreten. Hageler überreichte ihm ein Papier mit den drei Fragen. Dann zog er sich wieder in den Zuschauerbereich zurück.

Der Richter sah sich das Papier an und runzelte die Stirn. Dann sagte er: „Das Gericht sieht keine Veranlassung, auf diese drei Fragen einzugehen."

Hageler erwiderte: „Ich bin nur gekommen, um diese drei Fragen zu klären. Sollten Sie diese drei Fragen nicht klären können, klären wir sie vor einem internationalen Gericht."

Der Richter stutzte.

Im Saal war es still. Schließlich sagte der Richter: „Für das Protokoll: Der Beklagte ist nicht zum Verfahren erschienen und ich schließe hiermit die Verhandlung."

Es gab Unruhe im Saal, unter den Zuschauern wurden Stimmen laut: „Wieso, der ist doch anwesend!?" und ähnliches.

Aber weder Richter noch Anwältin der Kläger, die keinen Mucks gesagt hatte, taten irgendetwas. Paul Hageler verließ den Saal.

Auf dem Papier stand:

„Kann das Gericht über Menschen verhandeln?"

„Hat das Gericht unlimitierte und unverjährbare Haftung?"

„Ist das Gericht souverän und kann es das, unter Eid, vor einem internationalen Gericht beweisen?"[2]

Balow verließ ebenfalls den Gerichtssaal. Draußen wartete Hageler.

„Na, habe ich zu viel versprochen?"

„Ne, das war wirklich eine eindrucksvolle Show."

„Haben Sie Zeit, lassen Sie uns Essen gehen."

„Gerne."

Hageler und Balow gingen zu einem nahegelegenen Biergarten und bestellten.

„Womit verdienen Sie Ihr Geld", fragte Balow.

---

[2] Nachdem sich die Justiz einige Male vorführen lassen musste, entwickelte man eine Strategie, damit umzugehen – d.h. die Rechtslage zu ignorieren – so dass ein Auftritt in dieser Form keinen Erfolg mehr haben wird.

„Ich war beruflich erfolgreich als Rechtsanwalt und habe etwas Geld zurücklegen können. Seit ich auf diese Dinge aufmerksam geworden bin, betreibe ich einen Verlag, der lauter interessante Bücher verlegt. Das ist jedoch ein schwieriges Geschäft."

Die Getränke kamen und sie prosteten sich zu.

„Herr Balow, wie weit haben sie schon durch die Lügen durchblicken können? Wie viel wissen Sie darüber, wie die Herrschaften den ersten und zweiten Weltkrieg angezettelt haben und somit die Welt umgestalten konnten?"

„Ich habe dazu nur die Informationen aus der Schule und Medien. Deutschland was an beiden Kriegen Schuld."

„Das ist eine Lüge", sagte Hageler und fuhr fort:

„Der erste Weltkrieg wurde unter anderem geführt, um Deutschland nachhaltig zu schwächen und die Weltherrschaft der Briten und ihres Finanzsystems zu festigen. Denn Deutschland gedieh in den sogenannten Gründerjahren ohne das britische und heutige Schuldgeld- und Zentralbanksystem prächtig. Auch im Außenhandel verzichtete Deutschland weitgehend auf Finanzierung, sondern praktizierte eine Art von Tauschhandel. Insgesamt war Deutschland mächtig geworden und forderte die Vorherrschaft Großbritanniens heraus."

„Hinter den Kulissen war der Krieg schon länger geplant. Man wollte Europa umgestalten, Russland destabilisieren, um erneut zu versuchen, die Zaren zu stürzen und ein großes soziales Experiment einzuleiten. Man wollte das Österreich-Ungarn zerstören und in kleine Nationalstaaten aufspalten, die weit besser zu kontrollieren sein würden. Auch sollten die europäischen Königshäuser gestürzt und die europäischen Staaten zu Republiken werden."

„So waren es auch Freimaurer, die den Mord am österreichischen Thronfolger ausführten, nachdem eine Loge ihn vorher zum Tod verurteilt hatte. Dieser Mord war bekanntlich der Anlass für den Krieg."

„Kurz vorher, 1913, hatte man in einer weitgehend verdeckten Operation in den USA eine zentrale Notenbank geschaffen, die im privaten Besitz einiger Bankiersfamilien ist, und sich damit die Kontrolle über die USA gesichert."

„Man hatte von Anfang an geplant, die USA in den Krieg hinein zu lenken."

„Als es 1916 für Großbritannien düster aussah, sah man die Chance gekommen. Zionistische jüdische Gruppen, die sowohl in Großbritannien als auch in den USA großen Einfluss hatten, versprachen den Briten, man würde die USA dazu bringen, auf ihrer Seite in den Krieg einzutreten, wenn man dafür versichert bekäme, dass auf dem Boden des Heiligen Landes, wenn es unter die Herrschaft der Briten gefallen sein würde, diese die Gründung eines jüdischen Staates erlauben würden."

„Als die USA tatsächlich in den Krieg eingetreten waren, nachdem die amerikanischen Medien, die schon damals ziemlich fest in jüdischer Hand waren, voll auf Anti deutsche Propaganda umgeschwenkt waren und man die Lusitania geopfert hatte, verschlechterte sich nun die Lage für Deutschland zunehmend und führte dann zur Kapitulation und dem Versailler Zwangsdiktat."

„Als Deutschland besiegt war und ganz Europa in Trümmern lag und in politischer Aufruhr versank, in Russland der Bolschewismus an die Macht gekommen war, teilte man Europa auf und den Deutschen wurden in Versailles unerträglich harte Bedingungen diktiert. Die demütigenden, ungerechten und Deutschland ausplündernden Bedingungen des Friedensvertrages legten sogleich den Keim für den nächsten Krieg."

„Als bekannt wurde, welche Rolle die Zionisten im Krieg

gespielt hatten, ergab sich natürlich in Deutschland eine Welle der Entrüstung und der Antisemitismus erhielt ergiebige Nahrung."

Balow hatte interessiert zugehört.

„Das ist starker Tobak", sagte er.

„Ja, das ist schon ein starkes Stück und diese Tatsachen kennt fast niemand."

„Aber es wird noch schlimmer."

„Hitlers Großmutter arbeitete als Dienstmädchen in Wien und kam dabei in Kontakt mit einer berühmten jüdischen Wiener Bankenfamilie. Es gibt deutliche Hinweise, dass Hitlers Vater der uneheliche Sohn eines Mitglieds dieser Familie ist. Jedenfalls musste Hitlers Mutter nach seiner Geburt nicht mehr arbeiten, sondern erhielt woanders her ihr Einkommen."

„In Hitlers Biografie fehlen 22 Monate, in denen er in England weilte und im Okkultismus geschult wurde und ihm seine Aufgabe im Weltenplan dargelegt wurde. Ihm wurde der Zugang zur Geisterwelt vermittelt und dort fand er einen Geistführer, der ihn fortan leitete. Ihm wurde gesagt, er würde ein tausendjähriges arisch-christliches Weltreich begründen und die Sowjetunion besiegen und die Weiten und die Rohstoffe Russlands würden für immer den Erhalt des Reichs sichern. Die anderen christlichen Nationen würden sich dem Reich anschließen."

„Die Nationalsozialisten und Hitler wurden von Anfang an von ausländischen Finanziers unterstützt, vor allem von freimaurerischen und zionistischen Gruppen. Sowohl Nationalsozialisten als auch Zionisten hatten das gleiche Ziel, die Nationalsozialisten wollten die Juden ausgrenzen und loswerden, die Zionisten befürchteten die Assimilation der Juden in die deutsche Bevölkerung und wollten sie dazu bringen, nach Palästina auszuwandern."

„Die europäischen Juden waren vom Zionismus keineswegs begeistert und fragten sich, warum man sie in die Wüste schicken wollte. Den Zionisten hingegen war klar, dass nicht ohne ein großes Opfer an ihren Glaubensbrüdern der Staat Israel geschaffen werden könnte. So bedeutet das Wort Holocaust auch ursprünglich eine Opfergabe, die dem Feuer dargebracht wird."

Hageler hielt inne. Balow schluckte, er war geschockt.

„Die Nazis waren durchaus dazu bereit, mit den Zionisten zusammen zu arbeiten und die Juden nach Palästina zu verfrachten. Wahrscheinlich heißen sie auch deshalb Nazis (von Na-tional-zi-onisten), sie müssten ja sonst eigentlich Nasos oder Natios genannt werden."

„Da wird dann auch einsichtig, warum Hitler in Dünkirchen die Briten ziehen ließ und im kritischen Moment, als die Royal Air Force schon fast verloren hatte, statt weiterhin die Flughäfen und die Infrastruktur der Air Force anzugreifen, die Bombardierung der Städte befahl oder warum er Rommel nicht ausreichend mit Truppen und Nachschub versah. Aber auch im Feldzug gegen Russland beging Hitler schwerwiegende Fehler, unter anderem wurden die Truppen nicht mit winterfestem Material ausgestattet, ihnen wurde der militärisch unsinnige Angriff auf Stalingrad befohlen und es folgten unsägliche Durchhaltebefehle: Kein Rückzug, Kampf bis zum letzten Mann."

„Die Frage, warum Hitler in entscheidenden Situationen nicht auf seine Generäle hörte, sondern militärisch unsinnige Befehle gab und vor allem die Briten andauernd schonte, wäre damit geklärt: Er hörte auf seinen Geistführer und glaubte außerdem, die Briten würden ihm gegen die Sowjetunion zur Seite stehen."

„Es kam anders, die Deutschen wurden hart bestraft und Hitler muss nun im Jenseits seinem Geistführer dienen."

„Die Bombardierungskampagne gegen deutsche Städte und die Zivilbevölkerung war eine dieser Strafen. Fords Fabriken, in denen die deutschen Panzer gebaut wurden, wurden nicht bombardiert ebenso wie Rothschilds IG-Farben. Stattdessen entfachte man geplant Feuerstürme in deutschen Innenstädten, bei denen die Menschen, Männer, Frauen und Kinder, bei lebendigem Leib geschmort wurden. Eine der Operationen hieß dann auch Gomorrah."

„Es gab dann auch Pläne, Deutschland in einen Kartoffelacker zu verwandeln. Die deutschen echten und angeblichen Verbrechen sind allgemein bekannt, darauf muss ich nicht eingehen. Es gibt außerdem Gesetze, die regeln, was gesagt werden darf."

„Warten Sie einen Moment", unterbrach Balow, „heißt das, dass Sie nicht an die offizielle Geschichtsschreibung glauben?"

„Sagen wir mal so", antwortete Hageler, „solange Deutschland kein souveränes Land ist, werden wir wohl niemals wissen, was wirklich geschah."

„Ich verstehe", sagte Balow.

Hageler fuhr fort: „Aber vor allem im Osten gab es ein grauenhaftes Blutbad. Auch starben Millionen sowjetischer Kriegsgefangener in Deutschland an Hunger und Krankheit. Stalin hatte jedoch ihnen genauso wie seinen deutschen Kriegsgefangenen die Rechte unter der Genfer Konvention verwehrt, weil sie nicht ihr Leben für das Vaterland gegeben hatten und daher Verräter seien."

„Die Vergeltungsaktionen der Sowjets sind allgemein bekannt, da gab es Massenvergewaltigungen, Hinrichtungen, Folter, den Tod von Millionen deutschen Kriegsgefangenen in sowjetischen Lagern, den Beschuss von Flüchtlingstrecks und die Versenkung von Flüchtlingsschiffen. Unter anderem riefen jüdische Politkommissare zur Rache auf."

„Millionen Deutsche starben bei den Vertreibungen aus den Ostgebieten, viele davon nach Kriegsende. Aber auch die Westalliierten begangen Kriegsverbrechen, Vergewaltigung, Folter und Mord. Zunächst ließ man die Deutschen auch erstmal hungern, während sich die Offiziere der Alliierten 5-Gänge-Menüs gönnten."

„Auf den Rheinwiesen ließ Eisenhower Millionen deutsche Kriegsgefangene an Hunger und Krankheit sterben. Auch dort wurden viele Aufnahmen von unterernährten Häftlingen und verhungerten Leichen gemacht, die später fälschlich als Beweis für deutsche Kriegsverbrechen benutzt wurden – ein Hoch auf die Befreiung durch die freiheitsliebenden Amerikaner!"

„An den Japanern probierte man dagegen die ersten Atombomben aus, nicht dass „normale" Flächenbombardierungen weniger Schaden angerichtet hatten – außer natürlich der Strahlenverseuchung, die immer noch messbar ist."

„Heute ist Deutschland immer noch unter einer Besatzung. Es gab nur einen Waffenstillstand, nie einen Friedensvertrag. Die Besatzungstruppen der Westalliierten sind nie abgezogen und das Besatzungsrecht (die SHAEF-Gesetze) gelten immer noch. In den UN-Statuten existiert weiterhin die Feindstaatenklausel. Die deutschen Regierungen und die deutschen Medien stehen seitdem unter der Kontrolle der Siegermächte, und zwar der westlichen."

„Das hört sich für einen unbedarften Zuhörer alles ziemlich nach rechtsradikalen Positionen an", sagte Balow.

„Ja", entgegnete Hageler, „jeder, der diese Tatsachen erwähnt, wird als rechtsradikal bezeichnet und damit diffamiert. Aber die Wahrheit ist die Wahrheit, sie ist nicht rechtsradikal und ich auch nicht. Das ist eine sorgfältig ausgedachte Strategie: Jeder, der diese Tatsachen ausspricht, wird als rechtsradikal und als antisemitisch bezeichnet. Das aktiviert bei den meisten Menschen, die von den Medien und der Ausbildung indoktriniert sind, gleich die rote Lampe und sie machen dicht und wollen nichts mehr hören. Das ist eine sehr effektive Methode, die Wahrheit zu verstecken und hat seit Jahrzehnten – wenn nicht länger – hervorragend funktioniert."

„Puuh", seufzte Balow, „das muss ich erstmal verdauen."

„Leider gibt es dabei noch einen Punkt zu beachten. Die Neonazis greifen dieselbe Argumentation auf, die ja auch der Wahrheit entspricht. Aber sie machen den Fehler, daraus zu schließen, dass Hitler eine Lichtgestalt war. Sie verehren ihn und glauben an das System des Nationalsozialismus und predigen ein ähnliches System für heute."

„Das ist natürlich grauenhaft. Hitler war ein Diktator und alle, die wagten, ihn in Frage zu stellen, landeten im Knast oder wurden gleich umgebracht. Alle Dissidenten wurden mundtot gemacht, auch die Esoteriker, die sich nicht in den Dienst des Regimes stellen wollten."

„Hitler hat Deutschland natürlich aus der Wirtschaftskrise geführt und in vielen Bereichen aufblühen lassen. Er hat Deutschland auch von dem internationalen Finanzsystem weitgehend unabhängig gemacht. So wird verständlich, warum die Deutschen mitmachten und ihn unterstützen. Aber Deutschland musste natürlich auch erst mal aufgepäppelt werden, um einen formidablen Feind abzugeben."

„Die Fakten liegen klar vor uns. Hitler war von Anfang an ein Agent der Zionisten und der Freimauer. Er verbrachte, wie erwähnt, einige Zeit in England, die nicht in seinen Biografien auftaucht. Und er ließ die Briten mehrfach vom Haken und ließ die Wehrmacht mehrfach ins Messer laufen."

„Oh Gott", sagte Balow...

Kapitel 4
Die Entschleierung der Machenschaften der dunklen Mächte

In der NSA-Zentrale in Fort Meade gab es ein Meeting zu Deutschland. Vertreter von CIA, Goldsax, Außenministerium und ein Mann, um den ein dunkler Schatten schwebte, waren anwesend.

Der Chef der Deutschlandoperationen, Neil Rosenblum, stand auf:

„Ok, wir haben Deutschland erfolgreich mit Migranten geflutet. Die Aktion geht weiter, nachdem wir die UNO veranlasst hatten, die Gelder für Flüchtlinge um die Hälfte zu reduzieren und so die Menschen sich in den Lagern nicht mehr ordentlich versorgen konnten und können. Auch die Anreize für Gefängnisinsassen in Afrika, entweder im Gefängnis zu bleiben oder nach Deutschland aufzubrechen, erzielen die gewünschte Wirkung."

„Wir verbreiten weiterhin die Broschüren mit den Versprechen, dass sie in der BRD ein Haus und ein Auto bekommen werden. Natürlich zeigen wir in allen Medien die Schilder mit „Refugees Welcome", so dass der Strom nicht abbrechen wird."

„Wir wollen den Protest der deutschen Bürger gegen die Einwanderung für uns nutzen. Wir haben die neue rechte Protestbewegung und die neue Partei unterwandert und steuern sie. Wir haben einen Plan erarbeitet, wie wir diese Bewegung für unsere Zwecke nutzen können."

„Ich übergebe das Wort an meinen Mitarbeiter Arthur Seams, der die Leitung des Projekts innehat."

Seams ergriff das Wort: „Wir haben eine neue Abteilung in

Frankfurt gegründet, um diese Operationen zu steuern. Sie arbeiten mit anderen Institutionen zusammen und wir haben vom Gaspin-Insititut in Berlin einen Namensvorschlag bekommen: Pekevia – Patrioten Europas kontra Einwanderung von Islamisten ins Abendland."

Das hört sich zwar nach Kaugummi an – aber wir hielten den Vorschlag für gut.

„Wir haben einige Agenten aktiviert, die sich nun um die Organisation der Bewegung bemühen. Wir werden den Verein Pekevia gründen und Demonstrationen abhalten. Wir haben Reuters und dpa informiert, dass sie breit über die neue Bewegung berichten sollen."

„Wir haben noch Schwierigkeiten, die Fundamentalkritik an der Politik und Rolle der USA und des Westens in den Griff zu bekommen, aber wir arbeiten daran."

„Wir haben gleichzeitig die deutsche Presse angewiesen, die Pekevia-Bewegung als rassistisch und fremdenfeindlich zu diskreditieren und die Antifa haben wir angewiesen, Gegendemos zu organisieren, um die Lage ordentlich anzuheizen."

Rosenblum sagte: „Gute Arbeit, halten Sie mich auf dem Laufenden."

AUM

Einige Zeit vor der Geldschwemme an die oppositionellen Gruppen war die Lage auf der Welt das, was man normal nennen muss. Krieg im Nahen Osten, Israel baute neue Siedlungen auf palästinensischem Land, drangsalierte die Einwohner, hielt das Gaza-Gebiet in Armut und Unterversorgung, führte gezielte Tötungen durch und erschoss Palästinenser auf Demos. Die Drohnen der USA bombardierten alle möglichen Muslime, in zahlreichen arabischen Staaten war

Chaos an der Tagesordnung und die Auseinandersetzung mit Russland verschärfte sich. Milliarden Menschen waren unterernährt oder lebten in Armut.

Die Wirtschaft kriselte vor sich hin, Europas südliche Staaten befanden sich alle in einer nicht enden wollenden Rezession, die durch weitere Sparpolitik gefördert wurde. Die Flüchtlingskrise hielt Europa im Griff und zudem gab es zahlreiche Terroranschläge in Frankreich, Belgien und schließlich auch in Deutschland.

„Situation normal, all fucked up“ – das SNAFU-Prinzip, so hatte Robert A. Wilson das schon vor Jahrzehnten in seinem Roman „Illuminatus!“ genannt.

Doch überall auf der Welt gab es zunehmend Proteste gegen diese Zustände. In Frankreich formierte sich eine breite neue Bewegung gegen die Politik der französischen Regierung. Zahlreiche Gruppen, Gewerkschaften und Initiativen machten mit und an vielen Orten wurden Protestaktionen durchgeführt und die Obrigkeit in Frage gestellt. Die Medien berichteten so gut wie gar nicht über die Proteste und wenn, dann wurden sie als Aktivitäten kleiner Gruppen abgetan.

In Spanien und in Griechenland wurden aus den Protestbewegungen heraus neue politische Parteien gegründet, die für eine neue Politik für eine bessere Welt ohne Kriege und ohne Konzerne und Banken eintraten.

Auch in Deutschland wuchs der Protest und es gab zahlreiche Bürgerbewegungen und Aktionen und Petitionen. Das neue an dieser Bewegung in ganz Europa war, dass das System als Ganzes in Frage gestellt wurde – insbesondere das Geldsystem und die damit verbundene faschistische Partnerschaft zwischen Wirtschaft und Politik.

Während Pekiva sich auf die Flüchtlingskrise konzentrierte

und die wirklich wichtigen Fragen nicht ansprach, wurden ihre Demos von Gegendemonstranten der gesteuerten linken Opposition als Nazis beschimpft und verunglimpft. Vereinzelt kam es zu gewalttätigen Auseinandersetzungen zwischen den beiden Gruppen und die Polizei musste einschreiten.

Die von der CIA beauftragten Agenten in der Pekiva taten den Gegnern und den Medien den Gefallen, rechtsradikalen Inhalt zu verbreiten. Pekiva wurde daraufhin in den Medien nur noch als fremdenfeindlich und als rechtsradikal bezeichnet.

Die verdeckten Agenten lenkten die Kritik auf die Flüchtlinge selber und auf den Islam. Auch viele der der Pekiva nahestehenden Medien berichteten von den Übergriffen und kriminellen Aktivitäten der Flüchtlinge, von denen ein Großteil junge Männer waren, die sich natürlich in den Notunterkünften zu Tode langweilten. Sie verübten Übergriffe auf deutsche Frauen, Diebstahl sowie weitere kriminelle Aktivitäten und zeigten auch anderweitig schlechtes Benehmen.

Der Mainstream dagegen sang einstimmig ein Lied von der Willkommenskultur. Man überlegte, welche Landstriche und überalterte Regionen man mit den neuen Bürgern versorgen könnte, verwies auf die demografische Entwicklung, die eine Abnahme der Bevölkerung voraussagte und die Wirtschaft begrüßte die neuen potentiellen billigen Arbeitnehmer, mit denen man die Löhne weiter drücken können würde. Kein Wort wurde über die Ursache der sogenannten Flüchtlingskrise verloren, die selbst nach dem falschen Bild des Mainstreams auf die Kriege der USA in den entsprechenden Regionen zurück zu führen war. Die Probleme, die durch eine solche Massenzuwanderung entstehen und die Sorgen der Bürger darüber wurden ebenso wenig thematisiert.

Um die Situation zu verschärfen und die beiden Lager weiter aufeinander zu hetzen, gab es dann eine großangelegte fast völlig fiktive Geschichte von massenhaften Übergriffen auf deutsche Frauen in deutschen Großstädten zu Silvester. Selbst Monate nach diesem „Ereignis" konnten kaum Täter ermittelt werden – was natürlich darauf zurück zu führen ist, dass es diese massenhaften Übergriffe gar nicht gab. (Natürlich gab es dagegen vereinzelte Vorfälle.)

Der Mainstream war schockiert – nachdem man eine fast völlige Nachrichtensperre über die kriminellen Aktivitäten von Flüchtlingen verhängt hatte, sollte man nun über ein massenhaftes Vergehen berichten? Sie brauchten eine Woche, bis sie die Geschichte aufgriffen.

Der gutgläubige Bürger war nun völlig verwirrt und man beeilte sich, das Ganze als Diskriminierung und Unterdrückung der Frauen seitens der Männer im allgemeinem darzustellen.

Damit bloß keine Beruhigung der Lage eintreten würde, trat eine jüdische Vorsitzende einer NGO vor die Presse und erklärte, dass Europa lernen müsse, multikulturell zu werden und dass die Zeit der nationalen Identität vorbei sei und dass die Zionisten dafür sorgen würden. An anderer Stelle tauchte der um 1920 verfasste Paneuropa-Plan von Richard Coudenhove-Kalergi auf, in dem es heißt, dass der Adel und die spirituelle Elite, um ihre Herrschaft sicher zu stellen, die Vermischung der Rassen von Europa mit Arabern und Afrikanern vorantreiben sollte.[3] Die EU verlieh demgemäß auch ein Coudenhove-Kalergi-Preis an die Bundesregierung.

Aber das alles war noch nicht genug. Nachdem der Flüchtlingsstrom etwas abebbte und die Lage sich etwas beruhigte,

---

3 Richard N. Coudenhove-Kalergi: *Pan-Europa*. Pan-Europa-Verlag, Wien-Leipzig 1924

begann man eine Anschlagsserie zu inszenieren. Angeblich schlugen ein ausgeflippter Iraner, ein völlig irrer Syrer und andere Menschen mit Migrationshintergrund zu und verübten Terrortaten mit dubiosen Schusswaffen, Äxten, Macheten oder sprengten sich selbst in die Luft. Es gab einige Tote und Verletzte und Großeinsätze der Sicherheitskräfte.

Im Mainstream begann eine Riesendiskussion über die offene Gesellschaft, Sicherheitsmaßnahmen und die Gefahr des islamistischen Terrors. Der Bürger konnte das Ganze nun überhaupt nicht mehr fassen.

Der Plan der dunklen Elite hatte funktioniert: Man kontrollierte beide Lager und hetzte sie aufeinander los. Man verursachte Angst, Schrecken und destabilisierte die Lage soweit, dass man nun neue Sicherheitsgesetze und alles Mögliche andere einführen konnte – gemäß dem Prinzip Problem schaffen – Reaktion beeinflussen – Lösung anbieten.

Die neu aufgestellte Partei „Kurswechsel für Deutschland“ – KfD – war gemäß dem Plan gesteuert und infiltriert und ging die fundamentalen Fragen nicht an: Das Geldsystem und die globale Kriegstreiberei waren für sie keine vorrangigen Themen.

AUM

In Frankreich verschärften sich hingegen die Proteste. Die Aktivisten begannen vor Regierungsgebäuden und Bankenzentralen zu kampieren und in einigen Städten besetzen sie die Rathäuser und verlangten eine neue Politik.

Um die Öffentlichkeit in Frankreich von den Protesten abzulenken und das Land dafür zu bestrafen, dass das Parlament den Staat Palästina anerkannt hatte, und um weiter den Islam und die Muslime zu verteufeln, beschloss man in der CIA-Zentrale eine Terrorkampagne, die man dann der ISIS anlasten könnte.

AUM

Die Mitarbeiter der supergeheimen Operation 40 flogen nach Frankreich und errichteten eine Einsatzzentrale in Paris. Leiter war ein CIA-Mann mit doppelter Staatsbürgerschaft, der von Israel und der der USA. Sein Name war Richard Cohen.

Die Mannschaft der Operation 40 bestand aus Regisseuren, Schauspielern, Medienleuten, Attentätern, Bombenspezialisten, PR-Leuten, anderen Waffenspezialisten und Special Effects-Experten. Seit 20 Jahren zogen sie um die Welt und inszenierten Anschläge überall da, wo das gerade günstig erschien.

Sie erhielten von den obersten Rängen der Regierungen alle möglichen Befugnisse, Polizeichefs und Bürgermeister waren meist informiert. Außerdem wurden je nach Einsatz Kräfte von CIA, MI6 und Mossad angefordert.

Cohen hielt ein Meeting mit den obersten Mitarbeitern ab, um den nächsten Anschlag für Frankreich zu planen. Anwesend waren zwei Regisseure, das Drehbuchteam, zwei Medienmänner und die Waffenspezialisten.

„Also, wir machen jetzt Brainstorming. Was wollen wir als nächstes inszenieren? Der letzte Anschlag galt den Mitarbeitern einer Comic-Zeitschrift, das war ein voller Erfolg. Was wollen wir nun den Schlafschafen anbieten?“

„Wie wäre es mit einem Flugzeugabsturz“, warf ein Regisseur in die Runde.

„Oh, das ist doch langweilig, wir hatten in letzter Zeit schon so viele. Wie wäre es mit einem konzertierten Anschlag in Paris mit Bomben und Sturmgewehren auf Cafés und Theater“, sagte der Drehbuchschreiber.

„Das ist eine Idee – aber ich würde vorschlagen, wir lassen einen LKW in eine feiernde Menschenmenge rasen – das wär' doch mal was Neues“, sagte der Medienmann.

Cohen sagte: „Das finde ich gut. Können wir das durchziehen“, fragte er in die Runde.

Es gab einige Kommentare und viele Ideen. Die Umsetzung würde keine großen Probleme machen

„Brauchen wir bei dieser Aktion echte Opfer oder reicht eine Inszenierung?“

„Ich glaube, wir können das ohne echte Opfer glaubhaft durchziehen“, sagte der Regisseur.

„Das halte ich auch für eine gute Lösung. Wir wissen ja, wie insbesondere die Mütter der Opfer alles ganz genau wissen wollen und erheblich nerven“, sagte der oberste CIA-Mann des Teams.

Die Anwesenden beschlossen, dass die nächste Terrorattacke mit einem LKW durchgeführt werden und es keine echten Opfer geben würde.

AUM

Die Truppe machte sich an die Arbeit. Als erstes wurde der Termin und die „Location“ bestimmt. Man entschied sich für Cannes. In vier Wochen würde es soweit sein. An dem anvisierten Tag würde es nationale Feierlichkeiten geben und eine Menschenmenge würde sich zu einem Feuerwerk einfinden.

Dann wurde die Legende für den Bösewicht, dem die Schuld in die Schuhe geschoben werden sollte, erarbeitet. Man entschied, dass man keinen echten Menschen bräuchte. Man erfand einfach einen und ließ seine Rolle von einem Schauspieler besetzen.

Eine Identität mit dem Namen Abdullah Hussein Mohammed wurde generiert und man machte diverse Fotos von dem Schauspieler, auf dem dieser finster und bedrohlich wirkte. Man richtete eine Wohnung ein, erfand eine Lebensgeschichte für den Mann: Natürlich war er ein ISIS-Schläfer, der nach Frankreich emigriert war.

Das Drehbuch wurde geschrieben, die Örtlichkeiten festgelegt und die entsprechenden Kräfte wurden rekrutiert. Die obersten Polizeibehörden und einige Politiker wurden informiert und diese sorgten dafür, dass die Truppe von Polizei und anderen Behörden jede erdenkliche Unterstützung bekam, ohne dass diese Behörden über den eigentlichen Zweck der Operation informiert wurden.

Fünf Tage vor dem Event ließ man das Gelände wegen angeblichen Bauarbeiten absperren und bereite es vor. Es wurden Markierungen gesetzt an den Stellen, an denen der LKW starten sollte und dort, wo genau er in die Menge hineinfahren sollte. Man bestimmte, wo Opfer zu liegen hatten und die Stelle, an der der LKW gestoppt werden würde. Der LKW war schon organisiert worden und man fuhr mit ihm die Strecke ab. Die Krisenschauspieler waren auch zur Einübung vor Ort und einige Szenen wurden schon mal mit wackliger Kamera gedreht, um nachher Videomaterial vorzeigen zu können.

Schließlich war es soweit. Der Abend des Nationalfeiertags war gekommen und eine Menge hatte sich auf dem Gelände versammelt und vergnügte sich mit Getränken und an den Essensständen. Die Krisenschauspieler und ihre Dirigenten waren vor Ort. Einige waren als Ordner, andere als Polizisten verkleidet und viele andere mimten unbeteiligte Zuschauer.

Die Ordner und die Polizei riegelten den Ort, an dem der LKW ankommen sollte, weitgehend ab, es waren schließlich nur noch Schauspieler an der betreffenden Stelle. Der Rand der echten Besuchermenge befand sich in einiger Entfernung.

Dann kam der LKW angerast, die Schauspieler schrien, die Polizisten begannen auf den LKW zu schießen und schließlich hielt der LKW an. Die echten Zuschauer starrten entgeistert auf den Tumult, der in einiger Entfernung stattgefunden hatte.

Falsche Polizei und falsche Krankenwagen rückten an, die Sirenen heulten.

Die Schauspieler hatten ihre Behälter mit falschem Blut geleert und legten sich als Opfer teilweise auf die Straße. Puppen wurden herangebracht und diese wurden – mit schweren Verletzungen präpariert – auf die Straße gelegt. Mit Handies und Kameras wurden allerlei Aufnahmen gemacht.

Dann beruhigte sich die Lage, man begann die angeblichen Opfer abzutransportieren und den Tatort aufzuräumen. Am LKW wurden Einschusslochattrappen angebracht.

Nun übernahmen die PR-Leute. Die ersten Meldungen erreichten Presse und Fernsehen. Die ersten Videos wurden hochgeladen. Die Medien begannen live zu berichten, wurden aber auf Distanz gehalten. Man sah nur Einsatzfahrzeuge und Blaulicht.

Die Berichte nahmen schnell an Fahrt auf: „Terroranschlag in Cannes", „LKW rast in Menschenmenge". Schon wenig später wurde der angebliche Täter identifiziert und es gab eine Meldung des ISIS, der die Verantwortung übernahm. Der Medienzirkus lief auf Hochtouren.

Es gab Interviews von falschen und echten Journalisten mit den Schauspielern sowie mit den falschen Polizisten, die behaupteten, den Attentäter erschossen zu haben. Eine Welle der Empörung schwappte durch die Medien, man verkündete, es habe 84 Tote und 76 Verletzte gegeben.

Der französische Premierminister meldete sich zu Wort und verlängerte den Ausnahmezustand, sprach von der Notwendigkeit neuer Sicherheitsgesetze und kündigte an, dass man nun im Kriegszustand mit ISIS sei und diesen in die Steinzeit zurück bombardieren würde.

Richard Cohen erhielt sein Lob von den obersten Fünf für die gute Arbeit.

AUM

Die Lage in Deutschland entsprach aber weiterhin nicht den Vorstellungen dcr dunklen Mächte. Die Menschen ließen sich nicht so einfach gegeneinander aufhetzen. Man beschloss, den Stressfaktor zu erhöhen.

Die Wetterkontrollzentrale WKZ in London bekam den Auftrag, Deutschland mal ein paar ordentliche Sintfluten zu bescheren.

Einer belgischen Radarstation mit einer NextGen Radaranlage, das ist die nächste Generation von Radartechnik, wurden entsprechende Anweisungen übermittelt.

An die Hochleistungs-Hochfrequenz-Radioantennenanlage in Norwegen wurden ebenfalls Befehle übermittelt. Das war eine Anlage bestehend aus tausenden von gekoppelten Antennenmasten, nach dem Vorbild der berühmten Anlage in Alaska mit dem Namen HAARP. Auch die deutsche Einsatzzentrale für die Ausbringung von Feinstäuben mittels Flugzeugen, bestehend aus Schwermetallen und Nanopartikeln, im Volksmund Chemtrails genannt, wurde angewiesen, bestimmte Regionen einer besonders intensiven „Behandlung“ zu unterziehen.

Ein großes Tiefdruckgebiet war nach Deutschland im Anmarsch. Die Flugzeuge besprühten die Wolken massenhaft mit Chemikalien und Schwermetallen, um sie leitfähig zu machen. Die Antennenanlage in Norwegen ionisiere ausgewählte Bereiche von oben. Sie richtete die Strahlung auf die geladene Ionosphäre, von wo sie reflektiert wird. Die Next-Gen Radarstation steuerte die Wolken und die Niederschlagszellen von der Seite, so konnte man einzelne Zellen zusammenbringen und ihre Richtung bestimmen.

Balow saß in Berlin in einem Café. Ein Gewitter zog auf und innerhalb von Minuten verdunkelte sich der Himmel. Die Mitarbeiter des Cafés beeilten sich, die Schirme, Sitzkissen, die Tischdecken und sonstiges draußen in Sicherheit zu bringen. Dann begann es zu regnen, die ersten Blitze waren zu sehen und Donner war zu hören. Der Regen wurde stärker, es gab förmlich eine Wand aus Regenwasser. So etwas hatte Balow zuvor nur in der Karibik gesehen. Der Wind wurde stärker und es wurde dunkel. Wassermassen strömten vom Himmel, begleitet von zahlreichen starken Blitzen und heftigem Donner.

Nach etwa 20 Minuten war der Spuk vorbei und man konnte die Sirenen von zahlreichen Einsatzfahrzeugen hören. Tunnel und Unterführungen standen unter Wasser, in einer U-Bahnstation stand das Wasser knie hoch und zahlreiche Keller waren von den Wassermassen geflutet worden.

In einigen Kleinstädten Deutschlands gab es mannshohe Sturzfluten, die Autos wegspülten und Verwüstung anrichteten. Es gab einige Tote und Verletzte.

AUM

Als Balow begann, über diese Wetterphänomene in den alternativen Medien zu recherchieren, staunte er nicht schlecht. Zunächst erfuhr er, dass der Klimawandel nichts mit Kohlendioxid zu tun hat. Ein Magazin schrieb: „Vor rund 50 Jahren lag der Gehalt an CO2 innerhalb der Erdatmosphäre bei 0,038 Prozent – und dieser Wert ist bis heute stabil.“ Balow fand weitere Artikel, in denen dargelegt wurde, dass die Erderwärmung auf andere Ursachen zurück zu führen ist. Da aber der Mensch Sauerstoff ein- und Kohlendioxid ausatmet, hat man hier ein wunderbares Mittel, den Menschen und alle seine Aktivitäten, die in der Regel Energie benötigen, zu verteufeln.

Balow fand einen Artikel, in dem der vielleicht wahre Grund für die Erderwärmung angegeben wurde. Das Sonnensystem und die Erde waren in eine neue galaktische Region eingetreten. Die kosmische Strahlung hatte sich geändert und zugenommen. Auch die Sonne war beeinflusst und aktiver geworden. Diese Strahlung hatte einen spirituellen Effekt, nämlich den, dass die Menschen sich zunehmend ihres wahren geistigen Kerns bewusst wurden und damit aufwachten. Das aber wollten die dunklen Mächte auf jeden Fall verhindern. Deshalb hatten sie ein riesiges Programm des Terraformings gestartet. Dieses umfasste das Ausbringen von Schwermetallen in die Atmosphäre, um diese zu ionisieren. Damit wird die Erde von der kosmischen Strahlung abgeschirmt. Gleichzeitig allerdings verhindert die ionisierte Atmosphäre, dass Wärme aus der Atmosphäre entweichen kann. Auch dadurch wurde die Erde wärmer.

Deshalb sah man auch in vielen Regionen keinen blauen Himmel mehr, sondern nur noch eine milchig-weiße Suppe. Und die Zick-Zack-Streifen am Himmel, die sogenannten Chemtrails, angeblich harmlose Kondensstreifen, waren ständig an sonnigen Tagen zu sehen.

Die ionisierte Atmosphäre diente noch anderen Zwecken. Man kann damit das Wetter kontrollieren.

Das war für die Militärs eine echte Superwaffe. Denn man

konnte ganze Landstriche entvölkern, ohne dass jemand vor ein Kriegsgericht gestellt werden könnte. Außerdem hatte man mit der neuen Radartechnik ein 3D-Bild des Luftraums.

Dass durch die Schwermetallausbringung die Umwelt und das Trinkwasser belastet und damit Pflanzen, Tiere und Menschen geschädigt wurden, nahm man gerne in Kauf. Die Menschheit zu schwächen, damit sie nicht aufbegehrte, war sogar ein willkommener Nebeneffekt.

Balow war baff: „Was hatten diese Wahnsinnigen mit der Erde vor? In was für eine Welt wollten sie sie umgestalten?"

AUM

Derweil gab es in Riad eine kleine Konferenz zum Thema ISIS.

Anwesend waren hochrangige CIA-, MI6- und Mossad-Agenten, zwei chassidische Rabbis mit ihren typischen Bärten und Hüten, eine türkische Delegation aus Militärs und Geheimdienstleuten, zwei hochrangige US-Generäle, zwei französische Geheimdienstleute, ein britischer Diplomat und natürlich drei Scheichs und drei saudische Militärs und der Oberbefehlshaber der ISIS.

Ein Scheich eröffnete die Konferenz und übergab das Wort an einen türkischen Militär.

„Der Aufbau der ISIS war ein großer Erfolg und ihre Botschaft zieht viele junge Muslime aus aller Welt, aber besonders im Westen an. Wir können immer mehr junge Männer und auch Frauen rekrutieren.

„Unser Agentenstamm von El-Kaida-Leuten hat – wie Sie alle wissen – den Kern der Organisation ISIS gebildet, weitere Agenten aus allen anwesenden Geheimdiensten sowie Söldner aus unseren Staaten haben die Truppe aufgestockt. Weitere Agenten haben sie unterstützt und die zahlreichen neuen Rekruten ausgebildet. Die El-Kaida-Truppe wird natürlich trotzdem weiter aktiv bleiben.

„Die ISIS kontrolliert weite Gebiete im Irak und Syrien, trotz der Rückschläge, die wir durch das Eingreifen Irans und Russlands hatten. Um zu zeigen, dass Widerstand gegen die ISIS geleistet wird, wurden Falludscha und Mossul von dem irakischen Militär zurückerobert. Natürlich wurde alles in Schutt und Asche gelegt, um neue Flüchtlingsströme zu erzeugen. Das sind beides ohnehin, von der Uranmunition verseuchte Gebiete, in denen Frauen empfohlen wurde keine Kinder zu bekommen."

„Aber wir bitten darum, dass die Agenten und die Söldner etwas besser aufpassen. Im Irak ist ein israelischer Oberst gefangen genommen wurden, was von den alternativen Medien genüsslich ausgeweidet wurde. Wir hatten alle Mühe, das herunter zu spielen und als Falschmeldung zu deklarieren."

„Die Versorgung der ISIS über die Türkei läuft gut. Um den Russen zu zeigen, dass sie unsere Leute nicht weiter bombardieren sollen, haben wir eins ihrer Flugzeuge abgeschossen. Danach haben die Russen auch erstmal ihre Kampagne beendet. Soweit erstmal von meiner Seite."

„Ein saudischer Militär meldete sich zu Wort. „Wir haben gerade wieder fünfhundert brandneue Toyotas bekommen, sowie Sturm- und Maschinengewehre, Panzerfäuste und Raketenwerfer, die umgehend der ISIS zugeleitet wurden."

„Aber die syrische Armee ist seit den Bombardierungen durch die Russen gestärkt und wir mussten einige Geländeverluste hinnehmen. Unsere eigenen Bombardierungen verwüsten die Infrastruktur, Wasserwerke, Kläranlagen, Elektrizitätswerke und so weiter, so dass das Leben für die Zivilbevölkerung immer schwerer wird."

Einer der Rabbis meldete sich zu Wort: „Unser Plan, ein

Großisrael zu schaffen, ist trotz aller Rückschläge auf einem guten Weg. In einigen Jahren werden wir die ganze Region unter unserer Kontrolle haben und dann werden israelische Truppen einmarschieren. Danach ist Ägypten an der Reihe. Wir werden das Land destabilisieren und dann den Sinai und Nordägypten bis zum Nil besetzen. Dann ist das große Werk der Schaffung eines großisraelischen Staates perfekt."

„Ein CIA-Mann meldete sich zu Wort: „Unser Zwischenziel, die Welt in Angst und Schrecken zu versetzten, ist auch auf gutem Weg. Die Anschläge in Europa durch ISIS-Leute hat die beabsichtigte Wirkung erzeugt und nun hilft sogar Deutschland mit Aufklärungsflugzeugen."

„Einige unserer Cyber-Einheiten helfen ISIS bei der Präsenz im Internet und in den sozialen Medien. Besonders hervorzuheben ist die Mossad-Einheit, die sehr gute Arbeit macht. Wir haben inzwischen in Texas mal wieder ein Video von einer Köpfung gedreht und es umgehend ins Netz gestellt. Überall in Europa und der USA haben unsere Agenten die islamischen Gemeinden unterwandert und bringen junge Muslime dazu, den angeblichen Kampf der ISIS gegen den Westen zu unterstützen."

„Eigentlich war der Plan gewesen, wie im Irak in Syrien einzumarschieren und Assad zu stürzen, um das ganze Land ins absolute Chaos zu stürzen. Leider hat die Weltbevölkerung das diesmal nicht geschluckt – die Ablehnungsraten für einen Krieg lagen bei neunzig Prozent und im britischen Parlament wurde dagegen gestimmt. Das war ein herber Rückschlag."

„Offiziell unterstützen wir die moderaten Rebellen. Die gibt es natürlich nicht, wie wir alle wissen. Dort unten ist alles von unseren Agenten infiltriert. So können wir ganz ohne Kritik Versorgungslieferungen mit Waffen, Geld, Medikamenten, Ausrüstung und Lebensmitteln überall von

Flugzeugen abwerfen lassen und sicher sein, das es dem ISIS zukommt."

Ein Franzose meldete sich zu Wort. Mit einem dicken französischen Akzent sagte er: „Die Anschläge in Paris haben es unserem Premierminister erlaubt, Krieg gegen den ISIS zu erklären und Frankreich an den Bombardierungen zu beteiligen. Mittlerweile bombardieren wir alle Syrien und machen das Land langsam unbewohnbar. Aber es gibt noch starke Kräfte, die gegen unsere Ziele arbeiten."

Ein Scheich stand auf und erklärte: „Wir werden siegen. Wie Sie alle wissen, stammt das saudische Königshaus, die Wahhabiten, von demselben Volk ab wie unsere Brüder, die Rabbis, den Khasaren. Wir würden gerne die arabischen Kostüme ablegen und auch so funky Hüte tragen wie Sie!"

Die Runde lachte.

Er fuhr fort: „Es gibt keinen Zweifel, wir sind auf dem Weg zum Ziel. Großisrael wird innerhalb von ein paar Jahren Realität werden!"

Die Runde applaudierte.

AUM

Immer mehr Menschen in Europa, in den USA, und auf der ganzen Welt waren langsam müde und verärgert über die pausenlosen Horrormeldungen und der Protest und der Widerstand gegen die fortwährenden Krisen wuchsen.

Und nun war der Geldsegen aus der Schwartzschild-Plünderung über die Welt gekommen. Bestehende Initiativen, Umweltschützer, Bürgerrechtler und Aktivistengruppen erhielten finanzielle Mittel in ungekanntem Ausmaß und konnten ihre Aktivitäten dementsprechend ausbauen.

Auch neue Protestbewegungen und soziale Parteien gründeten sich in ganz Europa und auf der Welt.

Die alternativen Medien wurden ausgebaut mit vielen neuen Kanälen, Bürgerradios und TV-Produktionen. Ihre Präsenz verstärkte sich deutlich und immer mehr Menschen hörten die Botschaft, dass die Parole von „Freiheit, Demokratie und Menschenrechten" der Politiker und der Medien eine große Lüge darstellte.

Die permanente Finanzkrise wurde thematisiert und das Schuldgeldsystem und der wahnsinnige Zinswucher immer mehr Menschen klarer[4].

Auch die Vergiftung und Zerstörung der Umwelt sind eine Folge davon und wurden nun immer schonungsloser offenbart. Nicht nur das Ausbringen von Schwermetallen mittels Flugzeugen wurde immer mehr Menschen bewusst, auch die Vergiftung durch Gentechnik, durch chemische Zusatzstoffe und durch die Massentierhaltung wurden thematisiert – und das in einer Weise, die grundlegende Fragen stellte und nicht mehr nur dem Bürger ein schlechtes Gewissen machte, um dann fröhlich „aus wirtschaftlichen Zwängen" weiter die Umwelt zu zerstören.

Mehr und mehr Bürger stiegen zumindest auf die etwas besseren Bioprodukte um und wollten nicht mehr den Billigwahn mitmachen, bei dem Schweinefleisch für sehr wenig Geld angeboten wurde, Hähnchen fast gar nichts mehr kosteten und Milchprodukte weit unter Herstellungspreis verkauft

---

4 Die Banken schöpfen Geld aus dem Nichts als Kredit. Privatkredit, Geschäftskredit oder einen Kredit für den Staat werden nicht über vorhandenes Geld finanziert, sondern einfach erschaffen. Es wird also Geld, das vorher nicht existierte, virtuell geschöpft als Verschuldung. Dieses Geld wird den Banken nicht nur geschuldet, sondern obendrein kassieren sie Zinsen darauf, die nicht mit erschaffen wurden. Somit besteht eine ständige Geldknappheit in der Wirtschaft und das aus dem Nichts erschaffenes Geld gehört allesamt den Banken bzw. ihren Eigentümern, die dementsprechend unvorstellbar reich sind und ihre gläsernen Paläste überall errichten. Die Bevölkerungen dürfen dagegen ihr Geld hart verdienen und Zinsen und Schulden bezahlen sowie das Wachstum schaffen, das benötigt wird, um das System stabil zu halten. Aber am Ende steht der Kollaps – die wenigen haben alles, alle anderen nichts mehr.

wurden, um die unabhängigen Landwirte in die Knie zu zwingen. Die Solidarität mit den Landwirten wuchs.

Vielen Menschen wurde klar, dass eine kleine Gruppe aus Bankiers, dem Adel und einigen Neureichen und ihre Geheimgesellschaften die Welt weitgehend, wenn auch nicht vollständig, kontrollierte und die Demokratie nur die spanische Wand abgab, hinter der sie im Geheimen die Fäden in der Hand hatten.

Die Proteste und die Aktionen wurden dementsprechend breiter angelegt und das ganze System zunehmend in Frage gestellt.

„Nicht in meinem Namen“, wurden gegen die Militäreinsätze skandiert.

„Wie wollen wir leben“, wurde gefragt.

„Wollen wir die ewige Finanz- und sonstige Krise“, fragte man weiter.

Zunehmend weniger Leute glaubten den Verlautbarungen des Fernsehens und der Mainstream-Medien und es gab immer mehr sarkastische oder vernichtende Kommentare zu ihren Berichten.

AUM

In London gab es eine Massendemonstration mit über zwei Millionen Teilnehmern, die den Rücktritt der Regierung und endlich eine menschenfreundliche Politik forderten.

In Frankreich erstarkten die Proteste trotz der vielen Anschläge erneut. Wieder wurden in einigen Städten Rathäuser besetzt, in Paris errichtete man Protestzeltlager vor den Regierungsgebäuden – abends trafen sich im ganzen Land Gruppen, um ihren Protest kund zu tun.

In Griechenland, Spanien und Portugal gingen die Leute

auf die Straße und protestierten gegen die antidemokratische Austeritätspolitik.

In den USA bildete sich eine neue Protestbewegung gegen das Finanzsystem und die private Notenbank, die Federal Reserve Bank: „Shut the Fed“, skandierten die Menschen und überall im Land gingen die Menschen auf die Straße und schlugen Zeltlager vor den Länderfilialen des Fed auf.

Auch in Deutschland erstarkte der Protest. Insbesondere gewann die Friedensbewegung an Bedeutung und bekam enormen Zulauf.

Scherachs politische Gruppe nahm Kontakt zur Friedensbewegung auf und zusammen wurde die Kampagne „Initiative für einen Friedensvertrag“ auf die Beine gestellt. Mit den verfügbaren Mitteln gewann man schnell Unterstützer und eine breite Mitgliedschaft. Viele Gruppen der Alternativbewegung schlossen sich der Initiative an.

Zwei junge Aktivisten, Roxana Dahlke und Lars Tuschke, gelangten schnell zu einiger Prominenz zunächst in den alternativen Medien. Sie waren ausgesprochen gute Redner und hatten das nötige Charisma, um zu beeindrucken. Die Bewegung war aber streng basisdemokratisch aufgebaut.

AUM

Als der US-Präsident ankündigte, eine neue Bombenkampagne zu starten, die EU ankündigte, TTIP ohne Zustimmung der Parlamente zu ratifizieren und die deutsche Bundeskanzlerin neue durchgreifende Hilfen für die Banken ankündigte, explodierte der Protest.

Es gab Demonstrationen in vielen deutschen Städten. Die Hauptdemo fand in Berlin statt. Zwei Millionen Menschen versammelten sich in der Mitte Berlins und marschierten durch die Stadt. Das Motto war: „Frieden für die Welt und ein Friedensvertrag für Deutschland.“

Man skandierte: „Wir fordern das Ende der Besatzung!“ und „Kurswechsel – eine bessere Welt ist möglich!“

Es gab im Anschluss eine Kundgebung auf dem Gelände vor dem Reichstag. Die Massen füllten die Stadt über Kilometer hinweg, bis weit in den Tiergarten hinein, bis zum Südzugang des Hauptbahnhofs und bis hin zum Potsdamer Platz.

Die Hauptbühne war vor dem Reichstag aufgebaut. Übertragungswagen mit Lautsprechern waren organisiert, mit denen die Ansprachen überall auf dem weiten von den Massen besetzten Gelände zu hören waren.

Lars Tuschke ging auf die Bühne und begann seine Rede:

„Liebe Leute, liebe Mitbürger, liebe Menschen, schön, dass so viele von Euch gekommen sind und wir endlich aufwachen!“

„Wir mussten feststellen, dass wir in einem neuen Mittelalter leben, in dem einige Wenige das Sagen haben und entgegen aller Propaganda der Medien gibt es keine Demokratie, sondern Politik, Wirtschaft und fast alles um uns herum werden weitgehend im Verborgenen kontrolliert. Auch die Medien und selbst die Wissenschaft sind nicht unabhängig und werden direkt oder indirekt gesteuert.“

„Wir mussten erkennen, dass wir nicht frei und emanzipiert und klassenlos sind – wir leben zwar in Wohlstand ohne unmittelbare Not, aber wir befinden uns in einem Meer aus Lügen, Propaganda und Manipulationen und müssen für ein abstruses Geldsystem schuften.“

„Reich wird gegen arm aufgehetzt, jung gegen alt, Migranten gegen Einheimische, Frauen gegen Männer, Rechte gegen Linke, um uns davon abzuhalten, solidarisch zu sein und unseren demokratischen Willen zu tun, nämlich:

„Eine bessere Welt zu schaffen.“

Eine Welle des Applauses lief über das weite Areal.

Tuschke fuhr fort: „Die täglichen Horrormeldungen versetzen uns in Angst und Schrecken, so dass die kleine Elite ihre Programme durchsetzen kann. Wer hätte sich jemals vorstellen können, dass die Überwachung der ganzen Bevölkerung und die Abschaffung der Privatsphäre Wirklichkeit wird?“

„Das politische System der Bundesrepublik ist eine einzige Lüge und in Wahrheit sind wir ein zweifach besetztes Land: einmal von den Siegermächten des zweiten Weltkriegs, bzw. der USA, es gelten nämlich immer noch die Besatzungsgesetze, und zweitens von den Banken und den Konzernen.“

„Die Politik und die Welt werden weitgehend kontrolliert von der kleinen Elite, die ich die DIMs nenne, die dominante irrsinnige Minorität. Einige wenige Familien aus Adel, Geldadel und der spirituellen Elite haben das Sagen.“

„Wen wundert es da, dass alle Parteien nahezu das gleiche Programm haben, und dass z.B. eine linke Regierung die schlimmsten neoliberalen Reformen durchgesetzt hat.“

„Ich sage es: Wenn Wählen etwas ändern würde, würde es verboten werden.“

„Die Menschen wollen in Frieden zusammen leben, wollen gedeihen, Familien gründen und niemandem schaden. Die Eliten wollen die völlige Kontrolle über die Welt und ihr vorrangiges Mittel ist es, die Menschen in Angst und Schrecken zu versetzen und aufeinanderloszuhetzen. Dabei ist ihnen das Leiden der Menschen völlig egal. Sie sind Psychopathen!

„Und es wird ein großes Experiment mit uns durchgeführt. Zusatzstoffe und Chemikalien sind in unseren Nahrungsmitteln. Gentechnisch veränderte Organismen werden überall verbreitet. Der Himmel wird mit Schwermetallen besprüht, um die Atmosphäre leitfähig zu machen. Gesundheitsfolgen bleiben natürlich nicht aus. Und wir befinden uns in einem zunehmenden Strahlungsfeld. Handymasten und ihre Strahlung umgeben uns überall, WLAN, DECT-Telefone, Smart-Geräte decken uns mit Strahlung ein.“

„Der Mensch ist ein magnetisch-elektrisches Wesen – alle unsere Funktionen werden so gesteuert. Was denkt ihr, wird passieren, wenn ihr Traum wahr wird, und wir mit der virtuellen Welt eins werden? Dann können sie uns zu hundert Prozent überwachen und steuern!“

„So sage ich: Schmeißt Eure Handys weg!“

Eine Welle des Beifalls ging durch die Menge. Das war ein Riesenlärm, der von den Millionen Menschen entfacht wurde. Manche Leute holten ihre Mobiltelefone heraus, zogen die Sim-Karten und schmissen die Geräte auf den Boden und zertrampelten sie.

Tuschke fuhr fort: „Eine weitere schockierende Tatsache ist die Unterstützung unserer Regierungen des Staates Israel. Der Siedlungsbau in besetzten Gebieten ist ein Kriegsverbrechen, ebenso wie die kollektive Bestrafung durch die Blockade der Bevölkerung in Gaza. Das ist Sippenhaft.

„Der Einsatz von Phosphorbomben sowie sogenannten Cluster-Bombs und anderen verbotenen oder experimentellen Waffen brauchen wir gar nicht erst anzuführen. Die Inhaftierung oder Tötung von Minderjährigen ist eine weitere Schande für die Menschheit!“

„Es kann nicht Staatsräson der Bundesrepublik Deutschland oder eines anderen angeblichen Rechtsstaates sein, Kriegsverbrechen zu unterstützten! Es kann nicht angehen, dass deutsche Waffen in Palästina ausprobiert werden, es kann nicht sein, dass wir bei dem Völkermord in Palästina mitmachen!“

Erneut gab es großen Applaus im ganzen Gebiet vom

Potsdamer Platz bis zum Hauptbahnhof. Man hörte vereinzelte Rufe: „Freiheit für Palästina", „Israels Betragen ist eine Schande!" und so weiter.

Tuschke fuhr fort: „Aber nicht nur die Politik und die Wirtschaft sind zu einem Problem geworden, unser gesamtes Weltbild wurde manipuliert. Die Wissenschaft wird beherrscht von Dogmatismus, insbesondere dem, dass nur das Messbare wirklich sei. Damit wird die Welt auf den Kopf gestellt. Alle, die sich mit dem alten Wissen beschäftigt haben, wissen, dass die Materie nur der Ausdruck des Geistes ist und Materie eine Illusion, wenn auch eine sehr beständige, ist. Materie besteht aus Schwingung, alles besteht aus Schwingung und Vibrationen und Resonanz. Es gibt keine feste Materie, das sagt uns sogar die moderne Physik. So können wir sagen, dass wir in einer riesigen holografischen Projektion leben und das Wichtigste ist, dass unsere Vorstellung diese Projektion beeinflusst. So müssen wir sagen: Alles, was uns beigebracht wurde, ist unvollständig oder falsch!"

Es gab einen riesigen Applaus – die Stimmen der Menge waren weithin in der Stadt zu hören.

Tuschke begann seine Rede abzuschließen: „Unser Thema heute ist Frieden für die Welt. Wie wir alle wissen, schreiben die Sieger die Geschichte und auch unsere Professoren haben diese Geschichte kaum in Frage gestellt.

„Die Wahrheit ist, dass sich die Welt seit dem ersten Weltkrieg im Kriegszustand befindet. Es gab zwar einen Waffenstillstand, aber weder nach dem ersten Weltkrieg noch nach dem zweiten einen Friedensvertrag. Und Deutschland ist keine souveräne Nation, sondern ein besetztes Land. Zusätzlich wird natürlich noch die verbleibende Souveränität an die nicht demokratisch legitimierte EU-Kommission abgegeben."

„Es liegt an uns Deutschen, dafür zu sorgen, dass dieser Kriegszustand beendet wird. Wir fordern die Alliierten, aber insbesondere die USA auf, einen Friedensvertrag mit Deutschland zu schließen und den Kriegszustand zu beenden."

„Seit dem zweiten Weltkrieg befindet sich die Erde in einer permanenten Krise. Nie in der Geschichte gab es so viele Kriege und so viele Tote. Zusätzlich werden über den Welthandel und das globale Geldsystem die Staaten geknechtet und ausgebeutet. Die USA produzieren wenig Güter, aber sie bekommen für ihren Dollar von überall auf der Welt Waren und Dienstleistungen, da jedes Land den Dollar braucht, um insbesondere Öl zu kaufen. Der Dollar ist tatsächlich wertlos, aber die ganze Welt stützt ihn. Damit können die USA ihr riesiges Militärbudget finanzieren und in enormen Wohlstand leben."

„Aber statt für den Frieden und das Gedeihen der Menschheit zu sorgen, halten sie die Welt in diesem Ausbeutungssystem versklavt."

„Wir fordern das Ende dieses Systems und als ersten Schritt einen Friedensvertrag!"

Die Menge applaudierte und jubelte. Es wurde laut. Alle zwei Millionen Menschen begannen nach und nach zu skandieren:

„Frieden, Frieden,
Frieden für die Welt!
Frieden, Frieden,
wir wollen Frieden,
Frieden, Frieden
auf der Welt!"

Der Jubel und die Botschaft waren weithin hörbar, bis hin zum Kudamm im Westen und bis zum Alexanderplatz im Osten.

Nach fünf Minuten ebbte der Chor etwas ab und Tuschke schloss seine Rede ab:

Ich schließe mit einem Gebet:

„Möge Liebe, Licht, Frieden und Glückseligkeit die Welt erfüllen!"

„Möge Liebe, Licht, Frieden und Glückseligkeit in die Herzen aller dringen, die Unrecht tun!"

„Liebe, Licht, Frieden und Glückseligkeit!"

AUM

Die Medien mussten natürlich über die riesige Protestwelle berichten und taten alles, um ihre Botschaften umzudeuten und die Kernforderungen zu verschleiern.

Die Tagesschau begann und das erste Thema waren die Demonstrationen. Die Tagesschau-Sprecherin mit den stechenden blauen Augen kam ins Bild und sagte:

„Guten Abend meine Damen und Herren, ich begrüße Sie zur Tagesschau. Heute gab es eine große Demonstration in Berlin und weitere Demonstrationen in anderen deutschen Städten. Die Friedensbewegung hat sich wieder etabliert und viele Unterstützer gefunden. In der heutigen Zeit ist das nur zu verständlich. Wir sind alle gegen Kriege."

Es wurde ein Videobeitrag von den Demos eingespielt, gezeigt wurden die Demonstranten, die Flaggen mit der Friedenstaube und Schilder mit „Gebt uns Frieden" trugen. Dann wurden die Sprechchöre mit ihrem Ruf „Frieden, Frieden für die Welt" gezeigt. Eine Sprecherin kommentierte die Aufnahmen und beschrieb die Demo objektiv, aber ohne auf die weiteren Forderungen der Bewegung einzugehen.

Die Tagesschau-Sprecherin kam wieder ins Bild und sagte:

„Leider nutzen rechte Kräfte und Verschwörungstheoretiker die Friedensbewegung für ihre Zwecke und transportieren haarsträubende Botschaften. Sie leugnen, dass die Bundesrepublik ein souveräner Staat ist. Sie glauben, dass Deutschland immer noch besetzt sei und dass es nie einen Friedensvertrag nach dem zweiten Weltkrieg gegeben habe. Auch kritisieren sie unser Geldsystem, womit sie sich zum strukturellen Antisemitismus bekennen."

„Das ist natürlich hanebüchener Unsinn und sehr bedenklich. Mit der Gründung der Bundesrepublik endete die Besatzung und es wurden Verträge mit unseren Freunden, den Amerikanern geschlossen. Eine Truppenpräsenz der USA in Deutschland wurde aufrechterhalten, um gegen die Bedrohung durch die Sowjetunion gerüstet zu sein. Und mit der Wiedervereinigung und den Zwei-plus-Vier-Verträgen wurde Deutschland wieder voll souverän. Wir haben ein Interview mit dem Bundesinnenminister geführt."

Das Interview wurde eingespielt, der Bundesinnenminister trat ins Bild. Mit seiner ruhigen fast schleppenden Art begann er: „Wir begrüßen den Ruf nach Frieden und werden alles tun, um die Friedensbewegung zu unterstützen. Aber wir wehren uns gegen die rechten und antisemitischen Parolen, die es auf den Demonstrationen gab."

„Wir fordern die Menschen in Deutschland auf, sich von solchem Gedankengut zu distanzieren. Wir fordern die Friedensbewegung auf, diesen rechten Rednern keine Plattform mehr zu bieten."

„Die Bürger Deutschlands müssen sich vor solchen Meinungen in Acht nehmen und dürfen nicht auf platten Populismus hereinfallen."

Die Tagesschau-Sprecherin kam wieder ins Bild.

„Nach der Tagesschau wird es eine Sondersendung zu der neuen Friedensbewegung geben. Jetzt kommen wir zum nächsten Thema..."

AUM

Auf der Website der Tagesschau gingen hunderttausende Mails und Kommentare ein, die diesen Bericht als Realitätsverleugnung und Propaganda bezeichneten.

AUM

Roxana Dahlke wurde zu einer Polit-Talkshow eingeladen mit dem Thema: „Die neue Friedensbewegung". Die Moderatorin mit ihren schwarzen Haaren und dem ihr von ihrem Coach beigebrachten fast sympathischen Lächeln eröffnete die Runde: „Liebe Zuschauer, unser Thema heute ist die neue Friedensbewegung. Haben diese Menschen recht oder sind sie naiv? Was hat es mit der Forderung nach einem Friedensvertrag für Deutschland auf sich? Ist Deutschland tatsächlich noch besetzt?

„Um dieses Thema zu diskutieren, haben ich folgende Gäste eingeladen..."

Anwesend waren ein deutsch-jüdischer Publizist, der Vorsitzende der Grünen, ein renommierter Historiker, ein CDU-Mann, eine Abgeordnete der Linken und eine weibliche Koryphäe aus der alten Friedensbewegung und dem Feminismus sowie Roxana. Die Moderatorin stellte sie mit folgenden Worten vor: „Roxana Dahlke ist prominentes Mitglied der neuen Friedensbewegung und Sprecherin der Initiative für einen Friedensvertrag. Sie denkt, dass der zweite Weltkrieg nicht beendet wurde und die Bundesrepublik nur eine Verwaltung des besetzen Deutschlands ist.

„Was halten Sie davon, Herr Götzemir?"

Der Vorsitzende der Grünen räusperte sich: „Ich begrüße die Wiederbelebung und Erstarkung der Friedensbewegung. Die Welt braucht dringend Frieden. Aber man darf nicht blauäugig sein. Man kann mit Islamisten und Terroristen keinen Frieden schließen, man muss sie bekämpfen. Und man muss außerdem die Demokratie und unsere freiheitlichen Grundwerte verteidigen.

„Und so einen Schwachsinn wie, dass Deutschland besetzt sei, habe ich selten gehört. Natürlich ist die Bundesrepublik ein souveräner Staat, eingebunden in die Nato und die EU, weshalb NATO- und US-Streitkräfte weiterhin in diesem Land Stützpunkte haben. Das wurde vertraglich und einvernehmlich geregelt."

„Herr Feldmann, was möchten Sie dazu sagen?"

Der Publizist blickte verächtlich auf Roxana und sagte dann: Frau Issner, ich sage Ihnen folgendes: Leider ist die Friedensbewegung von rechtem Gedankengut, antiamerikanischer und antisemitischer Haltung durchdrungen. Nicht nur wendet sie sich gegen das Finanzsystem in einer Art und Weise, die stark an den Nationalsozialismus erinnert, sondern sie stellt unsere Grundwerte von Demokratie, Freiheit und Menschenrechten in Frage. Sie bestreitet, dass die USA die Interessen der Menschen in den Konfliktgebieten vertritt – dabei sind diese Gebiete von Diktatoren regiert, gegen die dringend vorgegangen werden muss.

„Auch die Kritik an Israel entbehrt jeder Grundlage. Israel sieht sich Feinden gegenüber, die den Staat Israel vernichten und die Israelis ins Meer treiben wollen. Sie stellen das Existenzrecht Israels in Frage und dagegen müssen wir Partei ergreifen."

„Frau Dahlke, was sagen sie dazu?"

Sie haben gerade einmal wieder die übliche Litanei gehört, die an den Tatsachen und den realen Geschehnissen völlig vorbei geht. Es bedeutet Leugnung, der Realität nicht ins Auge zu sehen. In der UN-Charta existiert immer noch die Feindstaatenklausel – und wer ist der Feind? Deutschland.

„Es gab Kriegserklärungen gegen Deutschland von fast allen Staaten, die in den 40er Jahren existierten und es gab und gibt keinen Friedensvertrag mit diesen Staaten."

„Außerdem wird in der Charta festgelegt, dass die Verwaltung eines besetzten Gebietes keine Identitätsausweise ausgeben kann, sondern nur Personalausweise. Da stellt sich gleich die Frage, wessen Personal wir denn sind."

„Weiterhin ist Israel und die USA und auch wir und der gesamte Westen der Aggressor, nicht nur in Syrien, sondern überall auf der Welt, aber insbesondere in Afghanistan, im Irak, in Libyen, in Somalia und natürlich in Palästina. Israel will keinen Frieden, außer einem, in dem alle Feinde vernichtet sind."

Götzemir unterbrach Roxana: „So ein Unsinn – sie verkehren die Tatsachen völlig. Sie haben zu viele Verschwörungstheorien rezipiert..."

Roxana unterbrach ihn: Lassen Sie mich ausreden – ich habe auch ihrer völlig falschen Einschätzung der Lage zugehört.

„Israel baut Siedlungen im Westjordanland, was ein Kriegsverbrechen darstellt. Israel blockiert Gaza, das dadurch in ein gigantisches Gefängnis verwandelt wird. Das ist auch ein Kriegsverbrechen, da das eine kollektive Bestrafung bzw. Sippenhaft darstellt. Palästinensern wird systematisch Land und Wasser geraubt, sie leben unter einer Besatzungsmacht, die sie jederzeit ins Gefängnis werfen kann ohne vernünftigen Grund, fast täglich auch Kinder inhaftiert, gezielte Tötungen durchführt und oft ohne guten Grund Gewalt gegen Palästinenser ausübt."

Der Publizist meldete sich: „Das ist doch purer Antisemitismus – Israel verteidigt sich gegen den Terrorismus!"

Roxana antwortete: „Sie liegen falsch."

„Der Islamismus und die ISIS werden von der USA und

Israel und ihren Vasallen unterstützt. El Kaida bedeutet nichts anderes als „die Liste“ – das ist die Liste der CIA-Assets – so nennt man das – die von diesem Geheimdienst kontrolliert werden. Sie haben die ISIS gegründet, rüsten sie aus und finanzieren sie.“

Ein Raunen ging durch den Saal, dann folgte Applaus. Die Moderatorin unterbrach Roxana und sagte: „Wir haben Ihre Position verstanden, und fragen nun Frau Fitwurth, was sie davon hält.

Die Koryphäe des Feminismus rückte ins Bild und sie begann: „Frau Dahlke leidet unter komplettem Realitätsverlust. Man kann die Tatsachen nicht einfach auf den Kopf stellen. Dass solche Meinungen nun auch zur besten Sendezeit bei der ARD ausgestrahlt werden, finde ich höchst bedenklich. Man kann Israel kritisieren und ich denke, wir alle sind gegen den Siedlungsbau im besetzten Gebiet, aber man muss doch akzeptieren, dass Israel sich gegen seine Feinde und gegen den Terrorismus verteidigen muss.

Wir haben einen Begriff für Frau Dahlkes Meinungen, das nennen wir die enthemmte Mitte, die alle möglichen absurden Positionen glaubt, annehmen zu müssen.

„Seit den Terroranschlägen von New York ist der islamistische Terror eine große Gefahr und muss bekämpft werden. Dass die ISIS von der USA gesteuert werden, ist eine haarsträubende Lüge, die ich mir nicht länger anhören werde. Frau Dahlke, ich frage Sie, sind Sie noch ganz bei Trost?“

Roxana wollte das Wort ergreifen, aber die Moderatorin ging dazwischen.

„Herr Nölle, Sie sind Historiker, was sagen Sie zu diesen Themen und Behauptungen?“

Vor ein paar Monaten hätte ich noch aus den Schulbüchern zitiert und Frau Dahlke vehement angegriffen. Aber nun bin ich der Meinung, dass sie Recht hat in allen Punkten. Ich hatte in der letzten Zeit ein spirituelles Erwachen. Ich sehe die Dinge nun anders. Ich habe wissenschaftliche Untersuchungen angestellt und bin zum Schluss gekommen, dass wir in einem Meer aus Lügen leben. Was ich in den letzten drei Jahrzehnten gelehrt und publiziert habe, ist unvollständig oder ganz falsch. Die Lage ist noch viel schlimmer, als wir uns jemals vorzustellen gewagt hätten. Ich habe auf den richtigen Zeitpunkt gewartet, diese neuen Erkenntnisse zu präsentieren und ich beschloss, dass diese Sendung der richtige Ort dafür sein würde.

Meine Untersuchungen haben folgendes ergeben: Nach der großen Wirtschaftskrise von 1929 wurden alle Staaten zwangsvollstreckt. Sie gehören damit den Gläubigern, das sind die Bankiersfamilien. Mit unserer Geburtsurkunde wird ein Wertpapier geschaffen, das ebenfalls den Gläubigern gehört. Juristisch entsteht eine natürliche Person, die Rechte aber auch Pflichten hat. Die Gläubiger haben damit Zugriff auf uns und mit diesen Wertpapieren wird gehandelt. Wir sind aber Menschen und keine Personen.

Weiterhin waren vor allem die anglo-amerikanischen Herrscher der Welt sehr fleißig und haben die Kommerzialisierung aller Lebensbereiche stark vorangetrieben. Heute sind die Staaten und alle ihre Institutionen und auch die Gerichte und die Polizei Unternehmen und unterliegen nur noch dem internationalen Handelsrecht, das sich auf den maritimen Admiralitätsgesetzen der britischen Krone gründet, die ebenfalls ein Unternehmen ist. Damit ist der Rechtsstaat förmlich abgeschafft und es geht nicht um Recht, sondern nur noch um Geld.

Wir sind alle Sklaven dieses Systems. Und Sie wissen ja, der beste Sklave ist der, der gar nicht merkt, dass er versklavt ist und sein Joch mit Freuden genießt.

„Das hat Rudolf Steiner das ahrimanische Prinzip genannt.

Ahriman ist wie Luzifer eine satanische Wesenheit. Während Luzifer den Größenwahn des Menschen verkörpert mit dem Ziel, gottgleich zu werden und mit Gott in einen Wettkampf zu treten, versucht Ahriman eine eigene Welt zu schaffen, die nicht mehr zu Gott gehört. Daher besteht ein Plan, den Menschen seines spirituellen Wesens zu berauben und alle Werte und alle Moral zu zerstören und stattdessen alles dem Kommerz preis zu geben. Damit wird alles käuflich und alles bekommt einen Preis."

Dieser Welt rücken wir mit schnellen Schritten immer näher.

Der Professor hielt inne. Mareike Issner hatte es kurzzeitig die Sprache verschlagen. Ein Raunen ging durch das Publikum, dann applaudierten die Zuschauer im Saal immer lauter.

Feldmann stand auf und schimpfe: „Ich höre mir diesen Blödsinn nicht länger an. Sie sind beide völlig irrsinnig, Sie Frau Dahlke und Sie Herr Nölle! Uns mit solchen Absurditäten und dem alten Antisemiten Steiner zu kommen! Frau Issner, ich protestiere! Was für Leuten geben Sie hier eine Plattform?"

Roxana sagte: „Was genau war denn hier irrsinnig?"

Judith Fitwurth stand ebenfalls auf: „Ich schließe mich dem Herrn Feldmann an – ich werde diese Sendung jetzt verlassen!"

Der CDU-Mann und Götzemir standen ebenfalls auf und schimpften.

Mareike Issner hob die Stimme: „Beruhigen Sie sich, beruhigen Sie sich – wir wollen hier nur besprechen, was so viele Menschen auf die Straße treibt."

„Ohne mich", sagte Götzemir und er, Fitwurth, Feldmann und der CDU-Mann verließen den Sendungssaal. Das hatte es in der Geschichte der Talk-Show noch nie gegeben.

Der Regisseur kam auf die Bühne und flüsterte der Moderatorin etwas ins Ohr.

Dann sagte sie: „Es tut mir leid, unter diesen Umständen breche ich die Sendung nun ab.“

Die Zuschauer im Raum wurden laut und riefen: „Wir wollen die Befreiung!“

Die Liveschaltung wurde beendet und die Zuschauer im Fernsehen sahen den Abspann.

AUM

Einige Tage später trat die Bundeskanzlerin vor die Presse. Es war eine Liveübertragung. Der Schüler Bardons sprach die kabbalistischen Worte aus und der Zauber wirkte. Sie konnte nur noch die Wahrheit sagen.

„Meine sehr geehrten Mitbürger, liebe Kollegen, ich diene dem Satan. Ich bin von den Mächten der Finsternis beauftragt, Deutschland und Europa nachhaltig zu schwächen und alle bestehenden Strukturen, wie Familie, Kirchen, und natürlich die Nationen zu zerstören.“

Sie hielt inne. Auf ihrem Gesicht war das Entsetzen über das, was sie gesagt hatte, zu sehen. Sie bemühte sich, wieder die Kontrolle über sich zu erlangen. Auch das spiegelte sich in ihrem Gesicht.

Sie räusperte sich und fuhr fort:

„Das denken die völlig irren Verschwörungstheoretiker. Und sie haben Recht.“

Ein großes Raunen ging durch den Saal. Die versammelten Pressevertreter konnten nicht glauben, was sie da gerade hörten. Der Pressesprecher der Bundesregierung eilte zur Kanzlerin und sagte: „Ist alles in Ordnung mit Ihnen? Was erzählen Sie denn da?“

Sie sagte: „Keine Sorge, ich habe mich im Griff – das

schaffen wir schon."

Sie fuhr mit ihrer Rede fort: „Wir müssen etwas gegen diejenigen unternehmen, die solche Meinungen haben. Dazu werden wir das Netz so weit wie möglich unter Kontrolle bringen und zensieren. In der heutigen Zeit ist freie Meinungsäußerung viel zu gefährlich."

Ihre Mimik geriet außer Kontrolle. Sie verzog ihr Gesicht und griff sich an Mund und Nase, um die Muskeln zu lockern.

Im Saal wurde es unruhig. Rufe wurden laut: „Haben Sie gerade einen Blackout, Frau Bundeskanzlerin?" und „Sind Sie auf Drogen?"

Sie versuchte, ihre Fassung wieder zu erlangen und schließlich fuhr sie fort: „Ich versichere Ihnen und der Bevölkerung, dass ich alles tun werde, um solche Äußerungen zu unterbinden. Wir werden siegen und wir werden die neue Weltordnung schaffen. Wir werden das Bargeld abschaffen und alle verbleibenden Freiheiten aufheben. Das ohnehin schon versklavte Volk werden wir zu dummen und unfähigen Robotern machen, die nur noch das tun, was wir wollen und nichts anderes mehr."

Im Saal gab es einen Tumult. Die Pressevertreter standen auf. Teilweise waren ihre Münder vor Staunen geöffnet. Sie konnten nicht glauben, was sie gerade gehört hatten. „Sie ist wahnsinnig geworden", war der Tenor. Der Pressesprecher eilte zur Kanzlerin und zog sie vom Mikrofon weg.

AUM

Aber nicht nur in der Politik gab es Erschütterungen, auch im Bereich Gesundheit wurden höchst verstörende Tatsachen bekannt.

Balows Vater war an Alzheimer erkrankt und Balow begann über die Krankheit zu recherchieren vor hundert Jahren hatte es Alzheimer nur sehr vereinzelt gegeben, heute ist die Krankheit zu einer Massenerscheinung geworden. Das war auf die Zunahme an Neurotoxinen, besonders Aluminium und Quecksilber in der Umwelt zurück zu führen. Auch Parkinson, Krebs und andere sogenannte Zivilisationskrankheiten wie Depression, Allergien und die allgemeine Abnahme der Intelligenz wurden hauptsächliche durch Umweltgifte verursacht.

Der Sohn von Balows Freund hatte schweren Autismus und war damit schwerbehindert. Balow recherchierte auch dieses Phänomen und kam zu ähnlichen Resultaten. Autismus ist eine Folge der Schwermetallvergiftung im Mutterbauch oder in der frühen Kindheit. In früheren Jahrhunderten gab es diese Krankheit nicht.

Balow ging zu einem Vortrag eines bekannten Umweltmedizin-Experten. Dr. Rainer Klanghart hatte sich lange mit den Auswirkungen der Umweltvergiftung beschäftigt und war zu einem angesehenen Experten in der Alternativmedizin geworden. Der Andrang war groß und der Vortrag war von einem mittleren Saal in die Aula der Technischen Universität verlegt worden. Tausende waren gekommen, um die Erkenntnisse des Mediziners zu hören.

Klanghart kam auf die Bühne.

„Hallo Leute, könnt ihr mich alle gut hören“, begann er.

„Ein paar Worte zu mir. Ich habe Medizin studiert und wollte danach endgültig nach Indien auswandern. Vorher ließ ich mir meine Amalgam-Füllungen entfernen und verschluckte dabei eine enorme Menge Quecksilber.“

In Indien lag ich einige Wochen später in einem Hotel mit Nierenversagen und wäre fast gestorben. Das Quecksilber in den Füllungen war in meinen Körper gelangt. Ich habe überlebt und mich danach statt mit Indien mit den Auswirkungen von Neurotoxinen auf die Gesundheit beschäftigt.

Es hat mich in die USA verschlagen, wo ich seit 20 Jahren erfolgreich sogenannte Zivilisationskrankheiten, besonders Alzheimer und Autismus-Patienten, behandle.

Um es Ihnen deutlich zu machen: Die moderne Zivilisation vergiftet uns und die Umwelt in einem unglaublichen Ausmaß – und dass obwohl die Gesundheitsfolgen der entsprechenden Praktiken mittlerweile durch viele Studien belegt sind.

Mit der industriellen Revolution begann diese Umweltverseuchung und mit der zunehmenden Verwendung von Chemikalien trat man in eine neue Stufe ein.

Was da alles gemacht wurde, ist haarsträubend. Auch neue Medikamente wurden und werden ohne Langzeitstudien zugelassen. In den 30er Jahren begann man den Impfstoffen Quecksilber beizugeben. Später baute man in die Zähne quecksilberhaltiges Amalgam ein. Weiterhin wurde die Umwelt seit dem Aufkommen der modernen Chemie mit Insektiziden, Pestiziden und mit Neurotoxinen belastet. Das schädigt die Gesundheit in vielfältigen Formen.

In Kunststoffen und in Plastik befinden sich sogenannte Weichmacher – sie enthalten künstliche Östrogene. Diese haben verschiedene Wirkungen, unter anderem schädigen sie die Geschlechtsentwicklung. Das können wir bei vielen Tierarten und leider auch beim Menschen beobachten.

In neuester Zeit kommt der Elektrosmog hinzu. Die Strahlungsbelastung der Umwelt hat seit dem Jahr 1930 um ein dreißig millionenfaches zugenommen. Und diese Strahlung ist bekanntermaßen schädlich für Mensch und Tier, obwohl die Industrie das hartnäckig bestreitet.

Nach dem zweiten Weltkrieg wurde überall auf der Welt DDT ausgebracht. Dieses Gift hat erwiesenermaßen unter anderem die Kinderlähmungsepidemien verursacht. Trotzdem werden heute die Kinder gegen Polio mit einer schwermetallhaltigen Impfung versehen, anstatt dass man über die wahren Ursachen informiert.

Wozu dienen diese Impfungen? Rudolf Steiner wies schon am Anfang des 20. Jahrhunderts darauf hin, dass es Impfstoffe geben würde, die verhindern, dass die Menschen sich ihrer Spiritualität bewusst werden.

Viele Menschen erkranken heute an Alzheimer, an Parkinson, Kinder an Autismus oder an Störungen in der Geschlechtsentwicklung. Es ist mittlerweile wissenschaftlich bestätigt, dass Umweltgifte wie PCB, aber auch die Chemikalien in den Kunststoffen gerade die männliche Geschlechtsentwicklung maßgeblich beeinträchtigen. Bei den Eisbären sowie bei den amerikanischen Adlern und anderswo gibt es Missbildungen bei der geschlechtlichen Entwicklung durch die im Plastik und anderswo enthaltenen Stoffe. Besonders männliche Tiere weisen zunehmend Merkmale beider Geschlechter auf.

So kann man auch beim menschlichen männlichen Teil der Bevölkerung eine Verweiblichung feststellen, sowie zahlreiche Störungen in der geschlechtlichen Entwicklung der männlichen Kinder, unter anderem mangelnde Ausprägung der Hoden. Das kommt daher, dass Testosteron die Wirkung von Quecksilber und Aluminium verstärkt und damit Frauen und Mädchen weniger betroffen sind.

Alzheimer lässt sich auch auf Neurotoxine zurückführen, nämlich auf das Quecksilber, das z.B. die preiswerten Energiesparlampen reichlich abgeben.

Ein weiteres Problem ist unsere Ernährung. Die Lebensmittel enthalten heute kaum noch Nährstoffe, zum Beispiel wird die neue länger haltbare Milch so behandelt, dass alle lebendigen Bestandteile abgetötet werden. Das meiste herkömmlich erzeugte Gemüse wird nicht mehr im Boden, in der Erde, großgezogen, sondern die Wurzeln befinden sich in einer Nährstofflösung. Diese Produkte enthalten kaum noch nahrhafte Bestandteile und wenig Mineralien. Zudem bewirken die Pestizide und Insektizide eine hohe toxische Belastung der Lebensmittel – und da ist die ökologische Produktion auch von betroffen, da man Wind und Regen nicht abstellen kann.

Die moderne Fleischproduktion ist ein weiteres großes Problem. Die Tiere werden in der Regel mit gentechnisch veränderten Organismen gefüttert, wenn nicht sogar mit Tiermehl. Die Massentierhaltung und die industriemäßige Schlachtung verursachen in den Tieren die Produktion von Stresshormonen und außerdem werden zudem noch Antibiotika, Wachstumsmittel und allerlei andere Wunder der Moderne eingesetzt. Die Folge ist, dass Billigfleisch toxisch ist. Die ökologische Tierhaltung ist demzufolge zu unterstützen, obwohl es auch da Probleme gibt.

Weiterhin enthalten fast alle Gegenstände des modernen Lebens, Textilien, Möbel, Autos, Laptops, Haushaltsmittel usw. neurotoxische Substanzen. Wir werden systematisch vergiftet. Das Resultat ist ein Anstieg der genannten Zivilisationskrankheiten, dazu kommen Depression und Burn-Out und andere psychische Erkrankungen sowie die allgemeine Abnahme der Intelligenz. Das ist der Wissenschaft und den Politikern bekannt, aber niemand wird zur Rechenschaft gezogen und die Probleme werden verschleiert.

Aber es kommt noch schlimmer. Ohne dass es zugegeben wird, wird in fast allen Ländern der Welt Geoengineering betrieben. Das bedeutet, dass Flugzeuge Sprühmittel ausbringen, um das Wetter zu beeinflussen und um die Sonnenstrahlung abzuschirmen. Beobachten Sie einmal den Himmel genauer. An vielen Tagen, besonders an sonnigen, hinterlassen Flugzeuge breite Streifen, die sich langsam zu Schleierwolken ausbreiten. Gesprüht wird Aluminium, Barium und Strontium sowie Nanopartikel. Diese rieseln langsam auf die Erde hinunter und verseuchen Pflanzen, Trinkwasser und natürlich die Atemluft. Wir sind alle schwer mit diesen Stoffen belastet, die eine enorm schädliche Wirkung auf unsere Gesundheit haben. Zudem erhalten wir wesentlich weniger Licht als früher, ein großer Anteil der Sonnenstrahlung wird abgeschirmt, stattdessen ist der UV-Anteil enorm angestiegen – es ist heute gefährlich, zu lange in der Sonne zu bleiben.

Da liegt es nahe, erstmal wütend zu werden. Und das ist notwendig, denn wir müssen etwas dagegen unternehmen.

Es gibt Lösungen für die Probleme und ich verschreibe allen meinen Patienten eine Neurotoxin-Entgiftung. Entgiftet werden müssen die neurotoxischen Stoffe wie die künstliche Östrogene, die Schwermetalle sowie die Rückstände der Insektizide und Pestizide.

Vorher allerdings fordere ich meine Patienten auf, ihr Leben umzustellen, denn die Vermeidung der Umweltgifte ist der erste Schritt. Meine Patienten sollen auf Plastik und Kunststoff verzichten. Das bedeutet, keine Lebensmittel mehr zu kaufen, die in Plastik eingepackt sind, Tupperware und alle Plastikflaschen und Plastikbehälter wegzuwerfen und zu prüfen, ob Teppich und Möbel viele Kunststoffe enthalten.

Weiterhin sollen meine Patienten auf den Elektrosmog achten. Ich fordere sie auf, auf WLAN zu verzichten, das eine besonders lebensfeindliche Strahlung aussendet. Das DECT-Telefon, das sind die schnurlosen Telefone, sollte ebenfalls abgeschafft werden und stattdessen ein altes Telefon mit Schnur angeschafft werden. Nachts sollten die Sicherungen im Schlafzimmer abgeschaltet werden, so dass kein 60-Hertz-Feld dem Organismus während des Schlafs schaden kann.

Dann beginnen wir mit der eigentlichen Entgiftung. Da gibt es verschiedene Möglichkeiten, aber Glycin bindet die Kunststofftoxine, Chlorella und der Ackerschachtelhalm die Schwermetalle und Pestizide.

Ich garantiere Ihnen, dass zum Beispiel ihr Kind mit Autismus durch diese Maßnahmen nach vier Monaten große Fortschritte machen wird. Bei den Fällen, in denen wir keinen Erfolg haben, haben in der Regel die Eltern nicht die Grundlagen geschaffen und z.B. ihren Strom nachts nicht abgestellt.

Ich danke Ihnen für das Zuhören und falls Sie Fragen haben, haben wir noch ein paar Minuten Zeit.

Es gab großen Beifall.

AUM

Balow begann, die Klanghart-Methode weiter zu recherchieren, empfahl sie seinem Freund mit dem autistischen Kind und begann, sie in seinem eigenen Leben und dem seines Vaters umzusetzen. Er schmiss alle Plastikgegenstände raus und stellte WLAN und schnurloses Telefon ab und auf Kabelverbindungen um. Dann begann er bei sich selbst und seinem Vater mit der Entgiftung. Bereits nach vier Monaten war der Zustand seines Vaters maßgeblich verbessert und auch er selber merkte einen deutlichen Anstieg seiner Vitalkräfte.

Sein Freund sowie dessen Frau begannen bei einem Arzt mit der Klanghart-Methode, auch sie stellten ihre Technik und ihr Einkaufsverhalten um und bereits nach einem Jahr war der Junge gesund und begann sein Entwicklungsdefizit rasch aufzuholen.

Die Gegenkultur wuchs schnell. Es bildeten sich Einkaufsgemeinschaften, die direkt von den Bauern gesunde Lebensmittel kauften. Viele Menschen kehrten von der Funk- zur Kabeltechnik zurück und kauften nur noch wenig in den großen Supermarktketten ein.

Den Menschen wurde bewusst, warum sie an Burn Out oder an Depressionen gelitten hatten und warum es so eine drastische Zunahme von neurologischen Erkrankungen gab.

Man solidarisierte sich wieder und bildete Nachbarschaftsinteressen- und Betroffenengruppen und begann den Politikern, den Verwaltungen und der Polizei immer mehr Fragen zu stellen und sich über sinnlose Verordnungen und Gesetzte hinweg zu setzen.

Auch die Fragen rund ums Geld wurden immer lauter. Warum wurde es einer kleinen Gruppe von Bankiers erlaubt, die Kontrolle über das Geld zu haben? Warum hatte die Gemeinschaft oder der Staat nicht das Recht, Geld zu erschaffen bzw. zu schöpfen, sondern musste es sich von den Banken leihen und dafür noch Zinsen bezahlen? Es wurde immer mehr Menschen klar, dass sie nur deshalb so hart schuften mussten und teilweise selbst zwei Jobs kaum noch reichten, um den Lebensunterhalt zu finanzieren.

Es wurden Tauschringe und Regionalgeld geschaffen, die nicht durch sogenanntes „echtes Geld“ abgesichert waren, und sie wurden zu einer echten Gegenwirtschaft. Bauern und Läden begannen, diese Geldsorten zu akzeptieren und schließlich sogar einige Vermieter.

Es funktionierte ganz einfach: Jedes neue Mitglied eines Tauschringes erhielt zweihundert Einheiten der Tauschwährung. Diese konnte er ausgeben, wie er wollte. Um mehr Tauschgeld zu erhalten, musste er natürlich selber Leistungen oder Waren anbieten. Bei diesem Geld gab es keine Zinsen und nur wenig Gebühren.

Der Politik wurden immer mehr Fragen gestellt: Warum ist etwa für die Altenpflege zu wenig Geld da, aber für Kriege und die Großbanken immer genug? Warum wird die Umwelt systematisch vergiftet und zubetoniert? Warum sprühen Flugzeuge Schwermetalle und Nanopartikel und warum schweigen dazu die Behörden? Warum gibt es so große Kinderarmut, während überall neue Prachtvillen und Luxuswohnungen entstehen? Warum sterben auf der Welt immer noch so viele an Armut und Hunger?

Auch viele Journalisten begnügten sich nicht mehr mit den Antworten, die seit Jahrzehnten gegeben wurden.

Der gesellschaftliche Diskurs gestaltete sich um und Politik, Wissenschaft und die Medien waren gezwungen, auf diese Fragen einzugehen. Da gab es dann absurde Erklärungen, warum der Zins benötigt würde oder warum es keine Alternative zu der neoliberalen Politik und dem Geldsystem gäbe oder warum die Schwermetalle harmlos seien. Diesem Unsinn schenkte aber fast niemand mehr Glauben.

AUM

Die „Initiative für einen Friedensvertrag“ fand immer mehr Anhänger und es gründeten sich zahlreiche lokale und regionale Gruppen. Sie verlangten die Wiederherstellung der Souveränität Deutschlands und erklärten ihre Gemeinden als unabhängig von der sogenannten Bundesrepublik.

Jedes Wochenende gab es Massendemonstrationen in vielen deutschen Städten mit vielen hunderttausenden Teilnehmern. Immer wurde ein Thema besonders hervorgehoben. Mal war es: „Wir lassen uns nicht länger vergiften – für eine naturnahe Landwirtschaft – gegen Massentierhaltung, Monokulturen und Großbetriebe!“

Ein anderes Mal fanden die Demos unter dem Motto „Frieden für die Welt, ein Friedensvertrag für Deutschland, für ein Ende der Besatzung!“ statt.

Auch die Demos zum Geldsystem fanden großen Anklang mit dem Slogan: „Schluss mit der Herrschaft der Banken und der Finanzindustrie – wir lassen uns nicht länger versklaven!“ Dann gab es eine weitere Friedensdemo, nun mit dem Thema „Schluss mit der Kriegstreiberei der Nato und der USA, Schluss mit gezielten Tötungen und Drohnenkrieg, Schluss mit Bombardierungen und Sanktionen!

Auf einer Demo zu den Medien skandierte man: „Hört auf, uns zu belügen! Wir verlangen objektive Berichtserstattung und unabhängigen Journalismus!“

Am Wochenende darauf wurde gegen das Geoingeneering und die Chemtrails protestiert. „Was sprühen sie? Was ist mit unserem Wetter los? Schluss mit den Sprühaktionen! Wir verlangen Aufklärung und Rechenschaft!“

Dann gab es Demos gegen die Pharmaindustrie und die Impfungen. Man las auf den Plakaten: „Schluss mit der Angst- und Lügenpropaganda, Schluss mit Impfungen, die unsere Kinder krank machen! Schluss mit der Vergiftung durch Impfstoffe, Antibiotika und andere Arzneimittel!“

Auch gab es Proteste gegen die Wissenschaft: „Wir wollen keine von Interessengruppen finanzierte und gesteuerte Wissenschaft – für eine unabhängige Forschung!

„Wir fordern ein neues Menschenbild – der Mensch ist ein spirituelles Wesen, das in einen Körper inkarniert wurde – und nicht ein durch Zufall aus der Ursuppe entstandenes biochemisches System!“

Überall begann man die Themen zu diskutieren, auch in den Parteien. An der Basis begann man Fragen zu stellen und ging bald zu Forderungen über. Auch die Verwaltungen, die Bürgermeister, die Kreisregierungen, die Regionalverwaltungen wurden mit neuen Fragen und Forderungen überhäuft und mussten reagieren.

In anderen Ländern Europas, in den USA und auch in Asien begannen die Menschen sich zu organisieren und lautstark Alternativen zu fordern.

Die Protestgruppen in Europa schlossen sich zusammen und gründeten die „Paneuropäische Initiative für Licht, Liebe, Frieden und Glückseligkeit“.

In ganz Europa wurden Protestcamps vor den Verwaltungen errichtet, Zehntausende gründeten ein Protestcamp in der Nähe der EZB in Frankfurt mit Zelten und mobilen Küchen, desgleichen vor Regierungsgebäuden in Brüssel, in Berlin, in Rom, in Madrid, in Paris und in anderen Hauptstädten. Lokale Verwaltungen wurden besetzt und die Amtsträger zur Rede gestellt.

Immer mehr Polizisten, Richter, Verwaltungsangestellte und andere Amtsträger schlossen sich den Protesten an und es gab viele neue Auslegungen der Rechtsprechung. Teilweise wurden von den Richtern nationale und EU-Gesetze als menschenrechtswidrig eingestuft und Menschen von Beschuldigungen freigesprochen.

Bei einer Demonstration in Madrid weigerte sich die Polizei, die Zentralbank zu schützen und diese wurde gestürmt und besetzt. Verletzt wurde niemand, aber die Zentralbanker mussten sich der Menge vor dem Gebäude präsentieren und ihr Verhalten kommentieren.

Die CIA versuchte krampfhaft, Gegenbewegungen und Gegendemonstrationen zu organisieren, aber diese blieben sehr schlecht besucht. Meist war nur eine kleine Gruppe bei diesen Aktionen zu sehen, die amerikanische und israelische

Flaggen hochhielt und die Demos als antisemitisch und die Protestierenden als durchgeknallte Esoteriker bezeichneten.

AUM

Schließlich gab es Großkundgebungen zeitgleich in allen europäischen Hauptstädten. In London gingen zwei Millionen auf die Straße, in Paris ebenfalls, in Madrid waren es eineinhalb Millionen, in Rom eine Million und auch in den anderen Ländern Europas versammelten sich Hunderttausende.

In Berlin hatten sich drei Millionen Menschen versammelt und Lars Tuschke trat auf die Bühne und nahm das Mikrofon.

Liebe Leute, liebe Mitbürger, liebe Menschen, „schön, dass wir so viele sind."

Es gab großen Beifall, der wiederum durch die halbe Stadt hallte.

„Wir haben jetzt in dieser Zeit die Chance, die Schreckensherrschaft des Geldes und der Eliten zu beenden und ein menschenwürdiges Dasein für alle auf der Erde zu schaffen. Wir haben die Lügen, die Manipulation und die Propaganda entlarvt und sind nicht mehr bereit, die Konzerne, den industriell-militärischen Komplex, die Atomenergie, die verlogene Pharmaindustrie, die Geheimdienste und die Vergiftung unserer Umwelt, unserer Lebensmittel und von uns Menschen zu tolerieren. Und eine gekaufte und dogmatische Wissenschaft, die uns nicht die Wahrheit präsentiert, wollen wir auch nicht."

Es gab wieder eine riesige Welle des Beifalls, die durch die ganze Stadt hallte.

„Wir bekommen keine angemessenen Antworten auf unsere Fragen und das Standardargument TINA – das bedeutet

'There is no alternative' – kann uns nicht mehr befriedigen. Unsere Forderungen sind klar und eindeutig.“

„Wir wollen keine Welt, die durch das Geld und das Profitstreben beherrscht wird. Wir wollen keine Regierungen, die in Hinterzimmern und auf Geheimkonferenzen unsere und die Zukunft der Welt bestimmen. Wir wollen keine Hintermänner, die im Hintergrund die Fäden ziehen. Wir wollen keine Kriege und keine Armut.“

„Wir stehen für Liebe, Licht, Frieden und Glückseligkeit.“

Applaus brandete auf und erfasste die Menge, die über die halbe Stadt verteilt war und die Rufe und der Beifall schallten bis in den Himmel.

„Wir wollen zusammen ein Gebet sprechen. Ihr kennt es alle, sprecht mir nach!“

„Mögen alle Wesen mit Licht, Liebe, Frieden und Glückseligkeit erfüllt werden!“

Die Menge sprach den Satz nach, und er hallte durch die Stadt.

Lars fuhr fort: „Mögen Licht, Liebe, Frieden und Glückseligkeit in die Herzen all derer dringen, die Unrecht tun!“

Wiederum wurde dieser Satz von der Menge nachgesprochen und war noch meilenweit entfernt zu hören.

„Licht, Liebe, Frieden und Glückseligkeit werden siegreich sein!“

Der Satz wurde wiederholt und es gab rasenden Beifall.

Dann wurde das Lied von Frankie Goes to Hollywood eingespielt: „The power of love, a force from above...“ erschallte es auf dem ganzen Gelände.

Prolog
Fünfter Teil

Der Anbruch des Zeitalters der Finsternis und der Lüge

Das schnittige Raumschiff, dessen Oberfläche in allen Farben des Regenbogens schimmerte und pulsierte, trat in die Erdatmosphäre ein. Mit ungeheurer Geschwindigkeit und ohne dass es einen Luftwiderstand zu geben schien, nahm es Kurs auf die Landmassen und schließlich flog es in dreitausend Meter Höhe über dem Land, das heute Europa ist. Hier war alles unter Schnee und Eis begraben. Das Raumschiff flog in Richtung Süden und kam schließlich in wärmere Gefilde. Hier grasten Mammuts, es gab Rotwild, Wölfe und Säbelzahntiger.

Weiter südöstlich sah man die ersten Siedlungen der Menschen. Schließlich gelangte man zum Hindustal, wo sich größere Zivilisationen vorfanden. Das Raumschiff begann den Sinkflug und landete nahe einem Fluss, an dem eine größere Siedlung lag.

Eine Luke öffnete sich und die Anführer namens Enki und Enlil traten heraus sowie drei ihrer Gefährten. Sie waren reptilhafte Wesen mit einem Drachenschwanz, die aber auf aufrecht auf zwei Beinen standen. Sie hatten schuppenartige Haut und ein Gesicht, das nicht ganz menschenunähnlich war.

Es war die Zeit nach der großen Sintflut von 10.500 v. Chr. Die überlebenden Atlanter und die übrige Menschheit hatten sich zunächst in höher gelegene Regionen zurückgezogen und sie hatten etwa tausend Jahre gebraucht, um wieder neue Zivilisationen aufzubauen. Der Mensch war aber immer noch dem heutigen Menschen weit voraus. Er war merklich größer und lebte etwa dreihundert Jahre. Er hatte telepathische Fähigkeiten und verwendete kaum das gesprochene Wort. Doch vieles vom Wissen von Atlantis war verloren gegangen und auch die Fähigkeiten des Menschen waren im Vergleich zu vorher eingeschränkt.

Enki und seine Gefährten gingen zu einer Ansammlung von Menschen, die sie aufmerksam beobachten, und sagten: „Seid gegrüßt, ihr Menschenkinder! Bringt mich zu Euren Anführern!“

Enki wurde zum Rat der Alten gebracht, der zugleich rudimentäre Formen der Regierung, Justiz und Priesterschaft bildete. Der Rat war bereits informiert über die Ankunft der Sternenwesen und nun trat Enki vor. Er stand vor den fünf Ratsmitgliedern als imposantes Reptilienwesen und dann verschwand er plötzlich – er löste sich in Luft auf. Ein paar Sekunden später rematerialisierte er sich und stand in der Form eines gewöhnlichen Menschen vor ihnen. Dann wechselte er wieder in seine Reptilienform und sprach:

„Seid gegrüßt, ihr Weisen. Ich bin Enki und das ist mein Bruder Enlil. Wir, die Anunnaki, sind gekommen, um Euch nach der großen Katastrophe beizustehen und Euch an unserem Wissen und unserer Technologie teilhaben zu lassen, um wieder eine Hochkultur aufzubauen.“

„Seid gegrüßt, Enki und Enlil. Euer Angebot hört sich vielversprechend an – lasst uns die neue Freundschaft feiern!“ Und es gab eine große Feier mit Musik und einem großen Feuer, um das die Männer und Frauen der Anunnaki und der Menschen tanzten.

Schon bald war wieder ein Paradies auf Erden errichtet worden, der später der Garten von Eden genannt werden würde. Enlil beriet die Regierung, half beim Bau von Bewässerungssystemen und den neuen Städten und unterrichtete sie in der Jagd und der Kriegskunst. Es gab keine herrschende Klasse, sondern eine Basisdemokratie. Enki lehrte den Menschen die hohe Wissenschaft der Weisheit und der Spiritualität. Die Menschen erreichten großes Wissen und Bewusstseinszustände, in denen sie völlig eins mit allem waren. Auch wurde der große Schöpfer aller Welten geehrt und angebetet.

Enki, Enlil und seine Gefährten besuchten die Menschenvölker der ganzen Welt, nicht nur im Zweistromland, auch in Ägypten, in China, in Afrika und in Südamerika und überall errichteten sie diese Paradiese. Sie schufen große Bauten mithilfe ihrer Technologie, sie beherrschten die Kunst der Levitation. Mit geeigneten Klangfrequenzen konnten sie riesige Steinblöcke bewegen und dirigieren. So entstanden die Pyramiden in Ägypten, aber auch andere Bauten im heutigen Syrien und in Südamerika und auch an anderen Orten.

Es blieb nicht aus, dass die Menschen und die Anunnaki geschlechtliche Beziehungen eingingen. Daraus entstanden Kinder und diese waren etwa dreimal so groß wie ein Mensch. Diese Mischwesen wurden verehrt und wurden überall zu Anführern der Menschen.

Es gab aber zu dieser Zeit keine Herrschaft, Menschen, Mischwesen und Anunnaki waren gleichberechtigt und es wurde stets nach Einverständnis aller gestrebt und gehandelt.

Doch Anu, der Vater von Enki und Enlil[5], wurde zunehmend unzufriedener damit, wie seine Söhne mit den Men-

---

5 In manchen Quellen über die Geschichte der Anunnaki wird Enlil als grausam und rachsüchtig gekennzeichnet. Danach gab es nicht zwischen Anu und seinen Söhnen, sondern zwischen Enki und Enlil die geschilderte Auseinandersetzung. Wenn dem so ist, so könnten wir in der folgenden Geschichte Anu durch Enlil ersetzen. Fast alle Quellen jedoch sprechen von einer Auseinandersetzung zwischen verschiedenen Anunnaki, die einen wollen den Menschen unterstützen, die anderen sie unterjochen. Die allermeisten Quellen stellen Enki als ein dem Menschen wohlgesonnenes Wesen dar.

schen verfuhren. Er hatte sie geschickt, um über die Erde zu herrschen und nicht, um die Menschen zu fördern und sie als gleichberechtigt zu behandeln. Er hatte vorgehabt, die Menschen zu versklaven und auch darüber nachgedacht, sich selber als Gott anbeten zu lassen. Er schickte Botschaften an seine Söhne, doch diese reagierten nicht in seinem Sinne. Die Auseinandersetzung verschärfte sich. Nach und nach teilte sich das Volk der Anunnaki in zwei Lager. Die, die wie Enki den Menschen wohlgesonnen waren und die, die die Menschen versklaven und untertan machen wollten.

Schließlich entschied Anu, massiv einzugreifen und seine Söhne zur Ordnung zu rufen. Es waren einige tausende Jahre der Streitigkeiten vergangen und es war nun um 3200 v. Chr. Anu stellte eine Flotte von Raumschiffen und Kriegern zusammen, und in hunderten von zigarrenförmigen Raumschiffen machten sie sich auf den Weg zur Erde. Auf dem Mond errichteten sie eine Basis. Dann begannen sie mit dem Angriff. Die Raumschiffe formierten sich und bombardierten die Zivilisationszentren der Menschen. Diese versuchten sich nach mit allen Mitteln zu verteidigen, aber Anu setzte Atombomben und Strahlenwaffen ein und vernichtete eine der Hochkulturen nach der anderen.

Enki, Enlil und seine Gefährten halfen den Menschen bei der Verteidigung und fügten den Angreifern einigen Schaden zu. Aber die Menschen waren zu dieser Zeit dem Kampf abgeneigt und die Übermacht war zu groß. Schließlich flohen Enki, Enlil und die ihre Anunnaki sowie einige wenige Menschen in Raumschiffen in die Weiten der Galaxie. Übrig blieb ein großes Trümmerfeld und die wenigen überlebenden Menschen fielen in einen Zustand der Verzweiflung und des Grauens und verloren ihre höheren Fähigkeiten. Der Kampf ums Überleben begann und sie fielen zurück in eine steinzeitliche Art des Lebens.

Nach dem verheerenden Krieg bildeten sich langsam wieder Zivilisationen aus. Aber sie waren eher primitiv, es gab keine großen Tempel und wenig Religion.

Zu dieser Zeit kehrte Anu zurück zur Erde, um die Herrschaft zu übernehmen. Als Wesen nicht nur der physischen Welt, sondern auch der vierten Dimension nahm er Wesen wahr, die neidisch auf die Menschen waren und nur in dieser astralen Dimension lebten. Er freundete sich mit ihnen an und sah ihre Fähigkeiten. Diese Wesen hießen Archonten. Sie konnten für kurze Zeit verschiedene Formen annehmen und die Menschen psychisch beeinflussen. Sie ernährten sich gerne von niederen Gefühlen. Er sah die Chance mit ihrer Hilfe die Menschheit auf lange Zeit zu versklaven und ihre göttlichen Fähigkeiten zu blockieren.

Zunächst jedoch nahm er Kontakt zu den Menschen auf. Mit seinem Raumschiff landete er nahe einer Siedlung und wie Enki und Enlil zuvor, ließ er sich zu den Anführern bringen.

Er sagte ihnen: „Ich kann Euch helfen, eine große Zivilisation aufzubauen. Ihr werdet in Reichtum und Überfluss leben."

„Wie ist Dein Name, Sternenwesen?", fragte einer der Führer der Horden.

„Ich bin Anu vom Volk der Anunnaki."

„Was verlangst Du dafür?"

„Ich möchte, dass ihr mich verehrt und als Euren Gott anbetet. Ich gebe Euch bis morgen Zeit zu entscheiden", sagte Anu und er verschwand vom Erdboden und rematerialisierte sich in seinem Raumschiff.

Am nächsten Tag stimmten die Anführer der Horden zu und Anu wurde der Gott der Mesopotamier und sie begannen, eine Hochkultur zu werden. Die Gesellschaft wurde umstrukturiert, es entstanden die Klassen der Kaufleute, der Gelehrten, der Adeligen, des Militärs und der Arbeiter. Es wurden Tempel und Prachtbauten errichtet, und Anu wurde als oberster Gott verehrt.

Die Menschen gaben ihm Opfergaben, aber schließlich verlangte Anu mehr: Er wollte Menschenopfer und erpresste die Adeligen und den König, dies zu veranlassen. Bald gab es die ersten Rituale und dem großen Gott Anu wurden Jungfrauen geopfert.

Auch hatten die Anunnaki wieder begonnen, menschliche Frauen als Gattinnen zu nehmen und es gab die ersten Mischwesen der neuen Zeit, die sich hauptsächlich im Charakter von der vorangegangen, der alten Ära unterschieden. Sie hatten auch menschliche Gestalt, waren nur noch doppelt so groß wie die Menschen, hatten aber verlängerte Schädel, und teilweise die Fähigkeit behalten, ihre Form zu ändern und sich in Reptilien zu verwandeln. Doch diese Wesen hatten ihre Fähigkeit verloren, Mitgefühl zu empfinden. Aber trotzdem wurden sie verehrt, erlangten Macht und führten die Menschen.

In der Bibel steht dazu folgendes: „Da sich aber die Menschen begannen zu mehren auf Erden und ihnen Töchter geboren wurden, da sahen die Kinder Gottes nach den Töchtern der Menschen, wie sie schön waren, und nahmen zu Weibern, welche sie wollten. […] und sie [gebaren] ihnen Kinder […], daraus wurden Gewaltige in der Welt und berühmte Männer.“[6]

---

6 Lutherbibel 1912, Genesis, Kap 6, Vers 1, 2 und 4 (Vers 3 und der Anfang von Vers 4 beziehen sich auf den Ärger von Anu über die Vorkommnisse mit seinen Söhnen). Das alte Testament greift häufig auf ältere Quellen zurück, so die der Sumerer, und schildert nur schleierhaft die wahre Geschichte.

AUM

Mithilfe von Anu hatten die Archonten inzwischen die menschliche Psyche befallen. Sie hatten sich ans Bewusstsein geheftet und fütterten es mit ihren eigenen Empfindungen. Sie blockierten die oberen Chakras bis zum Herzchakra, so dass der Mensch sich nicht mehr mit den höheren Energien verbinden konnte. So schwelgte der Mensch in den von den Archonten bevorzugten niederen Empfindungen, der Kleinlichkeit, des Neids, des Egoismus, der Gier, der Schadenfreude. Die Fähigkeit zum Mitgefühl und zur Liebe war stark eingeschränkt. Die Menschen lebten auch nicht mehr so lange wie ihre Vorfahren und glichen nun dem heutigen Menschen.

Die Menschheit war spirituell stark abgestiegen und ihre Fähigkeiten, ihre Psyche und ihr Verstand waren stark beeinträchtigt im Vergleich zu ihren Vorfahren, das dunkle Zeitalter hatte begonnen.

AUM

Einige hunderte von Jahren später gab es einen neuen König im Zweistromland, der schon in seiner Jugend ein großer Krieger war und vor Selbstbewusstsein nur so strotze. Er war ein Bild von einem Mann und die Frauen beteten ihn an. Er hatte ungezählte Geliebte und auch die Anunnaki-Frauen erlagen seinem Charme. Später wurde er Nimrod, der Rebellische, genannt.

Die Linie der Mischwesen, die das Blut der Menschen und der Anunnaki in sich trugen, bildeten überall die Königshäuser und herrschten über die Menschen. Nimrod aber kämpfte gegen sie und gewann.

Und als er zum König gekrönt wurde, war seine erste

Handlung, dass er sich zum Gottkönig ernannte. Er forderte Anu heraus und wollte ihm gleichgestellt werden. Er fühlte sich mächtig und erhaben und er sah, was dem Menschen inne war: Der Mensch konnte Leben schaffen. Er verglich sich mit der Sonne und seine Geliebte mit dem Mond. Und aus ihren Energien konnte neues Leben entstehen – das war wahrlich göttlich. Die Sonne schuf alles Leben, also war sie mächtiger als die Götter. Ohne jegliche Demut begriff er sich als das Höchste auf Erden und sah sich gleichgestellt mit den Göttern.

Er war ein großer Krieger und befehligte seine Armee. Innerhalb weniger Jahre unterwarf er die anderen Stadtstaaten und die ganze Region und Babylon wurde zur Weltmacht der Zeit.

Er baute Babylon zu einer prächtigen Stadt aus und herrschte über eine Bevölkerung, die aus vielen Kulturen und Völkern zusammengesetzt war. Handel, Wissenschaft, Kunst und Kultur blühten auf.

Männer und Frauen waren gleichgestellt und es gab Hohepriesterinnen und Hohepriester. Es gab zahlreiche Rituale und religiöse Zeremonien. Die Sexualität wurde geheiligt und zelebriert und es gab Einführungsrituale für die Jugendlichen und auch sexuelle Zeremonien. Die Götter, die Nimrod herausforderte, wurden aber weiter in etwas anderer Form angebetet: Anu, der Göttervater, Enlil, Enki und Ishtar, die Mondgöttin, Göttin des Krieges und der Erotik. Diese Götter hatten alle Menschengestalt und man konnte sie direkt anrufen. Unter ihnen befand sich nun auch Nimrod.

Auch in Ägypten begannen die Menschen wieder eine große Kultur aufzubauen und ihre Könige und Königinnen als Götter zu verehren.

Anu war inzwischen zu seinem Heimatsternensystem zurückgekehrt und sah dort nach dem Rechten. Außerdem bekam ihm das Klima auf der Erde nicht. Auf der Erde verblieben einige Anunnaki, wie auch auf dem Mond, wo sie weiterhin eine Basis hatten. Sie hatten sich inzwischen weitgehend zurückgezogen und den gemischten Nachfahren die Kontrolle übergeben.

Diese und ihre Blutlinien waren überall angesehene und einflussreiche Bürger und stellten einen Teil der Eliten in den verschiedenen Kulturen. Nach Nimrods Tod übernahmen sie wieder die Königshäuser und zwar überall auf der Welt,, aber die neue von Nimrod begründete Religion und Toleranz hatte sich überall verbreitet.

Die Archonten hatten sich unterdessen weiterhin gut von den niederen Emotionen der Menschen ernährt, bis sie sich zu beklagen begannen, dass es den Menschen zu gut gehe und es nicht genug Leid und Elend auf der Welt gäbe. Nach einigen hunderten von Jahren, in denen er die Berichte seiner Agenten und der Archonten studiert hatte, beschloss A-nu, dass er erneut eingreifen müsse. Es war nicht zu tolerieren, dass die Menschen ihm gleichgestellt würden und Zugang zu höheren Energiestufen erhielten. Er überlegte, dass er eine neue Religion gründen würde. Das Weltbild der Babylonier war noch zu sehr geprägt von der Vergangenheit, von Überbleibseln der Geschichte von Enki und Enlil und der Möglichkeit des energetischen Aufstiegs des Menschen. Er entschloss sich, dass die neue Religion nur einen Gott anbeten würde, nämlich ihn, Anu, den Großen, den Erhabenen und alle anderen Religionen als Heidenkult diffamiert werden müssten. Er kehrte zur Erde zurück.

Um seinen Plan umzusetzen, wählte er Abraham aus. Abraham, der auch anunnakisches Blut in sich trug, war ein angesehener Mann in seinem Stamm, der unter den anderen Stämmen und Völkern in Babylonien lebte.

Es war später Abend und Abraham saß in seinem Garten. Ein Donnern ertönte und ein Lichtstrahl in Kegelform erschien vor ihm, der bis in den Himmel ragte. Anu schwebte langsam innerhalb des Lichtkegels hinunter, blieb drei Meter über dem Boden schweben und sprach: „Abraham, Ich habe Dich ausgewählt, mein Volk anzuführen. Dein Geschlecht wird mein erwähltes Volk sein und ihr werdet einmal über die Welt herrschen, wenn ihr tut, was mein Willen ist. Ich bin der große Gott und Ihr werdet mir dienen und ich werde Euch dafür belohnen."

„Was sagst Du, Abraham?"

„Oh mein Gott, ich gebe mich Dir hin und tue, was immer Du befiehlst! Die Babylonier beten viele Götter an, aber Du bist der einzige wahre Gott."

„Abraham, führe mein Volk aus Babylonien nach Kanaan und ich werde für Euch sorgen."

„Ich tue, was Du mir befiehlst, mein Herr!", sagte Abraham und begann mit der Organisation der Odyssee. Etwa eintausend Menschen machten sich auf und siedelten sich im Land Kanaan an. Dort erbauten sie eine Stadt, legten Gärten und Äcker an und betrieben Viehzucht.

Anu wachte über sie und ließ einige angrenzende Städte und die zugehörigen Stämme vernichten, unter ihnen Sodom und Gomorrah, damit sein Volk sich in der ganzen Gegend ausbreiten konnte. Und es gedieh prächtig und in den nächsten Jahrzehnten breitete es sich in der ganzen Region aus. Anu war zufrieden und kehrte wieder auf seinen Heimatplaneten zurück.

In der Bibel wird beschrieben, wie Anu sich offenbarte und eingriff mit seiner fortgeschrittenen Technik. Hesekiel berichtet folgendes:

„Und ich sah, und siehe, es kam ein ungestümer Wind von Norden her, eine mächtige Wolke und loderndes Feuer, und Glanz war rings um sie her, und mitten im Feuer war es wie blinkendes Kupfer. [...]“

„Und ich hörte ihre Flügel rauschen wie große Wasser, wie die Stimme des Allmächtigen, wenn sie gingen, ein Getöse wie in einem Heerlager.“[7]

Der nahe Osten war auch damals eine viel umkämpfte Region. Das Reich Babylons ging unter und auch Abrahams Volk geriet während der Abwesenheit Anus unter Fremdherrschaft. Schließlich eroberten die Ägypter Kanaan. Auch dort hatten die Anunnaki eingegriffen und eine gewaltsame monotheistische Reform angestoßen. Die Ägypter konnten sie allerdings nicht davon abbringen, weiterhin als obersten Gott den Sonnengott anzubeten. Mehr als die Abkehr vom Polytheismus war dort nicht zu machen gewesen.

Anu sah auf die Erde und sah, dass er wieder eingreifen musste. Er sah jetzt seine Chance gekommen, endgültig die neue monotheistische Religion zu etablieren, sich verehren und auch von weiteren Völkern anbeten zu lassen. Er wählte einen Mann aus, der später Moses genannt werden würde. Moses war im Haushalt des ägyptischen Gouverneurs aufgewachsen und hatte eine gute Ausbildung erhalten. Er war auch in die ägyptische Mysterienreligion eingeweiht worden, die trotz der Einführung des Monotheismus weiter bestand und noch viele Elemente des spirituellen Aufstiegs enthielt. Als erwachsener Mann wurde Moses zum Anführer von Abrahams Volk auserkoren.

---

7 Hesekiel, 1 Vers 4 und Vers 24 , aus Die Bibel nach Martin Luthers Übersetzung, Deutsche Bibelgesellschaft, Stuttgart, 2016. Es liegt nahe, dass hier Fluggeräte und moderne Kriegstechnik ohne die geeigneten Begriffe beschrieben werden.

Anu schickte einen der Anunnaki, der Moses erschien und ihm die Aufgabe mitteilte, das Volk Abrahams zu befreien und die wahre Religion einzuführen. Anu gab sich als der eine Schöpfergott der Welt und des Universums aus. Dessen Name ist das unaussprechliche Tetragrammaton YHVH, und bedeutet „Ich bin der, der ich bin." Das bezeichnet den gemeinsamen göttlichen Kern des Menschen mit dem Gottes: Das Ich-Bewusstsein. Anu wurde Jahwe genannt, die unzulässige Umwandlung des heiligen und unaussprechlichen Namens.

Moses machte sich an die Arbeit, sein Volk zu organisieren und zu unterrichten, um eine Untergrundarmee aufzubauen, die ägyptische Besatzung zu beenden und unabhängig zu werden. Er besuchte die verstreuten Siedlungen in den Bergen und auf dem Land, zeigte ihnen, wie man Waffen schmiedet und mit Waffen umgeht und unterrichtete sie in der neuen Religion. Schließlich begannen die Hebräer mit einem Aufstand gegen die Ägypter. Innerhalb kurzer Zeit konnten sie die Provinzhauptstadt einnehmen und als die Ägypter ein Heer aussandten, um Ordnung zu schaffen, vernichtete Anu dieses mithilfe einer Sturzflut, als die Armee durch ein enges Tal marschierte. So setzten sich die Hebräer im Land Kanaan fest und vertrieben die Ägypter.

AUM

Jetzt galt es, die neue Religion zu formen.

Anu rief Moses zu sich, um ihm auf dem Berg Sinai den Text zu diktieren, der das Fundament dieser Religion bilden würde.

Als erstes trug er ihm die ersten drei der später als die zehn Gebote bekannt gewordenen Regeln vor – die regelten, wie man ihn verehren sollte: Er sollte der einzige Gott sein, es dürfe keine anderen Götter neben ihm geben und man sollte sich kein Bildnis von ihm machen und auch nicht seinen Namen aussprechen (damit ihm niemand auf die Schliche kommen würde). Moses war zwar etwas verwundert, dass der allmächtige Gott keine Nebenbuhler tolerieren wollte, er war doch schließlich der einzige und höchste Gott. Moses zuckte mit den Schultern, „wohl etwas eifersüchtig, unser großer Gott“, dachte er sich. Später sah sich Moses die Regeln an und beschloss, um diese besser zu legitimieren, noch die anderen sieben Gebote hinzuzufügen, die die Basis aller wohlwollenden menschlichen Gemeinschaften sind.

Anu und sein Rat hatten überlegt, dass die Legenden von Luzifers Verführung, vom Exodus und vom Turmbau zu Babel geeignete Täuschungen sein würden, um die Menschen auf Jahrtausende von der Wahrheit fern zu halten.

Die alte Legende von Luzifers Erscheinen auf der Welt und wie er der Menschheit das Licht brachte, aber ihr auch die Freiheit gab, das Böse zu wählen und sie damit aus der Einheit mit dem Göttlichen, dem Paradies, herausbrachte[8], wurde umgeschrieben. Nun erfanden Anu und seine Schreiber die Geschichte von Adam und Eva und der Schlange. Die Menschen sollten von den Mysterien ferngehalten werden, sich ihrer höheren Fähigkeiten und ihrer göttlichen Natur nicht bewusst sein, das Licht fürchten und sich stattdessen ihm, dem großen Anu, unterwerfen. Die Erkenntnis von Gut und Böse hat den Menschen aus dem Paradies vertrieben. Aber nun wurde das Paradies als Garten Eden benannt, und so auf Enkis menschliche Zivilisation hingedeutet, die in Frieden und Harmonie gelebt und sich der spirituellen Entwicklung des Menschen verschrieben hatte. Luzifer wurde

---

8 Der Einfluss Luzifers kann nur durch Liebe, in die richtige Richtung gelenkt werden.

durch die Schlange ersetzt, ein Hinweis auf die Reptiliengestalt von Enki. Und natürlich war die Frau diejenige, die verführt wurde. So diskreditiere Anu gleichzeitig das Licht als auch das Streben nach spiritueller Vervollkommnung sowie die Frauen.

Als nächstes nahm er sich die Geschichte vom Turmbau zu Babel vor. In Wirklichkeit handelte es sich wiederum um das große Werk, den Menschen dem Göttlichen näher zu bringen, keinesfalls um ein Bauvorhaben. Aber um gleichzeitig Nimrods Überheblichkeit und Egomanie vordergründig zu diskreditieren sowie Enkis Hilfestellung für den Menschen, ließ er den Turmbau als ein größenwahnsinniges Unternehmen erscheinen und seine Bestrafungsmaßnahme schildern, die darin bestanden habe, den Menschen die Fähigkeit zu rauben, in einer Sprache zu sprechen. Das bedeutet allerdings in Wirklichkeit, dass sie die Fähigkeit zur Telepathie und damit zur unmittelbaren Unterscheidungsfähigkeit von Wahrheit und Lüge verloren hatten.

Als nächstes kam die Geschichte vom Exodus dran. Moses und die Hebräer waren zwar nie in Ägypten gewesen, aber Anu und seine Schreiber sahen, dass es eine bessere Story abgeben würde, sie nach Ägypten ins Exil zu schicken – mit den bösen Ägyptern und der spektakulären Teilung des Meers. Anu stellte die ägyptische Mysterienreligion mit ihren vielen Göttern und der zentralen Figur der Dreifaltigkeit als bösartiges Heidentum und Götzenanbetung dar. Es gebe nur einen wahren Gott, und keine anderen Götter neben ihm. Damit schufen er und seine Schreiberlinge ein völlig neues revolutionäres System, das sich gegen alle bestehenden religiösen Überzeugungen stellte – eine monotheistische Religion mit nur einem einzigen Gott!

Anu unterrichtete sein neues Volk aber auch in den Geheimlehren der Magie, sowohl der weißen wie auch der schwarzen, da in der damaligen Zeit und den damaligen Kulturen dieses Mysterienwissen ohnehin weit verbreitet war. Er ermahnte die Eingeweihten zur Verschwiegenheit und bot ihnen dafür die Erlangung von magischen Fähigkeiten.

Die mündlich überlieferte mystische Lehre entstand, die sehr viel später in der Kabbala niedergeschrieben wurde, in der die Eingeweihten das alte Wissen der vorangegangenen Kulturen, insbesondere der Atlanter und der indischen Lehren, sammelten. Diese Mystik umfasst eine spirituelle Kosmologie und das Wissen um die Entwicklungsmöglichkeiten des Menschen und über die Wesen, die in anderen Dimensionen existieren. Sie ist eine umfassende Anleitung zum Verständnis der spirituellen Natur der Welt. Heute greifen alle westlichen okkulten Traditionen die Kabbala auf. Wie jede Technik kann man diese für gute oder böse Zwecke verwenden.

Der Nachfolger Moses war Joshua. Er übernahm die Führung des hebräischen Volkes und Anu unterwies ihn. Er baute eine große Armee auf und mithilfe von Anu eroberte er das ganze Heilige Land. Das Alte Testament beschreibt die Eroberung der Stadt Jericho:

„Josua, 6, 20: Darauf erhob das Volk das Kriegsgeschrei und die Widderhörner wurden geblasen. Als das Volk den Hörnerschall hörte, brach es in lautes Kriegsgeschrei aus. Die Stadtmauer stürzte in sich zusammen, und das Volk stieg in die Stadt hinein, jeder an der nächstbesten Stelle. So eroberten sie die Stadt. 6, 21: Mit scharfem Schwert weihten sie alles, was in der Stadt war, dem Untergang, Männer und Frauen, Kinder und Greise, Rinder, Schafe und Esel.“[9]

---

9 Aus der Einheitsübersetzung der Heiligen Schrift; 1980 Katholische Bibelanstalt, Stuttgart.

Die Archonten hatten ein Festmahl. Die Energie von Massenmorden war für sie, was für uns ein Weihnachtsessen ist.

Anu war zufrieden, die Hebräer taten, was sie sollten und wenn nicht, ließ er so viele von ihnen töten, wie ihm gefiel. Massen- und Völkermord waren ganz nach seinem Geschmack – es gab nichts anderes, mit dem man schneller die Weltgeschichte ändern konnte.

Die Hebräer massakrierten die Stämme weiterer Stadtstaaten und errichteten ihr Königreich. In Jerusalem bauten sie einen großen Tempel zu Ehren Anus.

AUM

In der guten alten Tradition, dass die Wahrheit meist keine gute Story abgibt, machten sich hebräische Schriftgelehrte in den nächsten Jahrzehnten und Jahrhunderten daran, alles, was ihnen nicht gefiel, zu diskreditieren. Sie begannen mit Nimrod, stellten ihn als Gegner Abrahams dar und erfanden die Geschichte, dass seine Gattin Semiranis seine Mutter gewesen sei, sowie dass er sich gegen Gott gestellt, allerlei heidnische Rituale praktiziert habe und die erstgeborenen Söhne seines Volkes aus Angst vor Gegnern habe töten lassen.

Auch Ägyptens alte Religion wurde neu geschrieben, denn die Göttin Isis war Anu ein Dorn im Auge. Überhaupt waren die Menschenfrauen eher intuitiv und weniger empfänglich für das Gesetz des Wortes, den Logos, die Vernunft, wie die Männer. Sie mussten unterdrückt werden und zwar auf Jahrtausende. Weibliche Gottheiten wurden als heidnisch und sündig dargestellt und ihnen wurden allerlei schlechte Eigenarten zugeschrieben.

Die Erde ist umgeben von feinstofflichen Welten. In der indischen spirituellen Kosmologie wird beschrieben, dass es sieben niedere und sieben höhere Welten gibt, die von verschiedenen Wesen bewohnt werden, die die entsprechende Energiestufen aufweisen. Die uralten indischen vedischen Schriften nennen die Halbgötter, die positiven Wesen die Devas und die dämonischen Wesen die Asuras. Diese bewohnen die verschieden feinstofflichen Sphären, die die Erde umgeben. Hinter diesen Welten kommt der große Ozean des Nichts und dahinter befinden sich die Quellwelten, aus denen alles entstanden ist. Hier wohnen die höchsten Gottheiten, sie bestehen aus purem Licht und purer Liebe.

Die Anunnaki als Mischwesen hatten Zugang zu einigen dieser Welten und fanden in den niederen Welten Verbündete. Die Archonten stammten aus der dritten und vierten niederen Welt. Zusammen mit weiteren Dämonen aus den anderen niederen Welten baute man nun ein Königreich in den niederen Astralwelten auf. Da die Anunnaki angebetet werden wollten, erschufen sie eine ganze Hierarchie des falschen Lichts und platzierten einige unter den ihrigen in die verschiedenen Astralsphären, als falsche Engel, Lichtwesen, (später kamen aufgestiegene Meister dazu) und sogar als falsche Erzengel. Damit sollte den Menschen nach dem Tod der Zugang zu den höheren Welten erschwert werden und zusammen mit den Maßnahmen auf der Erde, die da waren die Verursachung von Kriegen und Leid, Hungersnöten und dergleichen, und den Lehren der falschen Religionen war man sehr erfolgreich und konnte auf den Weg der Seelen nach dem Tod einigen Einfluss nehmen. Nur wenige Seelen schafften es nunmehr, das falsche Licht als solches zu erkennen und in die höheren Welten aufzusteigen. Auch wurden die verstorbenen Seelen von den Wesen des falschen Lichts empfangen und bequatscht, so dass sie vielfach sehr bald in ungeeignete Reinkarnationen gingen.

Am besten verstanden sich die Anunnaki mit den Wesen der Mond- und der Saturnsphäre. Sie errichteten dort nicht nur eine Basis, sondern bildeten mit den Archonten und den Dämonen der Mondsphäre eine Allianz, um die Menschheit in der Finsternis zu halten. Anu fühlte sich in der Saturnsphäre besonders wohl. Selbst die positiven Intelligenzen dieser Sphäre waren furchterregend und erbarmungslos. Die Dämonen dieser Sphäre waren wahrhaft teuflisch. Anu oder Yaldabaoth formt eine Allianz mit diesen Wesen und ließ sich auf dem Nordpol des Saturns nieder. Dort errichtete er eine Basis, die natürlich nicht physischer Natur, sondern aus höheren Frequenzen bestand. Diese Basis ist als Hexagon am Nordpol des Saturns sichtbar.

Andere Kulturen des Altertums wurden auf die Entwicklungen aufmerksam und die Griechen nannten Saturn Kronos und hatten eine Legende, dass dieser Gott seine Kinder aß. Auch die Römer, von denen das Wort Saturn kommt, erzählten später von einem blutrünstigen und erbarmungslosen Gott, eben dem Saturn.

Anu hatte mittlerweile viele Namen, er hatte sich als Jahwe bezeichnen lassen, war aber auch als El, als El Shabbai oder als Shabbatai bekannt und wurde von den Gnostikern Yaldabaoth gerannt.

Die anderen Völker des Nahen Ostens sahen die neue monotheistische Religion überaus kritisch und als barbarisch an. Unter anderem deshalb, weil die Hebräer im Heiligen Land auf die Phönizier stießen, die den Fruchtbarkeitsgott Ba'al anbeteten und ihm Menschenopfer, ihre Erstgeborenen darbrachten. Da das Land sie reich beschenkte, schlossen sich die Hebräer dieser Religion an. Im Alten Testament wird darüber berichtet, dass das auch Anu nicht gefiel: „Und die Söhne Israel taten, was böse war in den Augen des Herrn, und vergaßen den Herrn, ihren Gott, und sie dienten dem Ba'al[...].“[10]

Es gab abscheuliche Zeremonien, in denen sexuelle Praktiken und Blutopfer vermischt wurden. Schließlich führten die Babylonier einen Feldzug gegen die Hebräer und zerstörten ihre Tempel und Städte, weil ihnen die horrende, blutige Religion zu viel wurde. Die Hebräer gerieten in die babylonische Gefangenschaft und somit begann die erste Phase der Diaspora. Das störte Anu diesmal nicht weiter, so dass er nicht eingriff. Die Saat seiner Lügen war gesät.

Er war nun auch alt geworden und sah, dass er auf der Erde nicht mehr direkt mit seinen Raumschiffen und seiner Kriegstechnik eingreifen konnte, ohne seine wahre Identität zu offenbaren. Er fand einen mächtigen Dämon und Mitstreiter in den geistigen Welten. Dieser wurde von den Persern Ahriman genannt. Anu zog sich nun ganz zurück auf seinen Heimatplaneten und überließ Ahriman und den Mischwesen die Geschäfte auf der Erde. Ahriman trachtete danach, den Menschen von der geistigen und spirituellen Welt abzuschneiden, und vollständig in die physische Existenz zu bannen. Deshalb führte er mit Eifer Anus Werk fort.

Die Mischwesen hatten sich weiter mit Menschen gepaart und waren nun nicht mehr von ihnen zu unterscheiden. Überall auf der Welt stellten sie die Herrscherfamilien und waren wichtige Persönlichkeiten in den Religionen.

---

[10] Richter, 37, aus der Revidierten Elberfelder Bibel (Rev. 26) 2008, SCM-Verlag GmbH & Co. KG, Witten

Einige hunderte von Jahren später kam Jesus auf die Erde und als er dreißig war, begann er, eine neue Religion zu predigen, die Religion der Liebe. Ahriman war sehr besorgt. Dieser Mann war eine fortgeschrittene Seele, die sich erbarmt hatte, einen physischen Körper anzunehmen und die Menschen aus der Dunkelheit zu führen.

Und Jesus wusste, was los war. In der Bibel, bei Johannes, Kapitel 8, Vers 42 bis 44 spricht Jesus zu seinen hebräischen Widersachern: „Wäre Gott euer Vater, so liebtet ihr mich; denn ich bin von Gott ausgegangen und komme von ihm; denn ich bin nicht von selbst gekommen, sondern er hat mich gesandt.“ [...]

„Ihr habt den Teufel zum Vater, und nach eures Vaters Gelüste wollt ihr tun. Der ist ein Mörder von Anfang an und steht nicht in der Wahrheit; denn die Wahrheit ist nicht in ihm. Wenn er Lügen redet, so spricht er aus dem Eigenen; denn er ist ein Lügner und der Vater der Lüge.“[11]

Ihn selbst konnte Ahriman nicht manipulieren, deshalb ersann er eine andere Strategie. Er ließ die ihm ergebene Priesterschaft Jesus verfolgen und schließlich umbringen.

Aber der Keim war gesät und Ahriman und die Priester hatten viel Arbeit, um die Schriften des Urchristentums zu verfälschen und die Bewegung zu unterdrücken. Das gelang ihnen schließlich mit der Übernahme des christlichen Glaubens durch Rom. Das Urchristentum wurde nahezu ausgelöscht und die Priesterschaft übernahm das Sagen über die neue Religion.

Ahriman und seine Anhänger wählten das Kreuz als Sym-

---

[11] ebde.

bol für die Christenheit. Das Kreuz symbolisiert die Materie und Jesus, der Göttliche, wird daran genagelt. So ließ man die Christen nicht nur eine Folterszene anbeten, sondern auch die Symbolik, dass das Göttliche an das Materielle gekettet wird. Damit wird die Möglichkeit der Transzendenz des Materiellen völlig verdeckt. Zudem schuf man noch das Abendmahl, in dem „der Leib und das Blut Christi" gegessen und getrunken wird – das ist doch regelrecht satanisch!

Um davon abzulenken, dass Jesus Anu als den Satan, den Widersacher Gottes bezeichnet hatte, werkelte man nun noch an der Figur vom Teufel herum, der später mit Luzifer identifiziert wurde, dem gefallenen Engel, der den Menschen das Licht brachte – wie es auch in der Legende von Prometheus beschrieben ist – und ihnen die Freiheit und die Wahl zwischen Gut und Böse brachte und der damit in Konkurrenz mit dem höchsten Gott trat.

Ahriman und seine Helfer schufen das neue Bild des Teufels. Man versah ihn noch mit ein paar weiteren Eigenschaften: Mit Hörnern und einem Ziegenkörper bis zur Hüfte, darüber den Menschenkörper. So mischte man nicht nur Ba'al, sondern auch noch den lebensfrohen und sexuell sehr aufgeschlossenen Pan in das Bild des Teufels und bekam eine Mischung, die alles verteufelte, was Ahriman wollte: Licht und Sexualität, Magie und Zugang zu den feinstofflichen Welten, tieferes Wissen um die göttliche Natur des Menschen, vermischt mit dem Bild des bedrohlichen Dämons – eine Großtat, die wirklich lebensfeindlich und teuflisch ist, denn nun war alles vermischt, Wahrheit und Lüge, Dämon und gutgesinntes Lichtwesen, Lebensfreude und Sadismus.

Außerdem war Ahriman sauer auf einige der Dämonen der höheren Welten, wie Ba'al, der angebetet und evoziert wurde. Es musste ein Riegel vor diese magischen Praktiken geschoben werden. Auch die heidnischen Kulturen, die Kontakt zu Naturgeistern und anderen Wesen hatten, mussten bekämpft und verteufelt werden. Allein die Priester und seine Anhängerschaft, die Mischwesen, sollten Zugang zur Magie bekommen.

AUM

Ahrimans psychisches Gespür registrierte, dass ein weiterer großer Geist auf die Erde gekommen war: Mohammed, der Begründer des Islam, der sich als Nachfahre Abrahams, arabisch Ibrahims, begriff. Auch Mohammed wurde nun von Ahriman auf einen Berg berufen, auf dem er unterwiesen wurde in den Lehren der von Mohammed zu gründenden Religion. Außerdem hatte Ahriman Mohammed als Berater einen Juden und einen Katholiken an der Seite gegeben, die ihm sagten: „Wenn Du die arabischen Stämme vereinigen willst, so musst Du einen einzigen Gott einführen!“

So entstand die islamische Religion und Ahriman kontrollierten nun alle drei großen Weltreligionen.

Kapitel 5
Kampf im Himmel und auf Erden

Die fünf Illuminatenanführer, allesamt fortgeschrittene Schwarzmagier, fuhren zu einem Luftwaffenstützpunkt der US-Air Force. Die Anlage war mehrfach abgeriegelt und wurde von bewaffneten Truppen gesichert. Die Limousinen der Illuminaten zusammen mit ihren Sicherheitsleuten in dunklen Geländewagen hielten kurz an der Eingangskontrolle und wurden dann schnell durchgewunken.

Der Konvoi fuhr weiter und hielt dann vor dem Hauptgebäude. Drei große Plakate zierten das Gebäude: „US-Air Force – Test Flight Squadron", stand da um ein Bild herum, dass mehrere Drachen zeigte, die die Erde umschlangen, während darüber Ufos flogen. Ein weiteres Plakat war mit den Worten „National Reconnaissance Office" beschriftet, die einen Dämon mit Hörnern und roten Auge zeigte, vor ihm die Erde und eine Rakete, die wie ein Phallus in den Vordergrund ragte. Das dritte Plakat trug die Aufschrift „Joint Space Operations Centre" und zeigte einen Magier mit Stab, der einen Blitzstrahl auf einen blauen Planeten abschoss.

Die Illuminati stiegen aus und wurden von drei hochrangigen Militärs in Empfang genommen.

„Schön, Sie mal wieder bei uns zu haben", sagte ein General, „sind Sie gut für den kleinen Ausflug vorbereitet?"

„Danke, wir wollen keine Zeit verlieren – die Fahrt nach hierhin, ins absolute Nirgendwo hat schon lange genug gedauert."

„Keine Erfrischungen? Dann machen wir uns auf den Weg!"

Die Militärs geleiteten die Illuminaten zum Flugfeld. Dort schwebte ein ovales Gefährt etwa einen halben Meter über dem Boden. Es war ziemlich groß, hatte etwa dreißig Meter Durchmesser und glänzte in silbriger Farbe. Eine kleine Treppe führte hoch zur Eingangsluke. Die fünf Spitzenilluminati und zwei der Militärs erklommen die Treppe und stiegen in das Raumschiff ein. Im Inneren befand sich der runde Kontrollraum mit diversen Bedienungskonsolen und Bildschirmen. Fenster gab es nicht. In der Mitte befand sich eine Säule aus durchsichtigem Material, in dem wie bei einem DNA-Strang ein roter und ein blauer Lichtstrahl sich in einer Doppelhelix spiralförmig umeinander wickelten.

Auf einer Seite befanden sich mehrere Sessel für die Passagiere.

Die beiden Militärs nahmen an den Bedienungskonsolen Platz, während die Illuminatenführer die hinteren Plätze einnahmen. Die Eingangsluke schloss sich und die Systeme begannen hochzufahren. Es gab ein leises Summen und die Doppelhelix in der mittleren Säule begann sich zu bewegen, von unten nach oben pulsierte das Licht und die Lichtintensität begann zuzunehmen. Eine Atmosphäre der Ehrfurcht breitete sich aus.

Dann hob das Raumschiff ab und beschleunigte stark. Im Inneren war davon nichts zu spüren. Innerhalb einer halben Minute war das Raumschiff zehn Kilometer über dem Boden und die Bildschirme zeigten die Aussicht auf das Land unter ihnen und die Atmosphäre über ihnen. Wenig später verließ das Raumschiff die Erdatmosphäre und glitt durch den Weltraum. Auf einem Bildschirm sah man den blauen Planet, auf einem anderen das Ziel der Reise, den Mond, der in einiger Entfernung zu sehen war. Die Schwerelosigkeit war im Raumschiff nicht zu bemerken, da es künstliche Gravitation erzeugte.

Das Raumschiff näherte sich dem Erdtrabanten schnell und auf den Bildschirmen erschien der Mond größer und größer. Man konnte deutlich die Berge und Krater erkennen. Schließlich gelangten sie in die Umlaufbahn des Mondes und nahmen Kurs auf die Rückseite des Trabanten.

Auf den Bildschirmen sah man bald deutlich eine große Kolonie, eine Stadt, die sich weit über die dunkle Seite des Mondes erstreckte.

Das Flugobjekt nahm direkt Kurs auf die Kolonie und kurze Zeit später war man im Anflug auf den Weltraumhafen. Die verschiedenen Gebäudekomplexe waren gut zu erkennen, allerdings schienen sie nicht ganz aus normaler Materie zu bestehen, sie waren eher wie Hologramme, mal waren sie zu sehen, dann verschwanden sie wieder.

Das Raumschiff vollzog eine perfekte Landung auf dem Raumhafen, auf dem sich eine Vielzahl von weiteren Raumgefährten befand. Einige waren klassische ovale Scheiben, andere zigarrenförmig und weitere hatten bizarre außerirdische Formen.

Ein anderes Raumschiff war gerade gelandet und aus ihm stiegen drei Aliens aus. Es handelte sich um die sogenannten Grauen, kleine Wesen mit einem ovalen Kopf und schwarzen großen Augenschlitzen, wie Sonnenbrillen. Sie zerrten einen Menschen mit Atemmaske aus dem Raumschiff und bewegten sich mit ihm in Richtung der angrenzenden Gebäude.

Auf das Illuminati-Raumschiff bewegte sich nun eine Gangway zu und positionierte sich vor der Eingangsluke. Dann fuhr eine Art Gummirüssel aus und umschloss mit einem Saugnapf die Eingangsluke und dockte mit einem Zischen an das Raumschiff an.

Die Luke öffnete sich und die großen fünf erklommen die Treppe stiegen aus der Luke und wurden von zwei Adjudanten in Uniform empfangen. Die geleiteten sie zu einem Aufzug. Die Türen schlossen sich summend und in einer wahnsinnigen Geschwindigkeit ging es in das Innere des Mondes. Schließlich hielt der Aufzug an und die Illuminaten wurden zu einer mit Dämonen verzierten großen Tür gebracht. Diese öffnete sich und die Herrschaften gingen in den Saal. Dort saßen fünf Wesen, Reptiloiden, oder eigentlich Drachen, denn sie hatten allesamt Flügel, einen langen schuppigen Hals, Hörner auf dem Kopf und ein langes Maul mit scharfen Zähnen.

Der in der Mitte sitzende Drache sagte: „Willkommen, meine lieben Verwandten, bitte setzt Euch!"

Die Spitzenilluminati grüßten das Wesen, verneigten und setzten sich.

Ich habe Euch hierher gerufen, da es einige Dinge zu besprechen gibt.

Die Schlafschafe scheinen aufzuwachen und sich zu regen. Überall auf der Welt gibt es Proteste gegen die gesellschaftliche Ordnung und unsere Herrschaft.

„Außerdem schaffen es immer mehr Seelen die von den Archonten und von uns erzeugten falschen Astralwelten zu durchdringen, und in die oberhalb befindlichen Regionen vorzudringen. Immer mehr Menschen legen auch ihren Astralkörper gänzlich ab, so dass wir keinen Zugriff mehr auf sie haben und sie nicht zurück in ein neues Leben auf der Erde schicken können."

„Großer Cethulu von den Anunnaki", antwortete einer der Illuminati, „wir haben unsere Bemühungen verstärkt. Aber die neue kosmische Strahlung, die die Menschen aufwachen lässt, können wir nicht ganz abschirmen. Die Menschen dürsten nach Frieden und Gerechtigkeit und immer mehr Informationen über unsere Aktionen und das von uns etablierte System kommen ans Licht. Aber insgesamt sind wir auf einem guten Weg, die Erde unter unsere völlige Diktatur zu bringen."

„Rede keinen Unsinn", fuhr der Drache ihn an. „Mittels unseres hier vom Mond ausgehen Strahlungsgürtel wird die Erde in niederfrequenter Schwingung gehalten und wehrt die neue Energieeinstrahlung ab."

„Was wir jetzt brauchen, ist eine großangelegte Krise. Lassen Sie die USA Iran angreifen – dann haben wir den dritten Weltkrieg und alle sind zufrieden."

„Großer Cethulu, die Zeit dafür scheint nicht reif – wir müssen das noch weiter vorbereiten, sonst werden die Menschen sich gegen uns erheben – selbst Teile des US-Militärs unterstützen eine solche Aktion nicht."

Cethulu wurde wütend: „Dann, verdammt noch mal, lassen Sie Israel Syrien angreifen! Wir wollen Krieg und Krise!"

„Großer Cethulu", antwortete ein weiterer Illuminati. „Wir werden sehen, was wir tun können. Aber wir müssen vorsichtig sein – ist die Zeit wirklich reif dafür? Was sagen die Archonten und die anderen Dämonen?"

„Die Archonten wollen Blut und Chaos – das wissen Sie doch!"

Einer der Illuminati sagte: „Wir haben Kontakt mit den Dämonen gehabt, ihre Führer Ba'al und Baphomet sind zurzeit ganz zufrieden. Es werden überall auf der Welt Altäre für sie errichtet und Opfer für sie erbracht."

Der Drache fauchte und sah den Illuminati mit einem durchdringenden Blick an: „Diese beiden sollten besser vorsichtig sein. Gut, sie sind Verbündete und müssen versorgt werden – aber noch bin ich der Herrscher über die Erde!"

„Großer Cethulu, natürlich dienen wir Dir", sagte ein Illuminati und die anderen stimmten zu.

„Aber Du weißt, dass Dein und unser Herrscher letztlich das Sagen hat."

Der Drache fauchte, das gefiel ihm nicht.

Er brüllte: „Ich bin unabhängig und tue, was ich will – momentan nützt mir unsere Allianz, aber ich werde von niemanden beherrscht – wenn unsere Allianz darüber zerbrechen sollte, dann soll sie es halt!“

„Mäßige dich, Cethulu“, sagte einer der Illuminati. „Wir brechen jetzt zum Saturn auf, um den Rat und die Anweisungen der übrigen Mitglieder der Allianz zu hören.“

„Gut, grüßt Yaldabaoth und die übrigen von uns!“

Die Illuminati verneigten sich vor den Drachen, verabschiedeten sich und verließen den Saal und machten sich auf den Weg zurück zu ihrem Raumschiff. Als sie an Bord waren und die Luke geschlossen war und die Luftschleuse sich abgekoppelt hatte, startete das Raumschiff. Wiederum erreichte es in kurzer Zeit eine extrem hohe Geschwindigkeit, aber im Inneren war nichts davon zu spüren. Das Raumschiff nahm Kurs auf den Saturn. Nach zehn Minuten passierte man den Mars in ziemlicher Nähe und konnte deutlich eine Kolonie in einem Krater auf der Oberfläche erkennen.

Einer der Illuminati sagte: „Wie geht's eigentlich unseren Leuten auf dem Mars? Haben sie die Probleme in den Griff bekommen?“

Ein anderer antwortete: „Sind Sie nicht informiert? Aber es läuft zurzeit alles bestens.“

Eine kurze Zeit später erreichte man den Saturn, der immer größer und größer mit seinen Ringen auf dem Bildschirmen zu sehen war. Das Raumschiff steuerte auf den Nordpol zu, wo deutlich sichtbar ein riesiges Hexagon zu sehen war. Es verringerte nach und nach seine Geschwindigkeit und näherte sich zunehmend dem größten Planeten des Sonnensystems. Im Hexagon konnte man nun einzelne Strukturen erkennen, die wie riesige Städte anmuteten. Aber sie waren nicht aus herkömmlicher Materie, sie flackerten und waren teilweise durchsichtig.

Das Raumschiff hatte nun die Oberfläche erreicht und auf den Bildschirmen konnte man einen Raumhafen erkennen, auf dem einige andere Schiffe zu sehen waren. Das Illuminati-Ufo durchdrang einen energetischen Schirm und landete. Die Luke ging auf und von der großen Schwerkraft des Saturns war nichts zu spüren. Sie befanden sich in einem Energiefeld, das ähnliche physische Verhältnisse wie auf der Erde schuf. Auch Luft zum Atmen gab es und die Illuminati verließen ihr Raumschiff durch die Luke. Einige Wesen schwebten zu ihnen, um sie in Empfang zu nehmen. Es waren Dämonen in verschiedenen Formen, drachenähnlich oder menschenähnlich mit leuchtenden roten Augen.

Die Illuminati wurden zu einem Gebäude geführt, betraten es und wurden zu einem großen Konferenzsaal gebracht. Sie traten ein und nahmen Platz. Der Saal war gut gefüllt mit allerlei Kreaturen. Dämonen saßen auf einer Seite, unter ihnen Ba'al mit seinen Hörnern sowie Baphomet, daneben einige dunkle Intelligenzen der Saturn-Sphäre. Sorat, Herrscher der Dämonen der Sonnensphäre und der Herrscher der Dämonen der Marssphäre und ihre Untergebenen nahmen die andere Seite des Saals ein. Sie wirkten allesamt wie urzeitliche Monster und Teufel. Auch die Fraktion der Archonten war vertreten, die allesamt nicht vollständig materiell waren, sondern eher wie dunkle Schatten wirkten. Sie schienen Kapuzenmäntel zu tragen, es waren jedoch in den Kapuzen keine Gesichter zu sehen, sondern nur Schatten.

Im Saal war eine unterschwellige Klangkulisse von Fauchtönen, Knurren und Beleidigungen waren zu hören. Zwei Dämonen gingen einander an die Kehle und mussten von anderen Dämonen voneinander weg gezerrt werden.

Schließlich öffnete sich die große Tür hinter der Hauptbühne des Saals und Ahriman betrat den Saal. Er hatte einen Reptilienkörper und zwei Paar Hörner, ein Paar innen, ein längeres Paar außen, eine lange Schnauze mit scharfen Zähnen und Flügel statt Arme.

Er stellte sich ans Podium.

„Seid willkommen auf dieser großen Konferenz der Kräfte der Finsternis.“

Unser Ziel, eine eigenständige Welt aufzubauen, die unabhängig von dem unsäglichen Schöpfer des Universums ist, ist auf gutem Weg und tritt nun in die Endphase. Von entscheidender Bedeutung ist die Menschheit, weshalb wir unsere Vertreter auf der Erde hier besonders begrüßten.

Auf der Erde gibt es Aufruhr und gefährliche Entwicklungen. Zu viele Menschen richten sich nach den angeblich höheren Werten aus, daher müssen wir unsere Anstrengungen forcieren. Die Erdatmosphäre muss für meine Inkarnation und die Inkarnation von vielen von Euch vorbereitet werden. Das ist auf gutem Weg.

Die Menschen müssen in Angst und Schrecken versetzt und durch unsere Strahlungstechnologie und durch chemische Einwirkung in den niederen Chakras gehalten werden. Bald werden wir sie mittels Gentechnik und biochemischer Übernahme ihrer Körper dahin manipulieren, dass sie das Negative vollständig in sich aufnehmen können und nicht mehr fähig dazu sind, Mitgefühl oder Mitleid oder sonstige moralische Gedanken und Gefühle zu haben.

Ahriman sah die Illuminati an und wechselte seine Form in die eines alten weisen Mannes mit weißem Haar und weißem Rauschebart.

Dann werden die sogenannten positiven Kräfte im Universum und im Sonnensystem komplett ihre Macht verlieren und wir können sie aus diesem Sonnensystem verjagen und unsere unabhängige Dunkelwelt erzeugen. Wir werden die sogenannten Himmel schließen, dichtmachen! Die Wesen, die dem tauben, blinden und dummen angeblichen Gott dienen, werden wir vernichten! Dann ist unser Ziel erreicht, wir sind die einzigen Götter, wir werden die Herren über alle Seelen in diesem Sonnensystem und können von hier aus weitere Welten erobern.

„Seid Ihr alle dabei, ihr Dämonen, Archonten, Anunnaki und Reptilien?“, schrie er.

Der Saal explodierte förmlich, Gebrülle, lautes Fauchen, abartige Schreie und Knurren waren zu hören.

„Das Wort hat der ehrenwerte Führer der Illuminaten der westlichen Gefilde. Ihre physische Anwesenheit heute dient dazu, ihren Ätherkörpern zusätzliche Kräfte zu übertragen, was wir später erledigen werden.“

Der Illuminati erhob sich und sagte:

„Es gibt leider einige Zeitverzögerungen im großen Plan. Vor allem gibt es zurzeit einen Aufstand der Schlafschafe. Weder ist die Erde bereit für den dritten Weltkrieg, noch für die große Wirtschaftskrise. Aber die Arbeit im Verdeckten, die biochemische und genetische Manipulation sowie das Terraforming schreiten gut voran. Vielleicht brauchen wir gar keine große Krise.“

Ahriman erwiderte: „Die Erdbewohner werden sich wieder beruhigen, wenn wir ein paar ihrer Forderungen umsetzen. Diese Umsetzung manipulieren wir in unserem Sinne und verfolgen weiter unseren Plan. Außerdem werden wir die neuen Protestbewegungen infiltrieren und einige ihrer Anführer umbringen, um unsere eigenen Leute in Position zu bringen. Des Weiteren brauchen wir eine Krise, einen Krieg oder eine Seuche, um die Leute abzulenken.“

Bald ist Halloween. Um die spirituellen Energien in unserem Sinne zu formen, will ich, dass überall auf der Welt riesige Festivals mit Zeremonien, die meiner Anbetung dienen, durchgeführt werden. Außerdem soll es viele Blutopferzeremonien mit Säuglingsblut geben, und andere Blutopfer.

Damit reinigen wir die Welt von diesen aufbegehrenden Kräften und sie versinkt wieder in Depression und Nihilismus. Das ganze sollte nicht mehr Probleme verursachen, als damals die 68er.

Ihr wisst die Erdbevölkerung muss um mindestens zwei Drittel reduziert werden, sonst gibt es zu viele Unwägbarkeiten. Wir werden uns dieser Sache noch einmal annehmen und die gegenwärtige Lage für unsere Zwecke nutzen.

„Wie Du befiehlst, großer Ahriman, wir werden Deine Befehle ausführen und unsere Anstrengungen verstärken", sagte der Illuminati.

„Damit schließe ich die Sitzung und lade alle zu einer Blutorgie ein. Wir haben zwanzig Menschenkinder einfliegen lassen", sagte Ahriman.

AUM

Auf der ganzen Welt wurde der Ton in den Medien schärfer. Die neuen Protestbewegungen wurden nun als antisemitisch bezeichnet und ihnen wurde vorgeworfen, rassistischem, rechtem Gedankengut anhängig zu sein. Der Bürger wurde vielfach ermahnt, sich von dieser Bewegung zu distanzieren.

In Griechenland gingen Linksautonome auf die rechte Bewegung „Goldene Morgendämmerung" los und es kam zu Straßenschlachten. In Frankreich organisierte die Front National Demos gegen die Migranten. In Deutschland lieferten sich Linke und Neonazis gewalttätige Auseinandersetzungen.

Lars Tuschke hatte gefrühstückt und sein Fahrrad genommen, um zu seinem Büro zu fahren. Er radelte los und ein paar Straßenblöcke weiter überholte ihn ein Mittelklassewagen, bremste und schnitt ihm den Weg ab. Zwei Männer in

Zivil stiegen aus.

Tuschke hatte scharf bremsen müssen und war beinah gestürzt.

„Was soll das“, rief er.

„Personenkontrolle“, sagte der eine der Männer, gut durchtrainiert, im mittleren Alter mit einer Halbglatze.

„Dann weisen Sie sich mal bitte aus“, sagte Tuschke.

Die Männer zeigten ihre Dienstausweise.

„Das sind keine Amtsausweise“, sagte Tuschke, „damit sind Sie keine Amtsträger und nicht befugt, Hoheitsrechte wahrzunehmen.“

„Oh doch, das sind wir“, sagte der Polizist, „zeigen Sie mal Ihren Ausweis.“

„Als Bedienstete haben Sie kein Recht, mich zu kontrollieren und sind außerdem voll verantwortlich für Ihre Maßnahmen.“

„Wenn Sie uns nicht Ihren Ausweis zeigen, müssen wir sie festnehmen. Wie heißen Sie?“

Tuschke überlegte, dann sagte er: „Welchen Verdachtsgrund haben Sie bitte für diese Kontrolle? Sind wir schon in einem Polizeistaat? Aber ich sage Ihnen den Namen, der meiner Person gegeben wurde: Er lautet Lars Tuschke.“

Der ältere Polizist wandte sich an den zweiten: „Check das mal bei der Zentrale.“

Der zweite Polizist ging zum Auto ans Funkgerät und stellte eine Anfrage.

Tuschke beobachtete die beiden.

In dem Moment zog der bei Tuschke gebliebene ältere Polizist seine Waffe und rief: „Lassen Sie das! Werfen Sie das Messer weg!“

Tuschke war verblüfft und hatte keine Zeit zu reagieren, denn im nächsten Moment feuerte der Polizist zwei Schüsse auf Tuschke ab. Die trafen den Aktivisten am Oberkörper und er sackte zu Boden. Schnell zog der Polizist ein Messer aus seiner Tasche und warf es neben Tuschkes zuckenden Körper.

Der zweite Polizist sprang aus dem Wagen.

„Was hat er gemacht? Du hast ihn erschossen!"

„Er hat ein Messer gezogen und ist auf mich losgegangen", sagte der Ältere, „ruf einen Notarzt!"

Der Jüngere ging zurück zum Funk und bestellte einen Krankenwagen.

Der Ältere nahm das Messer und drückte Tuschkes leblose Hand um den Griff, dann lies er los, der Arm und das Messer fielen wieder zu Boden.

Tuschke blutete stark und verlor das Bewusstsein.

Der Notarzt kam einige Minuten später und Tuschke verstarb auf dem Weg zum Krankenhaus.

AUM

In den USA ermordete angeblich ein Verrückter den Sprecher der neuen Protestbewegung. Kevin O'Keele wurde am Eingang zu einem Konferenzzentrum, in dem er eine Rede halten sollte, mit acht Schüssen erschossen. Der angebliche Täter wurde festgenommen.

In den alternativen Medien machte schnell die Runde, dass der Attentäter ein Opfer von CIA-Gehirnwäsche und die Erinnerung an die Tat ihm durch Strahlenübertragung eingepflanzt worden war.

Auch die Anzahl der Schüsse konnte nicht mit seinem 6-Schuss-Revolver ausgeführt worden sein. Dagegen wurden zwei professionelle Attentäter auf der Videoüberwachung des Konferenzgebäudes ausgemacht.

In Deutschland kaufte die Protestbewegung auch nicht die

Version, dass Tuschke ein Messer gezogen hätte. Es gab eine Großdemonstration, in der verlangt wurde, dass der Vorgang aufgeklärt werde und auf der der Polizist als Agent der Eliten bezeichnet wurde.

Zur Beerdigung von Tuschke gab es eine erneute Großkundgebung, in der alle Forderungen und Auffassungen des Helden der Protestbewegung wiederholt wurden und man sich vehement dagegen wehrte, in die rechte Ecke gestellt und als Antisemiten beschimpft zu werden.

In England gab es derweil eine massive Erhöhung der Anzahl der mysteriösen Kornkreise. England, das Land, das als erstes von den schwarzen Mächten unter Kontrolle gebracht worden war, ein riesengroßes Weltreich errichtete und in zahllose Schweinereien verwickelt gewesen war. Die waren wenig bekannt, aber der Einsatz der Hungerwaffe, die Organisation des Sklavenhandels, die Erfindung der Konzentrationslager, das Überfluten von China mit Opium sowie Folter, Mord und Unterdrückung in allen Formen überall in ihrem Einflussbereich konnte selbst eine oberflächliche Recherche zu Tage bringen. Nun setzte das Land bzw. die Eliten des Landes als Partner der USA und als Finanzzentrum der Welt diese Politik fort. Damit war England dafür prädestiniert, von den mysteriösen Kräften im wahrsten Sinne des Wortes aufs Korn genommen zu werden. In dem Land hatte sich außerdem eine starke Verbindung zu den spirituellen Kräften erhalten.

Auch in anderen europäischen Ländern sowie in Deutschland nahm die Anzahl der Botschaften aus mysteriöser Quelle zu.

Die Menschen begannen sich in der breiten Masse wieder für Spiritualität und Magie zu interessieren. Man sah, dass die heilige Mutter Erde, Gaia, verschmutzt und mit Geringschätzung behandelt wurde. Man sah, dass die Herrscher der Welt, die Eliten, zunehmend satanistisch agierten, und man wollte ein Gegengewicht dazu schaffen.

Die herrschende Philosophie des Eigennutzes und des Egoismus sah man zunehmend kritisch und man begann, gegenüber seinem Nächsten achtsamer und freundlicher zu werden. Man setzte wieder auf Gemeinschaft und sprach offen über die spirituelle Welt und ihren Einfluss auf uns alle.

Gemeinschaftliche Rituale und Zeremonien wurden zunehmend durchgeführt. Da gab es heilige Feuer, die von einer Gruppe umtanzt wurden und es wurden heilige Worte gesprochen, um die Anwesenden, die Umwelt und die Aura zu reinigen und ihr wieder Kraft zu geben.

Ostentativ wurden auf öffentlichen Plätzen, an Seen, in Parks diese Feuerzeremonien durchgeführt. Das Recht, ein Feuer zu machen, war seit Jahren zunehmend eingeschränkt worden und mittlerweile nur noch auf privatem Gelände erlaubt. Zuweilen erschien die Polizei oder das Ordnungsamt und störte die Zeremonie, löschte das Feuer und sprach Ordnungsstrafen aus.

Auch in der Esoterik gab es Bewegung. Die stark verbreiteten Auffassungen, dass man sich nicht mit dem Bösen beschäftigen dürfe und dass jeder selbst Schöpfer seiner Realität sei, wurden zunehmend abgelegt. Man erkannte, dass man etwas tun musste und sich nicht einfach von der Welt und dem Schicksal der Erde abwenden konnte.

In den christlichen Gemeinden begann es zu rumoren. Um die Lehren Jesu von der Nächstenliebe und der Friedfertigkeit umzusetzen, begannen sie, die Kirchenväter herauszufordern und die Auslegung der heiligen Schriften seitens des Vatikans und seiner Konzile zu hinterfragen. Die Kritik am Vatikan und den christlichen Politikern sowie gegenüber einigen Predigern, die Israel auf einen Thron stellten, nahm stark zu und man beharrte auf den grundlegenden Prinzipien des Christentums, insbesondere auf die Nächstenliebe und die Friedfertigkeit.

AUM

Es war kurz vor Halloween. In den Supermärkten wurden Fischstäbchen in Fingerform für die Kinder verkauft, die dann mit Ketchup verziert wurden. Geistermasken, Teufelskostüme, Teufelshörner und allerlei blutrünstige Verkleidung wurden feilgeboten. Die Menschen hielten es für einen großen Spaß, aber es war ein Fest zu Ehren der Hölle. Man verkleidete sich als Werwolf oder als Dämon oder Hexe und zelebrierte die Mächte der Finsternis. Die ursprüngliche Bedeutung der Schutzzeremonie und der Besänftigung und Versöhnung mit den Geistern war völlig verloren gegangen.

In diesem Jahr wurde das Super-Bowl-Superereignis extra auf den Tag vor Halloween gelegt. Der Super Bowl, das Endspiel um die US-Football-Meisterschaft, ist dass größte Event im Jahr in den USA. In ein Stadion in Florida kamen hunderttausende Zuschauer. Allerlei Popstars, Schauspieler und andere Prominente waren geladen.

Das Stadion war im Halloween-Stil dekoriert – überall waren Kürbisköpfe, Geisterbilder, Werwolfattrappen, Vampire und Dämonen zu sehen. Das Superereignis wurde eröffnet mit Musik von ACDC, mit dem Lied „Highway to Hell“. An viele Zuschauer waren kleine Teufelshörner verteilt worden und es gab eine Eröffnungsshow mit Tänzern auf einer Bühne auf dem Spielfeld. Hunderte Millionen Zuschauer verfolgten das Ereignis am Fernsehen. Nach dem Eröffnungssong kamen die Moderatoren auf die Bühne und unter großem Applaus stimmten sie das Publikum auf das große Spiel um den amerikanischen Titel ein. Sie stellten die Mannschaften vor und fragten, welcher Spielerstar wohl dominieren würde. Die Show dauerte noch einige Zeit.

Danach begann das Spiel. Zur Halbzeit stand es unentschieden und nun wurde auf dem Spielfeld eine enorme Bühne aufgefahren.

Sie bestand aus einem Schachbrett mit schwarzen und weißen Feldern in der Mitte, um das Schachbrett herum waren vier Flächen angeordnet, so dass das Ganze ein Kreuz ergab. An den Ecken des Schachbretts waren Säulen platziert und die vier Flächen waren als dunkle Friedhöfe mit Grabkreuzen, dunklem Gebüsch und dämonischen Kürbisköpfen dekoriert. Nebel überzog die ganze Bühne.

Die Musik erschallte, der letzte Gassenhauer der derzeitigen Pop-Königin. Tänzer erschienen auf der Bühne, eine Gruppe war in weiß gekleidet, die andere bestand aus Werwölfen, Geistern, Dämonen, Vampiren und Monstern. Die Musik wurde lauter und dann erschien die Königin des Pop in einem roten Kleid. Sie ritt auf einem riesigen Biest, einer Mischung aus Drachen und Löwe. Die Tänzer, die auf der ganzen Bühne verteilt waren, machten Platz und das Biest und der Popstar hielten kurz vor dem Schachbrett im hinteren Teil der Bühne. Die Pop-Königin stieg ab und begann zu singen.

„I'm under your power
I'm under your spell
I can have all I want
as long as I choose well.
You give me power

you give me fame
in this hour
I call your name!“[12]

Die Tänzer hatten unterdessen begonnen, auf dem Schachbrett zu tanzen und ein Wettkampf zwischen den weißgekleideten und den Teufelsfiguren hatte begonnen. Nach und nach wurden die Weißen besiegt und fielen zu Boden und wurden dann abtransportiert und neben das Brett gelegt. Schließlich waren nur noch die Werwölfe, Vampire und Dämonen übrig, die einen Jubeltanz aufführten.

Jetzt wurde die Pop-Königin in einer Glaspyramide über die Bühne gehoben, zentral über dem Schachbrett. Als sie in etwa fünf Meter Höhe war, gingen starke Scheinwerfer an und sie erstrahlte in hellstem Licht. Auch ihr Kostüm war mit Leuchtdioden versehen und sie erschien als helle Lichtfigur. Sie sang:

„We will be victorious
when we call your name
We will be glorious
when we play your game.“[13]

Der Song endete, es gab ein Lichtspektakel und die Massen im Stadion brachen in lautstarken Beifall und Jubel aus.

Am nächsten Tag fanden vor allem in der westlichen Welt überall Halloween-Feiern statt mit viel künstlichem Blut, mit Aufzügen von Geistern, Werwölfen, Dämonen und Vampiren.

In ihren Folterkellern und Hinterzimmern führten derweil die satanistischen Eliten Blutrituale durch. Wie gehabt, wur-

[12] Angelehnt an Madonnas Like a Prayer – deutsch: Ich gehorche Deiner Macht, ich bin unter Deinem Bann, ich kann alles haben, wenn ich richtig entscheide. Du gibst mir Macht, du gibst mir Ruhm, in dieser Stunde rufe ich Dich!

[13] Deutsch: Wir werden siegreich sein, wenn wir Deinen Namen rufen, wir werden ruhmreich sein, wenn wir Dein Spiel spielen!

den Kinder missbraucht und gefoltert und ihr Blut wurde getrunken.

Eine Koalition hatte dazu aufgerufen, gegen die teuflischen Halloween-Feiern und die verdeckten satanistischen Blutrituale zu jeder vollen Stunde Meditation und Rituale zur Anrufung der Kräfte des Lichts und der Liebe durchzuführen.

Einzeln oder in Gruppen wurde meditiert, wurde Liebe ausgesandt, wurden die Engel und Christus, Krishna, Bhudda sowie die Heiligen angerufen, um die Wirkung der dunklen Feste aufzuheben.

Die zentrale schwarze Messe fand am gleichen Tag nahe London auf dem Anwesen der Schwartzschilds statt. Silvio Bardon hatte Rachel de Schartzschild psychisch überwacht und er erhielt per Eingebung die Bilder vom Plan, die Inkarnation Satans, in diesem Fall seine Gestalt als Ahriman, an diesem Halloween-Tag mit einer großen schwarzen Messe vorzubereiten.

Er setzte sich hin zur Meditation, rief einen Trancezustand hervor und sein Geist trennte sich von seinem physischen Leib. Er reiste in die sechste höhere Welt, in der mächtige Lichtwesen residierten. Er begab sich in die Nähe der weiblichen Halbgöttin Aldeva[14] und sprach sie an:

„Im Name des allgegenwärtigen, allmächtigen, allwissenden und alles liebenden, der mir Macht gegeben hat, bitte ich Dich um Deine Mithilfe. Wir müssen ein schwarzes Ritual unterbinden – ich übernehme die karmische Verantwortung dafür."

Aldeva antwortete: „Deine Macht ist beachtlich und Dein Ansinnen ist rein. Ich stelle mich Dir für diese Aufgabe zur

---

14 Name geändert, um Missbrauch zu vermeiden.

Verfügung."

Bardon und Aldeva begaben sich astral zum Landsitz der Schwartzschilds.

Rachel de Schwartzschild, die Hohepriesterin und ihr Hohepriester begannen derweil mit der schwarzen Messe. Diesmal lag kaum ein Monat altes Baby auf dem Opferaltar. Sie begannen die Beschwörungen zu verkünden und die übrigen Anwesenden in schwarzen Roben begannen ihre monotonen, rituellen Gesänge.

Als die psychische Energie auf dem Höhepunkt angelangt war und sie gerade das Blut des Baby mit gezielten Stichen hervorrufen wollten, um damit die Manifestation des großen Dämons zu evozieren, barst Aldeva in die Runde. Sie erschien als weiblicher, strahlender Engel, vier Meter groß, direkt vor dem Opferaltar: Sie rief zum sich langsam manifestierenden Dämon:

„Mit der mir verliehenen Macht des Allerhöchsten banne ich Dich – Du hast die Wahl, Dich im Licht der Quelle reinigen zu lassen oder aber Du wirst in die tiefsten Abgründe verbannt, von wo Dich niemand mehr rufen können wird!"

Der neblige Schatten, aus dem der Dämon sich manifestieren wollte, verschwand mit einem bösartigen Zischen.

Die Liebe und Güte, aber auch Strenge ausstrahlende Erscheinung der exquisit wunderschönen weiblichen Engelsform hob die Arme und die Satanisten verstummten. Sie konnten keinen Ton ihrer monotonen abscheulichen Gesänge mehr von sich geben.

Sie sprach zu ihnen: „Wer bereut und bereit ist, sich dem Licht zuzuwenden, dem wird eine Chance gegeben, sich zu reinigen und zu läutern. Den übrigen droht die Kraft des Allerheiligsten, teuer für Eure Sünden zu bezahlen und für lange Zeit in der Dunkelheit gefangen zu bleiben. Ihr habt die Wahl!"

Die Männer in den Roben wandten sich, sie konnten das Licht und die Liebe, die von der mächtigen Frau ausgingen, nicht ertragen. Einige fielen auf die Knie und riefen: „Erbarmen, Erbarmen, ich widerrufe meine Verpflichtung zum Dienst am Bösen und werde mich der Reinigung und der Läuterung stellen."

Andere gaben wilde Flüche und Obszönitäten von sich, sie wurden rot im Gesicht und die sie besetzenden Dämonen verzerrten ihre Gesichter zu Fratzen. Aber sie konnten das Licht nicht ertragen und wandten sich ab.

Die Lichterscheinung erhob die Stimme: „Alle hier präsenten Dämonen, ich banne Euch im Namen des Lichts, der Liebe, der Glückseligkeit und der Weisheit, im Namen des höchsten Schöpfers – geht zurück ins Licht, und lasst Euch reinigen und läutern oder ich werde Euch in die tiefsten Tiefen der Dunkelheit bannen! Alle Ihr, die Ihr einen Pakt mit Dämonen geschlossen habt, und die von Euch Besitz ergriffen haben, rufe ich auf, Euch dem Licht zuzuwenden und den Pakt zu widerrufen. Tut Ihr das nicht, warten lange Zeiten der Verdammnis auf Euch! Eure Dämonen werden Euch nicht länger helfen, da ich sie nunmehr verbannt habe."

Die Männer, die zuvor geschrien und sich gewehrt hatten, wurden bleich und ruhig. Das Licht des weiblichen Gotteswesens strahlte den ganzen Saal aus und die Aura von Liebe und Glückseligkeit erfüllte den Saal. Dann nahm sie das unversehrte und ruhige Baby und verschwand mit ihm.

Die Männer versuchten zu klaren Sinnen zu kommen. Einige mussten sich übergeben. Die Hohepriesterin und der Hohepriester hatten sich kraftlos hingesetzt und waren nunmehr nur noch kleine Haufen des Elends.

Balow bedankte sich bei Aldeva und kehrte zurück in seinen Körper.

Während viele Menschen sich teils spielhaft, teils ernsthaftig mit Halloween, der Anrufung von Dämonen und mit Vampiren, Teufeln, Werwölfen und Blutritualen beschäftigten, hatte die Gegenbewegung, die Initiative für Licht, Liebe, Frieden und Glückseligkeit, sich zur Weltinitiative weiter entwickelt und eine globale Aktion ins Leben gerufen. Jeweils um 18:00 Uhr sollten in allen Ländern der Welt die Menschen zusammen kommen, um das gemeinsame Ziel, Liebe und Licht, zu manifestieren. Die Aktionen begannen im fernen Osten, in China und Japan kamen Hunderttausende auf die öffentlichen Plätze und begannen mit Zeremonien und Meditationen für den Frieden auf der Welt und riefen die positiven spirituellen Kräfte an.

Jeweils eine Stunde später begannen die Zeremonien in den Ländern der nächsten Zeitzone, dann in Indien, in der russischen Föderation, danach im mittleren und Nahen Osten, und schließlich in Afrika und in Europa.

In fast allen Städten Europas gab es größere oder kleinere Zusammenkünfte und die Menschen fanden sich ein, um für Liebe, Licht, Frieden und Glückseligkeit einzutreten.

Einige Stunden später begannen in Nord- und Südamerika die gleichen Aktionen. In New York, das ganz unter dem Bann von Halloween dekoriert war, gingen eine Millionen Menschen auf die Straße und hielten dagegen.

In ganz Nord-, Süd und Mittelamerika fanden Zeremonien statt, Stunde um Stunden rückten sie weiter nach Westen bis sie an der Westküste angelangt waren. In San Francisco kamen zwei Millionen Menschen zusammen und feierten die positiven Kräfte.

Die Abschlusskundgebung fand auf Hawaii statt. Die Feiern waren fast einmal um die Welt gekommen.

Die Energie von Aldevas Eingreifen hatte psychische Wellen erzeugt, die Gebete und Meditationen überkamen allmählich die dunklen Energien, die von der Teufelsanbetung ausgingen. Immer mehr Menschen, die Halloween feierten, fühlen plötzlich, dass sie etwas Unrechtes taten und legten ihre Kostüme ab und begannen, sich den Gebeten für Liebe, Licht, Frieden und Glückseligkeit anzuschließen.

AUM

Ein paar Tage später kam die Antwort der Illuminaten. Ahriman war außer sich vor Rage, dass seine Inkarnation verzögert worden war.

Es gab schlechte Nachrichten aus dem Nahen Osten. Die Medien berichteten intensiv. Rebellen und Regierungstruppen lieferten sich erbitterte Kämpfe. Die Lage verschlimmerte sich zusehends, und die Zivilbevölkerung wurde immer mehr in Mitleidenschaft gezogen. Dann wurde ein Hilfskonvoi der UNO von zunächst unbekannten Flugzeugen bombardiert und viele starben. Ein Krankenhaus wurde ebenfalls bombardiert und auch hier gab es viele Opfer zu beklagen. Das wurde der Luftwaffe des angeblich so unglaublich bösen Machthabers des Landes angelastet. Die vom Westen unterstützten Rebellen und auch die ISIS gerieten in Bedrängnis, da auch Russland sich an ihrer Bekämpfung beteiligte.

Dann wurde ein US-Kampfflugzeug von einer russischen Abwehrrakete abgeschossen. Die USA empörten sich, legten Beschwerde beim russischen Präsidenten und bei der UNO ein, bestellten den russischen Botschafter ein, und setzten ihre gesamten Streitkräfte in erhöhte Gefechtsbereitschaft, und deklarierten den Zustand DEFCON 3 – alle Luft-; See- und Landstreitkräfte wurden mobilisiert und in den Alarmzustand versetzt.

Russland verteidigte sich diplomatisch nach besten Kräften und führte an, dass das Flugzeug mehrfach aufgefordert wurde, den kritischen Luftraum zu verlassen und sich nicht zu erkennen gegeben hatte. Aber als Reaktion auf die Maßnahmen der USA wurden auch alle russischen Streitkräfte in Alarm- und erhöhte Gefechtsbereitschaft versetzt.

Im Mittelmeer standen sich russische und US-Marineverbände gegenüber und beäugten sich wachsam. Die Lage war kritisch.

Dann wurden drei russische Hubschrauber abgeschossen. Die Russen warfen der USA eine Vergeltungsaktion vor und verschärften ihre Mobilisierung. Die USA wiesen den Vorwurf von sich und sagten, dass seien Rebellen gewesen und sie hätten nichts damit zu tun.

Einer der höchsten US-Militärs trat vor die Kameras, dekoriert wie ein Weihnachtsbaum und informierte die Presse, dass die Lage sehr ernst sei und man keine weiteren Provokationen Russlands tolerieren würde. Nach seiner Einschätzung der Lage gefragt, kam die erschreckende Antwort: „Ich glaube, der dritte Weltkrieg wird bald beginnen."

Im UN-Sicherheitsrat gab es einen Schlagabtausch. Die UN-Botschafterin der USA, eine sehr unsympathische Person, die anderswo eine Kampflesbe genannt werden würde, warf Russland allerlei Gemeinheiten vor und bezeichnete das Verhalten des Landes als Kriegstreiberei.

Der russische UN-Gesandte parierte damit, dass er den USA komplette Unzurechnungsfähigkeit bescheinigte: Das Land würde sich in seiner Doppelmoral und seinen falschen Vorwürfen selbst lächerlich machen und mit seinem Verhalten einen dritten Weltkrieg herauf beschwören.

Nun wurden auch alle NATO-Verbände mobilisiert und in erhöhte Alarm- und Gefechtsbereitschaft versetzt. In zahlreichen Gegenden standen sich nun aufmarschierte russische und NATO-Truppen gegenüber und beobachteten den jeweiligen Feind mit erhöhter Nervosität.

Doch die Bevölkerungen Europas wollten auf keinen Fall einen weiteren Weltkrieg über sich ergehen lassen und organisierten Proteste.

Als die deutsche Bundeswehr mobilisiert werden sollte, kam es in Deutschland zu einem riesigen Aufmarsch der Friedensbewegung. Überall im Land wurde vor Bundeswehrstützpunkten und -kasernen demonstriert. Zehntausende kamen, kaum jemand ging noch arbeiten, alle ließen sich krankschreiben. Man ging dazu über die Stützpunkte zu blockieren, an allen Eingängen positionierten sich Tausende, legten sich auf die Zugangswege und ketteten sich an.

Die Polizei war überfordert angesichts der Masse der Proteste und konnte nur einige wenige Zugänge zu den Stützpunkten von den Blockaden befreien. Die Demonstranten, die weggetragen und verhaftet wurden, blieben aber alle friedlich.

Dann ging die Protestbewegung dazu über, auch vor den NATO- und US-Stützpunkten aufzumarschieren und sie zu blockieren. Um Ramstein herum versammelten sich eine Million Menschen und blockierten alle Zugänge zu dem Stützpunkt. Ramstein konnte nur noch aus der Luft versorgt werden.

Aber auch viele andere NATO- und US-Militäreinrichtungen wurden blockiert, vor allem die Stützpunkte, in denen Atomwaffen stationiert waren und auch um die Geheimdiensteinrichtungen, um das riesige Frankfurter Konsulat und um die US-Botschaft in Berlin, sowie vor der britischen und der israelischen Botschaft zogen Zehntausende von Demonstranten auf und blockierten alle Zugänge.

In Frankreich war die Situation ähnlich. Militärbasen wurden blockiert und es gab einen Generalstreik. Es wurden weitere Rathäuser und Verwaltungen besetzt und es bildeten sich Bürgerräte, die das Sagen in den Gemeinden übernahmen. Vielerorts kooperierten die Verwaltungen und die Bürgermeister und sogar die lokalen Polizeiwachen machten mit. Eine basisdemokratische Ordnung wurde in vielen Gemeinden geschaffen, unter der Haube einer nationalen Bewegung für Demokratie, Frieden, Brüderlichkeit und Gerechtigkeit. Vereinzelt kam es zu gewalttätigen Demonstrationen und Auseinandersetzungen mit der Polizei. Jugendliche zündeten Autos an, demolierten Geschäfte und sogar jüdische Einrichtungen. Das griffen die Medien gerne auf und schlachteten es bis zum Äußersten aus. Die friedliche nationale Bewegung rief zur Mäßigung auf und der überwiegende Teil der Proteste blieb friedlich.

Doch die staatlichen Stellen waren überfordert mit dem Ausmaß der Proteste und kamen nicht hinterher, Rathäuser zu räumen oder Zugänge zu Militärbasen frei zu machen. Einige französische Militärs wurden laut und forderten, dass man das Pack einfach überrollen sollte.

Das passierte dann in Belgien. Ein durchgeknallter US-Oberst eines Panzerbattalions walzte mit seinen Panzern geradewegs durch die von den Protestierenden errichtete Barriere und dann in die dicht stehenden Demonstranten hinein, zermalmte zwölf und verletzte weitere zwanzig schwer. Es gab einen riesigen Aufschrei auch in den Massenmedien und die belgische Regierung verlangte die Bestrafung des Oberst. Dieser wurde in die USA zurückberufen und das US-Militär und die US-Regierung versicherten, dass ihm der Prozess gemacht werden würde.

Das fachte die Proteste in Europa aber nur noch mehr an.

In Brüssel wurde die NATO-Zentrale von Demonstranten

umzingelt und die Polizei hatte ihre liebe Mühe, die Zugänge frei zu halten. Es kam zu gewalttätigen Auseinandersetzungen und es wurden Wasserwerfer und Tränengas eingesetzt. Die Demonstranten reagierten mit Steinwürfen und mit Feuerwerkskörpern.

Auch in den osteuropäischen Staaten gab es erhebliche Proteste. Demonstranten taten sich mit Bauern zusammen, blockierten Landstraßen und Autobahnen, sowie die Zugangsstraßen zu Kasernen und NATO-Raketenstützpunkte. Einige riesige Militärkonvois mit Panzern, Truppentransportern und Versorgungslastwagen wurden aufgehalten. Auf einer Landstraße hatten die Demonstranten eine Barriere errichtet und dahinter standen auf Kilometern Traktoren, Autos, und die Menschen, die friedlich zusammen den Protest begingen, Feuer machten, Essen zubereiteten und sich gegenseitig Mut machten.

AUM

In Israel hatte sich inzwischen auch eine große neue Protestbewegung gebildet, die sich nun weiter vergrößerte und zur Friedensbewegung wurde. Immer mehr Menschen verlangten nach Gerechtigkeit für die Palästinenser, für ein Ende des Apartheid-Systems und für Frieden im Land und angesichts der Bedrohung auch für Israel und für Frieden auf der Welt. Mehr und mehr Soldaten verweigerten den Dienst und ein ganzes Bataillon ignorierte die Befehle und öffnete die Grenze zu Gaza. Anderswo sprengten Demonstranten ein Stück der Mauer auf palästinensischem Gebiet.

Es gab Auseinandersetzungen mit den rechtsradikalen Siedlern und anderen extremistischen Zionisten. Das Land war tief gespalten.

Im arabischen Meer erhielt eine US-Flugzeugträgerflotte den Befehl, in den Persischen Golf vorzustoßen. Die Iraner kündigten an, die Straße von Hormus zu blockieren, falls US-Marineschiffe versuchen würden, in den Golf vorzudringen. Die amerikanischen Schiffe näherten sich der Meerescnge und dort positionierten sich iranische Marineschiffe. Der Admiral der Flotte fragte beim Oberkommando an, wie er mit der Blockade umgehen sollte. Er erhielt den Befehl, durchzudringen. Der Admiral überlegte lange, dann verweigerte er den Befehl, der den dritten Weltkrieg auslösen könnte und ließ die Flotte umkehren.

Auch in den USA formierte sich schnell eine neue Friedensbewegung aus der ohnehin schon stark gewachsenen Protestbewegung. Vielerorts wurde demonstriert und auch hier wurden Militärstützpunkte und Kasernen blockiert. Und es ging ein Riss durch das US-Militär. Immer mehr Menschen und Angehörige der Streitkräfte begannen zu verstehen, warum die USA seit dem zweiten Weltkrieg beständig und abwechselnd in fast allen Regionen der Welt Kriege führte – nämlich um die Kontrolle der Bankiers über die Welt zu festigen. Das wurde auch von vielen im Militär nicht weiter unterstützt.

AUM

Eine US-Division sollte nach Osteuropa verlegt werden. Der General besprach die Lage mit seinen Offizieren und diese die Lage mit den Mannschaften. In der nahe gelegenen Stadt gab es starke Proteste gegen die Kriegspolitik und vor dem Stützpunkt kampierten mehrere tausend Demonstranten, die teils familiär oder freundschaftlich mit den Soldaten verbunden waren.

Die Division gelangte mehrheitlich zur Meinung, dass sie bei dieser inszenierten Scharade nicht mitmachen würden und keinesfalls zu einem Krieg gegen Russland, einem neuen Weltkrieg, beitragen wollten. Daraufhin ließ der befehlshabende General die Demonstranten in den Stützpunkt hinein. Es gab ein großes Grillfest und die Truppe und die Zivilisten feierten ihre Bruderschaft. Am nächsten Tag begann die Division, den Stützpunkt hermetisch abzuriegeln sowie Truppen auszusenden, um die lokale Verwaltung, die Sendestationen und die Versorgungseinrichtungen zu schützen. Die Truppen, die lokale Verwaltung und die Bürger schlossen sich zusammen und erklärten ihre Unabhängigkeit von und ihre Opposition zu Washington.

Über Radio verkündete der General, dass die verlogenen Machthaber in Washington diesmal zu weit gegangen seien. Washington beorderte andere Truppen, um die Einheit und die Stadt zur Räson zu bringen. Staatstreue Divisionen rückten in die Nähe der Stadt vor, aber hielten sich vorerst zurück. Amerikaner standen nun Amerikanern gegenüber. Die Nerven aller waren zum Zerreißen gespannt.

AUM

Im Nordmeer patrouillierte ein US-Atom-U-Boot. Der Kommandeur war ein Texaner alter Schule und dachte sich: „Let's get it over with!“ Zusammen mit dem Funker und dem ersten Offizier stellte er die Verbindung zum Nordatlantikkommando ab, teilte der Mannschaft mit, dass anscheinend die USA durch einen Erstschlag Russlands völlig vernichtet worden wäre und dass man nun die an Bord befindlichen Atomraketen auf Ziele in Russland abfeuern müsse.

„Ich weiß, dass Euch dabei nicht sehr wohl ist, aber dafür sind wir auf diesem Boot – dafür haben wir jahrzehntelang

Dienst getan – um gerade in diesem Moment unser Land zu verteidigen und den Feind zu bestrafen."

Einige Mitglieder der Mannschaft begannen zu diskutieren, aber nachdem ein paar von ihnen in das Bordgefängnis verfrachtet worden waren, stand die Mannschaft zum Kommandeur. Dieser holte die geheimen Startcodes für den Notfall heraus, mit denen er ohne Genehmigung des Präsidenten seine Atomraketen scharf machen und starten konnte.

Die Raketensteuerungsleute suchten die entsprechenden Ziele heraus und programmierten die Raketen. Dann gab der Kommandeur den Befehl zum Abschuss. Zwölf Atomraketen mit Mehrfachsprengköpfen schossen aus dem Wasser in die Höhe und beschleunigten schnell.

Da passierte etwas Merkwürdiges. An einem leuchtenden Flugobjekt, groß wie eine Stadt, dass sich in der Umlaufbahn um die Sonne noch vor dem Merkur befand, erstrahlte eine Pforte in hellem Glanz und zahlreiche leuchtende Kugeln traten aus der Pforte aus und nahmen schnell eine unglaubliche Geschwindigkeit auf. Innerhalb kurzer Zeit hatten sie die Erde erreicht und näherten sich nun aus dem Himmel der Abschussstelle. Sie setzten sich direkt neben die beschleunigenden Raketen und folgten ihnen. Mehrere andere leuchtende Kugeln schwebten über dem Wasser direkt über dem abgetauchten U-Boot.

An Bord fiel plötzlich die gesamte Elektronik aus und das Boot war nicht mehr steuerbar und begann eine Kreisbahn zu ziehen. Die Notsysteme gingen an, aber die Steuerung des Schiffes blieb weiter blockiert.

Die Lichtkugeln bestrahlten die in die Höhe rasenden Raketen, diese begannen eigenartig zu schimmern und zu leuchten, bis ihr Antrieb versagte und sie langsamer wurden und schließlich abstürzten und zurück ins Meer fielen.

Die radioaktiven Stoffe waren vorher in harmlose Metalle umgewandelt worden.

Bei den Russen waren alle Frühwarnsysteme angesprungen und die Befehlszentrale der russischen Atomstreitkräfte wurde durch die Warnleuchten in rotes Licht getaucht. Die Militärs hatten begonnen, den Gegenschlag einzuleiten.

Dann verschwanden auf den Radar der Russen sowie des NATO-Oberkommandos, das den Abschuss auch registriert hatte, plötzlich die Leuchtpunkte der Raketen. Über Radar und Satellitenbeobachtung waren die eigenartigen leuchtenden Kugeln und die Geschehnisse beobachtet worden. Einige Militärs atmeten auf, andere waren stinksauer und hielten eine geheime Konferenz ab, wie man die UFOs bekämpfen könnte. Der US-Space-Command schlug einen Angriff auf das große Raumschiff nahe der Sonne vor.

Die Russen hingegen waren dankbar und schalteten das rote Warnlicht wieder aus.

AUM

Sebesta nahm an einer ganz speziellen Aktion teil: „Umzingelt das Pentagon“ war das Motto und Aktivisten aus den USA und der ganzen Welt sowie zahlreiche friedensliebende Bürger kamen nach Arlington, um eine Menschenkette um das fünfeckige Gebäude zu bilden und damit seine dunklen Energien auszutreiben. Fast eine Million Menschen fanden sich ein und in etwa drei bis fünf Kilometer Entfernung um das satanische Gebäude herum gaben sich lange Ketten von Menschen die Hände. Es waren genug Leute da, um hintereinander mehrere Kreise zu bilden. Und trotz des Einsatzes von zahlreichen Agenten, die die Ringbildung verhindern sollten, gelang es den Menschen, sich die Hände zu geben und dadurch das Pentagon in ihren Energiekreis zu bannen.

Nach und nach schlossen sich mehr Ringe in den Reihen der Leute – als die letzten Hände drei Kreise vervollkommneten und sich alle auf die Energien der Liebe, des Lichts, des Friedens und der Glückseligkeit konzentrierten und sie ausstrahlten, wurde es den Dämonen, Archonten und Anunnaki, die tief in den Kellern im Innern des Gebäudes beherbergt waren und vorher gierig versuchten, die negativen Energien der Rituale von Halloween aufzusaugen, zunehmend unwohl. Die von den Menschenketten ausgehende Energie der Liebe konnten sie nicht vertragen und innerhalb kürzester Zeit suchten sie ferne Orte und andere Dimensionen auf. Man konnte beobachten, wie ein Flimmern, ein Nebel aus dem Zentrum des Fünfecks aufstieg und in den Himmel fuhr.

Die Aktivisten und die Menschen in dem magischen Kreis begannen zu jubeln.

AUM

Scherach kehrte nach Deutschland zurück. Es gab eine Konferenz aller Fünfergruppen.

Balow, Sebesta, Bardon und alle Angehörigen der Gruppen fanden sich ein, waren per Skype auf Video zugeschaltet oder aber per Astralreise anwesend. Strohm saß immer noch in den USA im Knast und Kurow leitete weiter die Finanzgruppe. Roxana Dahlke war auch angeworben worden und führte mit einigen anderen wichtigen Leuten die Einflussnahme des Zirkels auf die neuen Protestbewegungen. Auch die englische Gruppe mit Corbett, Barbara Reigner und Denise war da. Sebesta zwinkerte ihr zu.

In allen europäischen Ländern, in den USA, in China, in Japan, in Australien, in Indien und in vielen weiteren Ländern hatten sich ebenfalls Fünfergruppen gebildet, die in Kontakt zu dem deutschen „Dachverband" standen. Alle diese Gruppen hatten Gesandte geschickt oder waren per Videoübertragung dabei.

Scherach eröffnete die Konferenz: „Hallo Leute, schön dass ihr alle da seid. Es ist viel passiert in den letzten Monaten und wir haben es geschafft, viele Menschen aufzuwecken. Aber die Lage ist nach wie vor sehr Ernst und ein Sieg über die dunklen Mächte dürfte noch einige Bemühungen erfordern."

„Die Illuminaten haben die Welt gemäß ihrem lang bestehenden Plan, aber auch aufgrund der zunehmenden Opposition, an den Rand eines dritten Weltkriegs manövriert. Ich brauche Euch nicht zu sagen, was die Folge eines solchen Krieges wäre. Er muss auf jeden Fall verhindert werden."

„Begrüßenswert sind die weltweiten Proteste und Blockaden. Auch viele Staatsbedienstete, Politiker und Militärs schwenken auf unsere Linie ein. Aber das alles reicht noch nicht aus, um die Welt zu ändern und den Eliten endgültig die Macht zu entreißen."

„Wir sind heute zusammen gekommen, um unsere Bemühungen zu koordinieren und um einen Aktionsplan aufzustellen – meine Gruppe hat einige Pläne erarbeitet, die wir Euch gleich vorstellen wollen. Wichtig ist es dann auch, Eure Vorschläge zu hören und zu entscheiden, wie wir zusammen weiter vorgehen."

„Erstmal will ich Euch eine Sache vorstellen, die uns vielleicht den entscheidenden Vorteil bringen könnte. Mit dem Geld aus dem Schwartzschild-Raub habe ich eine Technikgruppe gegründet und beauftragt, die geheimen Technologien der Illuminaten aufzugreifen und nachzubauen. Insbesondere wollten wir freie Energie-Apparate und die Flugscheibentechnologie für uns nutzen. Mit zehn Milliarden Euro konnten wir eine Anzahl von Firmen und Ingenieuren gewinnen, die Technik aufzugreifen und umzusetzen. Mittels astraler Ausspähung haben wir auch Baupläne der von den Illuminaten benutzten Flugobjekte sowie von zahlreichen von den Mächtigen totgeschwiegenen Energieerzeugungsapparaten erhalten."

„Damit war der Bau entsprechender Geräte kein großes Problem mehr und ich kann Euch heute folgendes vorstellen."

Er betätigte die Tastatur seines Computers und auf einem großen Bildschirm erschien ein Foto einer Reihe von Flugscheiben.

„Diese Fluggeräte sind einsatztauglich, unglaublich schnell und wendig und man kann damit in den Weltraum fliegen und unglaubliche Distanzen in kurzer Zeit überwinden. Unsere Gruppe hat die UFOs schon ausprobiert und einige Einsätze geflogen."

„Wir setzen zwar auf Liebe, Licht, Frieden und Glückseligkeit, aber die Firmen haben auch die Strahlenwaffentechnik der Illuminaten nachgebaut. Die Flugobjekte können die Elektronik von Zielen lahmlegen, sie können Materie destabilisieren und zerstören."

Da, wie ihr alle wisst, die Mondbasis und die Saturnbasis der satanistischen Kräfte die Erde in einem Strahlungsfeld gefangen halten, schlagen wir vor, eine Mission zuerst zum Mond zu starten, um zu sehen, was wir dagegen unternehmen können.

„Weitere Flugobjekte stehen für Euch bereit, um z.B. Ziele auszuspähen oder Flugzeuge zu behindern."

Ich denke, das ist eine bedeutende Entwicklung, die unserer Sache enorm weiterhelfen kann.

„Jetzt hören wir als Nächstes die Berichte aus den einzelnen Ländern bzw. Regionen. Von besonderer Bedeutung sind natürlich die USA und England, sowie Osteuropa, aber auch Deutschland ist zurzeit an vorderster Front."

Es folgten kürzere und längere Ausführungen zur Lage.

Dann erhielt Silvio Bardon das Wort. Er kam ans Rednerpult und begann: „Wie ihr vielleicht noch nicht wisst, haben wir mit dem Geldsegen auch eine Hochschule für Hermetik gegründet und viele geeignete Personen in der Kunst der Selbstkontrolle, der Errichtung des Herrschers im eigenen Hause, der Entwicklung der imaginativen Kräfte und schließlich der Beherrschung der Elemente und zahlreicher weiterer magischer Fähigkeiten unterrichtet. Wir waren sehr erfolgreich und wie nicht nur die Anzahl von astral Anwesenden bei dieser Konferenz zeigt, erzielen wir großen praktischen Nutzen aus den neuen Adepten vermittelten Fähigkeiten. Die weiße Bruderschaft steht weiterhin an unserer Seite und wir haben ihre und unsere magischen Fähigkeiten schon vielfach eingesetzt."

Ich treffe mich demnächst wieder mit dem obersten Rat der weißen Bruderschaft. Für die Beseitigung des Machteinflusses der Archonten, der Anunnaki, der Dämonen und Ahrimans brauchen wir spirituelle Unterstützung. Diese Wesen sind nicht physischer Natur, obwohl sie für kurze Zeit eine physische Erscheinung annehmen können. Daher werden herkömmliche Waffen nichts gegen sie ausrichten können. Die uns wohlgesonnen spirituellen Kräfte haben durchaus bemerkt, dass Teile der Menschheit aufgewacht und aufgestanden sind und wir müssen sehen, wie weit sie uns helfen werden. Ohnehin gibt es einen Krieg in der spirituellen Welt um die Menschheit. Bisher haben sich die Menschen aber weitgehend den dunklen Kräften untergeordnet und ihre Agenda unterstützt. Besonders die Religionen halten die Menschen weiter gefangen und lassen sie die dunklen Mächte anbeten und damit stärken sie diese. Es ist daher notwendig, dass die Religionen eine andere Ausrichtung bekommen. Nehmen wir zum Beispiel das Christentum: Der

Schöpfer aller Welten hat es bestimmt nicht nötig, arme Sünder zu bestrafen oder ins ewige Fegefeuer zu schicken.

Neben den Wesen der spirituellen Welt gibt es zudem weit entwickelte Wesen aus anderen Welten. Diese besitzen Technologie, die sowohl in den physischen als auch in die spirituellen Räume operiert und wir werden sehen, wie weit wir uns mit ihnen verbünden können.

Ein Raumschiff der uns wohlgesonnenen Kräfte befindet in der Nähe der Sonne und hat schon eingegriffen, um einen Atomkrieg zu verhindern.

Es liegt aber weiterhin an uns bzw. an der Menschheit, die Voraussetzungen hier auf der Erde zu schaffen, denn die positiven spirituellen Kräfte halten daran fest, dass der freie Wille nicht beschränkt werden darf.

Was unserer Meinung nach nötig ist, sind die Zentren der dunklen Mächte auf der Erde zu beseitigen. Insbesondere der Vatikan, die City of London, der District of Columbia sowie das Pentagon und auch die Crown Corporation, also die „Firma" der englischen Krone, sollen ihrer Macht beraubt werden.

„Dazu sollten wir hier Vorschläge und Pläne erarbeiten."

Die Teilnehmer der Konferenz applaudierten und es wurden neue Fünfergruppen gebildet, die Aktionen für die aufgeführten Ziele ausarbeiteten. Die italienischen, britischen und US-Gruppen waren besonders herausgefordert.

Die Konferenz dauerte noch einige Zeit und schließlich war man sich einig, welche Aktionen durchzuführen waren und man überwies die Leitung und die weitere Ausarbeitung an die entsprechenden Gruppen.

AUM

In einem dünn besiedelten Gebiet im Riesengebirge befand

sich eine der geheimen Flugbasen. Sebesta und Balow waren angereist, um bei einem Einsatz dabei zu sein. Die Basis war auf einem großen Bauernhof untergebracht und in einem langen Gebäude, als Schweinemast getarnt, befanden sich zwei der Flugkörper.

Sebesta und Balow erreichten die Gegend und bogen in den Weg zum Hof ein. Die Abzweigung wurde von versteckten Kameras überwacht. Sie erreichten den Bauernhof, wo sie schon von einigen Mitstreitern erwartet und begrüßt wurden.

Ihnen wurde zunächst die Anlage gezeigt, dann gab es ein Mittagessen und danach betraten sie das längliche Gebäude, in dem sich die Flugkörper befanden. Schick schimmernd waren sie etwa sieben Meter in Durchmesser und klassisch scheibenförmig. Sie schwebten einen halben Meter über dem Boden und eine Leiter führte zur Luke hinauf.

Die Mannschaft bestand aus dem Piloten, einem Navigator und einem Waffenspezialisten. Sie, Sebesta und Balow stiegen an Bord. Im kreisförmigen Inneren befand sich ein Steuerpult vor einer Frontscheibenreihe, durch die man nach außen sehen konnte. Dazu gab es Bildschirme und weitere Pulte für die Funk- und Waffenanlagen.

Alle nahmen ihre Plätze ein.

Die Mannschaft startete die Maschinen des Flugkörpers, die ein wohlklingendes Summen von sich gaben. Dann öffnete die Bodenmannschaft das Tor der Halle und das Flugobjekt begann sich zu bewegen. Als es am Tor angelangt war, gab der Pilot Stoff. Das Flugobjekt schoss aus der Halle in einem Winkel von 45 Grad zum Boden und begann in die Höhe zu beschleunigen.

Auf der angestrebten Flughöhe angekommen, vollzog der Pilot einige Manöver, um den Gästen zu zeigen, was das Flugobjekt leisten konnte. Das Gerät stoppte mitten in der

Luft und hielt sich dort, dann beschleunigte es senkrecht nach oben und im Inneren war nichts davon zu spüren. Wiederum stoppte der Pilot die Maschine und sie verharrte regungslos in den Lüften. Dann nahm der Pilot den geplanten Kurs auf. Das erste Ziel waren die NATO-Raketenbasen im Osten. Innerhalb weniger Minuten erreichte man die erste im Grenzgebiet zwischen Polen und Weißrussland und positionierte sich direkt darüber in etwa 200 Meter Höhe.

Sebesta sagte: „Dann woll'n wir mal!"

Der Waffenspezialist sagte: „Jetzt braten wir ihre Elektronik."

Das Flugobjekt sandte starke elektromagnetische Impulse nach unten, unschädlich für Lebewesen, aber die gesamte Elektronik der Basis überhitzte und brannte durch.

Die Besatzung der Basis hatte bis dahin nichts mitbekommen und konnte nun nicht mal mehr Alarm auslösen oder das Oberkommando informieren.

Das Flugobjekt begab sich zum nächsten Ziel und nahm so weitere drei Raketenbasen hoch. Dann schoss es mit unheimlicher Geschwindigkeit nach Norden und erreichte nach ein paar Minuten die Hochfrequenzantennenanlage in Nord-Norwegen. Die war gerade mächtig dabei, Strahlung auf die Ionosphäre zu richten, die von dort auf die Brennpunkte der Massenaufstände reflektiert wurde und die Menschen in Apathie und Depression versetzen sollte.

„So, gib es Ihnen!", sagte Sebesta und der Waffenspezi bestrahlte die ganze Anlage, auf der es daraufhin ein unglaubliches Zischen und vielfältige Funken gab, die ganze Anlage brannte durch.

Nun nahmen sie Kurs auf Nordirland, wo die mächtigste Next-Gen-Radaranlage installiert war, mit der der Luftraum in 3D überwacht sowie die von HAARP ionisierten Wolkenschichten und Tiefdruckgebiete gesteuert und manipuliert wurden.

Auch diese wurde durch das neumodische Flugobjekt gebrutzelt und dann nahm das Ufo-Team Kurs auf das NATO-Hauptquartier in Belgien.

Doch unmittelbar nach der Zerstörung der nordirischen Anlage starteten in ganz Großbritannien Abfangjäger, um das Flugobjekt, das nunmehr vielfach gesichtet worden war, aber keine Radarsignatur hinterließ, abzufangen.

Über dem irischen Meer begegnete das Flugobjekt einer Staffel, die ihm den Weg abschneiden wollte. Das Fluggerät zeigte seine Fähigkeiten, schoss in einem rechten Winkel in die Höhe und setzte dann seinen Kurs Richtung Belgien fort. Die Abfangjäger wendeten und folgten. Aber das Flugobjekt war zu schnell für sie. Über dem Ärmelkanal traf es aber auf weitere Abfangjäger, die diesmal in verschiedenen Höhen das UFO einkreisen wollten.

„Tja, da müssen wir wohl Kampfmittel einsetzen", sagte der Pilot.

Die Mannschaft stimmte zu und der Waffenspezi bestrahlte einen nach dem anderen Abfangjäger, deren Elektronik komplett ausfiel. Die Jäger gingen in den Sturzflug über und die Piloten zogen die Rettungsvorrichtung, wurden mit ihren Sitzen aus den Flugzeugen katapultiert und öffneten dann ihre Fallschirme.

Das Fluggerät erreichte Belgien, positionierte sich über dem NATO-Hauptquartier und legte auch hier die gesamte Elektronik lahm.

Dann nahmen sie Kurs zurück zu ihrer Basis und begannen den Einsatz zu feiern. Balow öffnete eine Flasche Sekt und verteilte Gläser. Sie prosteten sich zu.

AUM

In England gab es eine Massendemonstration gegen das globale Finanzzentrum, die City of London. Zwei Millionen Menschen waren gekommen und die überstrapazierten Polizeikräfte konnten nur zwanzig tausend Polizisten abstellen, da es überall im Land Blockaden der militärischen Einrichtungen, der Atomkraftwerke, der Behördeneinrichtungen und dergleichen gab.

Von allen Seiten strömten Demonstrationszüge in die City, die Polizei versuchte teilweise die ungenehmigten Demonstrationen zu blockieren. Teile der Demonstranten stoppten vor den Polizeiblockaden, an andern Stellen suchten sich die Demonstranten Müllcontainer, Holzpaletten und alles, was sie in die Finger bekommen konnten und gingen auf die Polizeilinien los. Ganze Polizeihundertschaften wurden eingekesselt. Als diese sich mit Schlagstöcken und Tränengas durchzusetzen versuchten, wurde es an einigen Stellen gewalttätig – die Demonstranten wehrten sich und bewarfen die Polizei mit Steinen und warfen die Tränengascontainer zurück in die Polizeireihen.

Die Demo geriet außer Kontrolle und ein Teil der Demonstranten begann, Autos in Brand zu setzen und Barrikaden zu errichten. Bald musste sich die Polizei zurückziehen oder ihren Widerstand gegen die Einkesselung aufzugeben. Die Polizisten wurden entwaffnet und man nahm ihnen ihre Ausrüstung und teilweise ihre Körperpanzer ab. Dann wurden sie angewiesen, sich auf den Boden zu setzen und übrig blieb ein trauriger Haufen von Ordnungshütern, teils in Unterwäsche.

Ein gehöriger Anteil der Masse war nun richtig in Fahrt und begann, Gebäude, in denen Banken oder andere Finanzakteure ihre Büros hatten, zu stürmen. In einigen Gebäuden zwangen sie die Anwesenden, die Büros zu verlassen und trieben sie auf die Straße. Einige der friedlichen Demonstranten griffen ein, um die Gewalttätigkeit nicht weiter eskalieren zu lassen.

Aber die Menge war aufgebracht und einige der radikalen Demonstranten begannen nun, die Bankgebäude in Brand zu setzen. Man zog durch die City und demolierte alles, was das ausbeuterische Geldsystem und die Obrigkeiten hier geschaffen hatte. Die Guildhall wurde geplündert und dann angezündet, das Mansion House des Lord Majors der City wurde verwüstet, die gläserne Pyramide am Museum of London wurde mit Steinwürfen zerstört. Dann war die Bank of England dran. Das Gebäude war hermetisch abgeriegelt worden, aber die Demonstranten brachen durch, trieben die Sicherheitskräfte zurück und mit einem ausgerissenen Straßenschild rammten sie die Tür ein, holten wiederum alle im Gebäude befindlichen Personen heraus und zündeten dann das Gebäude an. Es brannte nach wenigen Minuten vortrefflich.

Die Sicherheitskräfte hatten alle Stellen alarmiert und die Zentrale schickte militärische Einheiten mit Panzerfahrzeugen zur City sowie Spezialeinheiten in Hubschraubern. Doch zwei der Flugobjekte der Allianz für Liebe, Licht, Frieden und Gerechtigkeit schwebten über der City und hinderten die Helikopter daran, in den Luftraum einzudringen. Zwei Helikopter kamen dennoch durch, aber als sich die SAS-Männer abseilten, wurden sie bereits von Demonstranten in Empfang genommen, überwältigt und entwaffnet. Außerdem wurden von anderen Gruppen überall in London auf den Zugangsstraßen zur City Barrikaden aus Autos, Lastern, Müllcontainern und allem, was es sonst noch so gab, errichtet und die Panzerkolonnen, die sich mühsam den Weg durch London bahnen mussten, wurden aufgehalten.

Dann nahmen die Demonstranten sich den Swiss Re Tower vor, ein gurkenartiger Wolkenkratzer, der viele Finanzinstitute beherbergte. Sie stürmten das Gebäude und trieben alle Anwesenden auf die Straße. Nachdem man die Feuersicherungen und Sprinkleranlagen ausgeschaltet hatte, schichtete man alle Möbel im Erdgeschoss auf und begoss sie mit Benzin. Dann ging man durch alle Etagen und verteilte weitere Brandbeschleuniger. Nun setzte man das unförmige Ding in Brand und nach einigen Minuten begannen die ersten Scheiben zu bersten, dicker Qualm stieg auf und man konnte von außen durch die gläserne Fassade den Brand sehen.

Die teils verängstigten Angestellten und Banker des Gebäudes standen draußen und wurden auf der Straße von Demonstranten umzingelt. Die wütenden Demonstranten nahmen die Leute in Augenschein, ließen die normalen Angestellten durch und wählten die Snobs und Banker für eine Sonderbehandlung aus: Sie zerfetzten ihnen die Anzüge und Kostüme, schnitten ihnen die Haare ab und malten umgekehrte Kreuze und Pentagramme, sowie die Zahl 666 auf die Köpfe.

Der Ausbruch der Wut ging noch einige Zeit weiter und viele weitere Gebäude der internationalen Finanzakteure wurden angezündet. Über London war eine dichte Rauchwolke zu sehen.

AUM

Schnell war im Zuge der allgemeinen Proteste eine neue Bewegung im Christentum entstanden, die sich auf die Kernlehren Jesu berief und den Popanz, die Dogmen und die Macht der Kirche ablehnte. Man wollte wieder zum Urchristentum zurückkehren. Die Bibel wurde zunehmend hinterfragt. Man sah klar, dass die Heilige Schrift über tausende von Jahren übersetzt und redigiert und verfälscht worden war. Das Alte Testament erfuhr eine ganz neue Interpretation. Man trennte die aus uralten, menschlichen Gedankengut stammenden Teile von den neu hinzugefügten. Man verwies darauf, dass es sich in weiten Teilen nicht um historische Ereignisse handelte, die geschildert werden. Man war sich sicher, dass vor allem die Geschichten über das auserwählte Volk reine Fiktion und sehr viel später entstanden waren und es keinen historischen Exodus, keinen historischen Moses und keinen historischen König David und so weiter gegeben hatte.

Man wies darauf hin, dass es sich bei dem rachsüchtigen, massenmordenden und strafenden Gott, von dem im Alten Testament berichtet wurde, nicht um den allmächtigen und alles liebenden echten Vater handeln könne, sondern dass hier die Interaktion mit Ahriman oder Anu beschrieben wurde, der das von ihm auserwählte Volk für seine Zwecke nutzte und ihm dafür weltliche Macht versprach.

Dies war nicht der gleiche Gott, wie der des neuen Testaments. Man berief sich auf das Wort Jesu, der den Pharisäern sagte, dass sie nicht seinen Vater, sondern den Teufel anbeteten[15].

Die neue Bewegung wandte sich auch gegen die Verherrlichung Israels und des Judaismus vor allem durch die evangelikalischen Kirchen. Sie warfen der jüdischen Religion vor, dass sie in Teilen wohl immer noch den gleichen Irrlehren wie die der Pharisäer folgte, die einem mächtigen Dämon ergeben gewesen waren, der sich als allmächtiger Gott auszugeben versucht hatte.

Den christlichen Kirchen, insbesondere der römisch-katholischen, bescheinigten sie, die Lehren Jesu verfälscht zu haben und auch offen und verdeckt demselben Dämon wie die Pharisäer zu dienen. Die neue Bewegung wollte

---

15 Johannes, Kapitel 8, Vers 42-44

nicht gegen das Judentum angehen, das auch viel noch älteres religiöses Wissen als das durch Ahriman übermittelte benutzte, aber ihm auch nicht huldigen. Man riet den Menschen des jüdischen Glaubens, es genauso so zu machen, wie sie es taten, nämlich die Grundlagen ihres Glaubens genauestens zu prüfen und die satanistischen Elemente abzulegen.

Die neue christliche Bewegung widerrief zentrale Lehren der Kirche und berief sich auf die Worte Jesu, die eine ganz andere Botschaft als die des Vatikans oder des materialistischen Protestantismus abgaben. Die kirchliche Doktrin hielt dem Menschen vor, Sünder zu sein, mit der Erbschuld aus dem Sündenfall konnte sich niemand dieser Lehre zufolge seiner Schuld entziehen und die gesamte christliche Welt kämpfte seither mit dem ihr eingeimpften Schuldkomplex.

Das Geldsystem nutzte zudem schamlos den Begriff der Schuld als zentralen Bestandteil, um die Unmoral der Gelderzeugung spirituell zu verschleiern. Die neue christliche Bewegung lehnte es ab, sich als sündig zu bezeichnen. Sie stellte die Liebe Gottes in den Vordergrund, der allen Wesen wohlgesonnen ist.

Eine weitere kirchliche Politik, die Verteufelung der Sexualität, wurde auch heftig kritisiert und abgelehnt. Diese lebensfeindliche Doktrin, die den natürlichen Impuls zur Freude und zur Lust an der geschlechtlichen Vereinigung als Sünde darstellte, hatte zu der in der modernen Welt herrschenden Hysterie um die Sexualität geführt. Die übersteigerte Fixierung auf das Sexuelle mit gleichzeitiger Ablehnung desselben verursachte zahllose psychologische Störungen in den Menschen, die natürlich meist keinen Weg aus diesem Irrsinn fanden.

Weiter wurde der Zugang zu Gott zum Thema. Die Kirche lehrte, dass wir an Jesus und Gott glauben sollten und damit schon Seligkeit und die Nähe zu Gott erreichen könnten.

Tiefe religiöse oder spirituelle Erfahrungen seien den Heiligen vorbehalten und der normale Mensch könne an Gott nur glauben, ihn aber nicht erfahren. Dagegen wandte sich die neue Bewegung mit Vehemenz. Die spirituelle Erfahrung, das Erleben von Liebe, Licht, Frieden und Glückseligkeit bedeutet die Nähe zu Gott und nicht der Glauben. Die ganzen sogenannten übersinnlichen Erfahrungen und der esoterische Bereich wurden von der Kirche als Teufelswerk bezeichnet. Obwohl man die Esoterik sicher kritisieren kann, aber aus anderen Gründen, ist die Magie und die Spiritualität ein Teil des Menschseins und das Verbot und die Ablehnung dieser Tätig- und Fähigkeiten eröffnet den schwarzmagischen mystischen hermetischen Organisationen erst, ihre Macht zu entfalten, da sie dem Menschen geheimes Wissen offenbaren können, das die Kirche dem Menschen nicht zugänglich machen will. Die neue Bewegung vertrat die Position, dass der Mensch ein spirituelles Wesen ist, Gott in sich trägt und in sich selbst den Zugang zu Gott finden kann. Man griff unter anderem die Lehren Rudolf Steiners auf, der neben vielem anderen die spirituelle Welt beschrieben hat.

Der Protestantismus war in gewisser Hinsicht noch schlimmer als der Katholizismus, denn er verneinte völlig die spirituelle Natur des Menschen, und ließ ihn stattdessen im Dienst und in der Arbeit sein Wohl suchen – völlig abgeschnitten von seiner wahren Natur.

Die neuen Urchristen führten auch an, dass die Kirche das moderne Geldsystem unterstützte und eifrig mitgestaltet hatte, obwohl Jesus beim Anblick der Geldwechsler im Tempel wütend wurde und ihre Tische umstieß und sie hinaus warf. Auch hat er sich mehrfach gegen den Zinswucher geäußert, der heute die Grundlage des Kapitalismus ist. Die neue christliche Bewegung lehnte deshalb das Geldsystem und den Kapitalismus fundamental ab.

Auch wies man darauf hin, dass der Vatikan und die katholische Kirche reihenweise babylonische und altrömische Symbole verwendeten, und damit deren Götter pries. Nicht nur der lange Hut des Papstes ahmt die verlängerten Schädel der Linien der Nachkommen der Anunnaki nach und huldigt ihnen damit, überall findet sich dunkle okkulte Symbolistik. Auf dem Petersplatz steht der vatikanische Obelisk, der vorher im Circus des Nero stand, eindeutig ein Phallussymbol ist und dem Zelebrieren von satanistischen Menschenopfern und Tod und Gewalt diente.

AUM

Die neue christliche Bewegung gründete ein eigenes Konzil, erklärte sich aber zu einer basisdemokratischen Bewegung und ernannte also keinen urchristlichen Papst.

Es wurde eine große Demonstration gegen den Vatikan organisiert. Drei Millionen Menschen fanden sich in Rom ein und begannen sich in langen Zügen auf die Vatikanstadt zuzubewegen. Von allen Seiten erreichten die Demonstrationszüge die Enklave und natürlich war ein Großaufgebot der italienischen Polizei anwesend, um die Ordnung aufrecht zu erhalten.

Der Vatikan hatte allerdings der Demonstration den Eintritt in die Vatikanstadt versagt. So umzingelten die Menschenmassen nun das Gelände. Vor dem Zugang zum Petersplatz hatte die Polizei Barrikaden errichtet, aber die Demonstranten drängten dagegen und schoben die Barrikaden zurück. Dann kam es zu ersten Stein- und Flaschenwürfen auf die Polizei und die Masse setzte sich in Bewegung, stieß die Barrikaden beiseite und drängte in den Petersplatz. Die Carabineri waren so in der Unterzahl, dass sie sich zurückzogen und die Leute durchließen.

Auf dem Petersplatz baute die Demoleitung einen Verstärker und Mikrofon auf und einer der bekannten Sprecher der Bewegung begann die Massen aufzurufen, der Satansanbetung des Vatikans, dieser falschen Kirche, ein Ende zu bereiten.

Ein Trupp Steinmetze aus einem Steinbruch in der Nähe Roms hatten Werkzeug mitgebracht. Mit Steinsägen und benzingetriebenen Flex begannen sie den Obelisken am unteren Ende zu zersägen. Der Einsatzleiter der Polizei forderte Wasserwerfer und Bereitschaftspolizei mit Körperpanzern an.

An einer Stelle auf dem Petersplatz richteten die Polizisten ihre Maschinenpistolen auf die Menge – diese wich zunächst zurück. Aber einige Gruppen der Demonstranten hatten Waffen mitgebracht, Schrotflinten und Pistolen und drängten nach vorne. Die eingekesselten Polizisten sahen nun ebenfalls, dass Waffen auf sie gerichtet waren und ergaben sich. Unter lautem Jubel wurden ihnen die Waffen abgenommen und sie wurden durch ein Spalier aus dem Petersplatz geleitet.

Inzwischen hatten weitere Demonstrationszüge andere Zugänge zur Vatikanstadt erstürmt und waren in den Park der Anlage gelangt. Es waren so viele Menschen anwesend, dass der Park und der Petersplatz komplett ausgefüllt waren und Hunderttausend noch draußen verharrten.

Zusätzlich hatte die Demoleitung nun eine Gruppe von LKW-Fahrern aktiviert, die die Straßen, die zum Petersplatz führten, blockierten. Die Bereitschaftspolizei und die Wasserwerfer gelangten nicht durch.

Die Flugscheiben der Initiative für Liebe, Licht, Frieden und Glückseligkeit sicherten wie in London den Luftraum über der Vatikanstadt. Die Polizei schickte Sondereinsatzkommandos mit Hubschraubern los, um die Demonstranten daran zu hindern, in die „heiligen“ Bereiche der Vatikanstadt zu gelangen. Doch die Flugscheiben positionierten sich in die Flugbahnen der Helikopter und wehrten ihr Eindringen in den Luftraum des Vatikans ab.

Auf dem Petersplatz wurden nun weitere offensichtlich satanische Statuen und Ornamente demoliert. Andere Gruppen verschafften sich Eintritt zum Petersdom und auch hier begannen sie, die blasphemischen Symbole zu entfernen.

Die Demonstranten strömten nun von allen Seiten in die abgesperrten Bereiche des Vatikans. Die Schweizer Garde versperrte ihnen den Weg, bis an die Zähne bewaffnet. Die Demonstranten wichen wiederum zurück. Und auch hier drangen nun bewaffnete Aktivisten an die Absperrung und richteten ihrerseits Waffen auf die Schweizer Garde. Andere Gruppen hatten Leitern und Seile mitgebracht und machten sich daran, auf die Dächer zu klettern. Als die Schweizer Garde schließlich von oben und frontal mit Waffen bedroht wurde, gaben sie auf und legten die Waffen nieder. Eine Gruppe Demonstranten kesselte sie ein, entwaffnete sie und passte auf sie auf.

Die Aktivisten und Demonstranten drangen nun in die abgesperrten geheimnisvollen Bereiche des Vatikans ein. Die Mönche, Bediensteten und die Würdenträger der Kirche, auf die man traf, wurden gezwungen, die Gebäude zu verlassen und hinausgeleitet, während die Aktivisten die Räumlichkeiten in einem nach dem anderen der Gebäude der Vatikanstadt durchstöberten. Einige der hohen Würdenträger wurden zur Befragung dabehalten, während die Schweizer Garde, die Bediensteten und viele weitere Würdenträger dazu gebracht wurden, durch ein langes Spalier der Demonstranten die Vatikanstadt zu verlassen.

Inzwischen waren der Papst sowie einige Kardinäle von ihren Sicherheitsleuten zu Hubschraubern gebracht und umgehend ausgeflogen worden.

Schließlich war der gesamte Vatikan besetzt und man hisste die Flagge der neuen urchristlichen Bewegung über der Stadt.

Ein ausgewähltes Team aus Wissenschaftlern und Experten machte sich daran, die Würdenträger zu verhören und die geheimen Bibliotheken des Vatikans zu sichten. Den Menschen würden ihre und die Geschichte der Kirche um vieles klarer werden, wenn diese Dokumente ans Licht der Öffentlichkeit gebracht werden würden.

AUM

Die italienische Regierung trat zurück. Das Land war im Chaos. Viele Gemeinden, Städte und ganze Regionen hatten sich für unabhängig erklärt. Das Militär und die Polizei waren zersplittert und viele waren auf die Seite des Aufstands gewechselt.

AUM

Ein paar Tage später gab es eine Massendemonstration nach Vorbild von London und Rom in Washington. Zehn Millionen Menschen strömten zu den Märschen und Kundgebungen. Doch Washington wollte nicht dasselbe Schicksal erleiden wie Rom und London und hatte massenhaft Militär aufmarschieren lassen. Panzer und Panzerwagen standen an wichtigen Kreuzungen, Marines und Army kontrollierten das Stadtgebiet zusammen mit der Polizei. Einreisende wurden an der Stadtgrenze auf Waffen überprüft, doch wie das so ist, gelangten trotzdem viele mit Waffen in die Stadt. Und das Land war tief gespalten und am Rande des Bürgerkriegs. Überall gab es Unruhen und Demonstrationen, einige Städte und Kommunen hatten sich für unabhängig von der Zentralregierung erklärt und auch unter den Militärs rumorte es und die Lage der abtrünnigen Division war nach wie vor nicht geklärt und prekär.

Die Machtelite hatte natürlich den Einsatz der Flugobjekte in London und Rom mitbekommen und vorsorglich kreisten in 20 Kilometer Höhe zehn Militärflugscheiben, um den Luftraum zu sichern.

Die Massen versammelten sich vor dem Capitol Hill, auf der National Mall, am Washington Monument, hoch bis zum Weißen Haus und im Memorial Park, Zahlreiche Bühnen waren an den verschiedenen wichtigen Standorten aufgebaut worden und Musik wurde gespielt. Dann kamen die ersten Redner auf die Bühnen und begannen, die ganze Geheimpolitik und die unmenschliche Agenda der Eliten sowie ihre Kriegspläne anzusprechen.

Vor dem weißen Haus skandierten Millionen Demonstranten in einem ohrenbetäubenden Chor:

„Massenmörder, tritt zurück!
Kriegsverbrecher, lass Dich richten!
Lügner, Dich verlässt Dein Glück!
Wir werden Dein System vernichten!“

Vor dem Kapitol gab es ähnliche Sprechchöre und die Demonstranten beschimpften ihre Volksvertreter im Senat und im Kapitol.

Es war wie in London und Rom keine herkömmliche Demonstration, denn neben den Massen der nur protestierenden Demonstranten gab es viele Einsatzgruppen, die gezielte Pläne verfolgten und Ausrüstung mitgebracht hatten.

Es kam zu ersten Auseinandersetzungen zwischen den Demonstranten und den Sicherheitskräften. Diese rückten vor, um die Lage in den Griff zu bekommen und wurden mit Steinen, Flaschen und sonstigen wurffähigem Material bedacht. Außerdem errichteten die Aktivisten Barrikaden, hinter denen sie sich verschanzten.

Die Sicherheitsbehörden begriffen den Ernst der Lage und befahlen den martialisch ausgerüsteten Anti-Riot-Einheiten mit Wasserwerfern vorzudringen und die Versammlungen aufzulösen. Von Osten her griffen diese die Massen am Supreme Court und an der Bibliothek des Kongresses mit Tränengas an und brachten die Wasserwerfer in Stellung. Die Demonstranten zogen sich zurück. Aber dann drangen einige der organisierten Gruppen vor. Sie waren mit Motorradhelmen, mit schweren Lederjacken, mit Atemgeräten gegen das Tränengas und mit Waffen ausgerüstet und begannen, die Tränengaspatronen zurück zu werfen. Sie hatten vorher schon Barrikaden errichtet, hinter denen sie sich verschanzten. Die mit Helmen und Schutzschildern martialisch aussehende Polizei und die Wasserwerfer rückten vor.

Die Demonstranten warfen Flaschen, Steine und die ersten Molotowcocktails. Sie setzten die Barrikaden in Brand. Ein Wasserwerfer versuchte die Barrikaden zu durchbrechen, einige Aktivisten erklommen das Fahrzeug und verstopften die Wasserkanone. Dann gossen sie Benzin aus und das Fahrzeug stand kurz darauf in Flammen. Die Polizei kam durch die Barrikaden nicht hindurch und zog sich erstmal zurück. Auch der Wasserwerfer schaltete den Rückwärtsgang ein. Als er wieder in den Reihen der Polizei angekommen war, rettete sich die Mannschaft aus dem brennenden Fahrzeug.

An verschiedenen anderen Stellen weigerten sich Polizeieinheiten auf die Demonstranten loszugehen, legten ihre Riot-Ausrüstung ab und verbrüderten sich mit ihren Mitbürgern auf den Straßen.

Die Demoleitung gab das Signal und überall in den an den Regierungssitz und die Demonstrationen angrenzenden

Stadtteilen fuhren nun LKWs auf und blockierten die Straßen. Organisierte Gruppen waren zur Stelle und verdichteten die Blockaden und verschanzten sich dahinter.

An vielen Stellen mussten Polizeifahrzeuge und Sicherheitskräfte anhalten. Nun eröffnete die Polizei an einigen Barrikaden das Feuer und schoss auf die Aktivisten. Die schossen zurück. Es gab die ersten Toten und Verwundeten. Die Lage eskalierte.

Dann gab die Einsatzleitung den Befehl, das Militär einzusetzen. Panzer und gepanzerte Einheiten setzten sich in Bewegung, um die Barrikaden zu durchbrechen und die Demonstrationen zu beenden.

An anderer Stelle machte sich eine Spezialeinheit bereit, ihre Strahlungswaffen einzusetzen, um die Demonstranten in Lethargie zu versetzen.

Die Demoleitung rief nun nach Luftunterstützung durch die Initiative für Liebe, Licht, Frieden und Glückseligkeit und sieben Flugscheiben, die sich schon über Kanada positioniert hatten, nahmen Kurs auf Washington. Die Flugabwehr registrierte das und setzte die Militärflugscheiben in Alarmbereitschaft.

Diese orteten die ankommenden Flugscheiben und positionierten sich, um ihre Flugbahn zu versperren. Als die Flugobjekte der Initiative näher kamen, schossen die Militärflugscheiben ihre Strahlungswaffen ab. Obwohl die meisten nicht voll getroffen wurden, spürte man im Innern der Flugscheiben deutlich den Einfluss der Strahlung, das Summen des Antriebs wurde schwerfällig und unangenehm. Die Flugobjektstaffel der Initiative startete sofort ein Ausweichmanöver und die Flugobjekte änderten im rechten Winkel ihre Richtung und schossen in die Höhe oder zur Seite. Von dort aus bestrahlten sie nun ihrerseits die angreifenden Flugscheiben, die daraufhin auswichen.

Die beiden Gruppen von Flugscheiben lieferten sich einen erbitterten Luftkampf im Luftraum. Wurde ein Flugobjekt voll getroffen, fielen alle Systeme aus, es ging in den freien Fall über und die Mannschaft verließ das Objekt über die Notluke mit Fallschirmen.

So konnten die Flugobjekte der Initiative ins Geschehen auf dem Boden und in den Lüften darüber kaum eingreifen.

AUM

Am Washington Monument, das wie in Rom ein riesiger Obelisk war und ein satanisches Symbol, begannen die Aktivisten nun, die Sicherheitskräfte, die Ordner und die Polizei von allen Seiten einzukesseln und sie abzudrängen: Ging es gar nicht anders hielt man ihnen Waffen vor die Nase. Man entwaffnete sie und befahl ihnen, sich zu setzen und bewachte sie. Dann begannen die Aktivisten mit Steinbohrern Löcher in das riesige Steinfundament zu bohren. Sie führten Sprengsätze ein. Als sie fertig waren, bewegten sie die Demonstranten dazu, sich aus der Umgebung des Steinphallus zu entfernen. Die Massen skandierten: „Nieder mit den Satanisten! Für Wahrheit, Gerechtigkeit und Frieden!“

Dann zündeten die Aktivisten die Sprengladungen, das Fundament zerbarst und der riesige Obelisk begann sich langsam zur Seite zu neigen und fiel dann mit großem Krach. Die Massen jubelten.

Vor dem weißen Haus eskalierte die Situation. Der Zaun zum Garten wurde von einer Polizeikette und Sicherheitskräften geschützt, im Garten war Secret Service und Militär anwesend. Die Demonstranten, die auf etwa 50 Meter Abstand vom Zaun gehalten wurden, begannen die Polizei mit Steinen und Flaschen zu bewerfen. Durch die zahlenmäßige

Übermacht der Demonstranten mussten die Sicherheitskräfte zurück weichen. Die Demonstranten rückten zum Zaun vor und bewarfen die im Garten befindlichen Sicherheitskräfte ebenfalls. Diese zogen sich zunächst zurück, da sie noch keinen Befehl zum Schusswaffeneinsatz bekommen hatten. Mehrere Aktivisten begannen, sich am Zaun zu schaffen zu machen, mit Flex und anderem Werkzeug schnitten sie die Metallstäbe durch und rissen Lücken in den Zaun. Jetzt eröffneten die Sicherheitskräfte im Garten des Weißen Hauses das Feuer. Zunächst schossen sie in die Luft, um den Demonstranten zu zeigen: „Bis hierhin und nicht weiter!"

Die Menschenmenge zog sich etwas zurück und verschanzte sich hinter schnell aufgestellten Barrikaden. Die Sicherheitskräfte und die Militäreinheit rückten vor und dann feuerten einige der Marins auf die Barrikaden und einige der Demonstranten wurden getroffen. Daraufhin erwiderten die Aktivisten, die mit Waffen ausgestattet waren, das Feuer, während sich die übrigen Massen zurückzogen. Ein Feuergefecht entbrannte. Nun gab es auch die ersten Verluste unter den Sicherheitskräften. Nachdem sie von allen Seiten unter Beschuss gerieten, brachen sie ihren Angriff ab und zogen sich zurück.

Die bewaffneten Aktivisten drängten nun in den Garten ein und die Sicherheitskräfte und die Militäreinheit verschanzten sich im Gebäude, von dem aus sie auf die Aktivisten schossen. Die feuerten zurück.

Am Capitol Hill spielten sich ähnliche Szenen ab. Auch hier gab es nun brennende Barrikaden, Schusswechsel und eine bürgerkriegsartige Situation.

Zahlreiche Polizeihubschrauber waren im Einsatz, um die Lage aufzuklären. Auch aus den Hubschraubern heraus eröffnete man das Feuer auf besonders militante Demonstranten und auch bei ihnen gab es Tote und Verwundete. Sie waren aber gut ausgerüstet und schossen mit großkalibrigen Waffen zurück. Ein Helikopter wurde abgeschossen und zerschellte und explodierte am Boden. Die übrigen Hubschrauber zogen sich etwas zurück.

Die Einsatzleitung der Sicherheitskräfte gab nun für das Militär den Einsatzbefehl. Die Panzerbrigaden setzen sich in Marsch und versuchten die mit den LKWs gebildeten Barrikaden zu durchbrechen. An einigen Stellen gelang dies, an anderen blieben die Panzer im Metallsalat stecken. Wo die Panzer durchgebrochen waren, holten die gut ausgerüsteten Aktivisten nun Panzerfäuste hervor und schossen von hinter den Barrikaden, von Fenstern und von den Dächern auf die anrückenden Truppen. Zwei Panzer wurden voll getroffen und standen in Flammen. Die restlichen Panzer begannen, ihre Geschütze einzusetzen und feuerten Granaten auf die Barrikaden und die Aktivisten. Einige Granaten trafen die besetzten Gebäude und setzten sie in Brand. Die militanten Demonstranten zogen sich zurück, drangen in weitere umliegende Gebäude ein und nahmen von dort aus das Militär weiter unter Beschuss.

Der General eines Panzerbataillons gab seinen Leuten den Befehl, die Seiten zu wechseln. Die ganze Einheit war der Meinung, dass die Regierung ein Haufen von durchgedrehten Psychopathen war und sympathisierte mit den Demonstranten. Der General hatte im Geheimen Kontakt mit den Aktivisten aufgenommen, und auf einer Straße ließen diese nun seine Panzer und Panzerfahrzeuge durch. Diese begannen sich gegen die übrigen Panzertruppen zu stellen, erwiderten das Feuer, und hinderten sie am Vorrücken.

Andere Kommandeure der Panzertruppen hatten die Befehle verweigert, die Demonstration ihrer Mitbürger mit Panzern aufzulösen und blieben an Ort und Stelle.

Die Einsatzleitung wurde langsam panisch und gab nun den Einsatzbefehl für die Air Combat Brigaden. Diese verfügten über diverse Kampfhubschrauber und hatten eine enorme Feuerkraft. Auf zwei nahe gelegenen Stützpunkten starteten die einsatzbereiten Mannschaften ihre Maschinen und die Kampfhubschrauber erhoben sich in die Lüfte und nahmen Kurs auf die Hauptstadt.

Nach einiger Zeit erreichten sie die Gebiete, in denen der Aufstand wütete und nahmen Kurs auf das Weiße Haus und den Capitol Hill. Dort angekommen, kreisten sie über dem Geschehen und beobachteten den Aufstand. Das Oberkommando befahl, das Feuer auf einzelne Ziele zu eröffnen, dort wo es Feuergefechte gab, insbesondere um das Weiße Haus und den Capitol Hill zu verteidigen. Ein Apache-Kampfhubschrauber eröffnete zunächst mit einem Maschinengewehr das Feuer auf die Protestierenden. Es gab viele Opfer und die Demonstranten verschanzten sich so gut es ging und sie zogen sich etwas zurück. Die übrigen Hubschraubermannschaften hatten schwere Bedenken, auf ihre Mitbürger zu feuern, einige verweigerten den Befehl, einige Kommandeure gaben die Angriffsbefehle nicht weiter.

Der Colonel des sechsten Bataillons des 101st Aviation Regiments wechselte nun ebenfalls die Seiten und gab den Befehl mit seinen Black Hawks die Helikopter, die das Feuer eröffnet hatten, anzugreifen. Der Apache-Hubschrauber, der die Leben von dutzenden von Demonstranten auf dem Gewissen hatte, wurde abgeschossen. Zwei weitere Apaches wurden beschädigt und zogen sich zurück. Die verdutzten Militärs befahlen den übrigen Bataillonen, sich zurück zu ziehen und das sechste Bataillon schwirrte nun noch als einziges über dem Aufstandsgebiet.

Am Weißen Haus wurde es nun kritisch für die Sicherheitskräfte, die sich in das Gebäude zurückgezogen hatten.

Die Angreifer drangen zum Gebäude vor.

An einigen Stellen konnten sie sich durch die Fenster Zugang zum Gebäude verschaffen, und nach und nach eroberten sie den Sitz des Präsidenten der Vereinigten Staaten, der schon lange vorher ausgeflogen worden war. Die verbliebenen Sicherheitskräfte und Marines ergaben sich. Die Flagge der Demonstration wurde gehisst: Auf der stand: „Liebe, Licht, Frieden und Glückseligkeit“ in einem Kreis aus Sonnenlicht.

Die Demoleitung und einige der Anführer der militanten Gruppen begannen eine Beratung. Schließlich entschieden sie, das Weiße Haus, das Symbol der Ungerechtigkeit und der Unterdrückung der Welt in Brand zu stecken.

Benzin wurde ausgegossen, nach und nach verließen alle das Gebäude, und dann gab man das Signal, und das Gebäude wurde von allen Seiten gleichzeitig in Brand gesteckt.

Inzwischen hatten die Demonstranten auch die Gebäude auf dem Capitol Hill gestürmt und erobert und dies wurde nun ebenfalls in Brand gesetzt.

Über Washington waren große Schwaden dichter Qualmwolken zu sehen.

Nach und nach ebbten die Kämpfe ab. Immer mehr Polizisten legten Helme ab und Schilder nieder und wechselten die Seite oder gingen einfach nach Hause. Immer mehr Kampfeinheiten stellten das Feuer ein und zogen sich zurück, oder verließen Washington in Richtung ihrer Kasernen, oder verbrüderten sich mit den Demonstranten.

Einige ganz verbiesterte Kampfeinheiten schossen aber weiterhin auf alles, was sich bewegte. Diese wurden schließlich eingekesselt und gaben entweder auf oder wurden zerschossen.

Es gab insgesamt etwa dreitausend Tote und fünftausend Verwundete.

Epilog

Bardon saß in seinem Meditationsraum und versetzte sich in Trance. Sein Geist verließ seinen Körper und er machte sich auf zum großen Treffen der weißen Bruderschaft. Er überquerte Länder und Meere und gelangte schließlich zu einem großen uralten Steinkreis und begrüßte die Anwesenden des obersten Rates. Nach und nach kamen mehr Adepten der weißen Bruderschaft bis alle anwesend waren. Der oberste Rat schwebte drei Meter über dem Boden und bildete innerhalb des Steinkreises einen inneren Ring, während die noch nicht vervollkommenden Adepten einen äußeren Ring bildeten. Es waren einhundertvierundvierzig Magier anwesend, Frauen und Männer.

Der älteste des obersten Rates eröffnete das Treffen: „Liebe Adepten und Magier der weißen Bruderschaft. Die Menschheit ist aufgewacht und drängt die Mächte der Finsternis zurück. Mehr und mehr Menschen streben nach Liebe, Licht, Frieden und Glückseligkeit und entsagen dem Wahn der satanischen Kräfte, die selber zu Göttern werden wollen und die göttliche Ordnung des Kosmos abschaffen möchten."

„Die Zeit ist für uns gekommen, einzugreifen, und unsere Fähigkeiten zum Dienst des Höchsten und zum Dienst an der Menschheit einzusetzen."

Wir werden uns gleich zur Quelle des Bösen begeben und die göttlichen Kräfte evozieren, um die Dämonen, die Anunnaki, die Archonten und Ahriman aus ihren ihnen durch die Menschheit verschafften Machtbasen und damit aus dem Sonnensystem zu verbannen.

„Habt Ihr alle eure Schutzenergien gesammelt, habt Ihr alle genug Kraft für diese Aktion?"

Die Adepten und Magier antworteten im Chor: „Wir sind bereit.“

„Dann lasst und jetzt in die Saturnsphäre reisen. Ich gehe voran.“

Der Älteste, der im Lotussitz über dem Steinkreis geschwebt hatte, verwandelte sich in eine gleißend leuchtende Lichtkugel und bewegte sich blitzartig in die Höhe. Die anderen Mitglieder des höchsten Rats folgten ihm einer nach dem anderen, und dann begannen die anderen Adepten sich gleichfalls in Lichtkugeln zu verwandeln, und eine lange Reihe von Lichtkörpern stieg auf in die Höhen.

Sie durchdrangen den Erdgürtel, dann die Mondsphäre, gelangten schnell in die Mars- und dann in die Jupitersphäre, und nach ein paar Minuten kamen sie in der Saturnsphäre an.

Oberhalb des sechseckigen Gebildes am Pol des Saturns bildeten sie einen inneren und äußeren Ring.

Dann begann die Evokation. Sie riefen mächtige Intelligenzen aus der ersten und zweiten Hierarchie an, zudem die Vorsteher der Saturnsphäre.

„Ihr mächtige Wesen, die Zeit ist gekommen, der Menschheit zu helfen und die dunklen Mächte ihre karmische Schuld bezahlen zu lassen. Seht, die Menschheit ist aufgewacht und hat dem Bösen abgeschworen – damit haben die dunklen Wesenheiten ihre Berechtigung verloren, den Menschen weiter Schaden zuzufügen.“

„Wir rufen Euch an, Gerechtigkeit walten zu lassen und die Dunkelheit zu verbannen!“

Die meisten der angerufenen Wesen waren bereit zu helfen, einige wenige meinten, es sei noch zu viel Dunkelheit auf der Erde vorhanden und wiesen den Wunsch der weißen Bruderschaft ab. Aber ein ansehnliches Heer von mächtigen göttlichen Intelligenzen war dem Ruf gefolgt, und nun begaben sie sich in das Zentrum der sechseckigen Struktur und forderten einen nach dem anderen der Dämonen, der Anunnaki und der Archonten heraus.

Eine Intelligenz hohen Ranges, menschlicher Gestalt mit sechs Flügeln und in einer silbernen Rüstung sprach zu ihnen in donnernder Stimme: „Ihr Wesen der Dunkelheit, Eure Zeit ist gekommen – entweder ihr geht ins Licht und büßt Eure Sünden, oder aber ihr verlasst diese Sphären und geht in die unterste Welt – die anderswo die Hölle genannt wird. Dort werdet ihr für lange Zeit gefangen sein, ohne dass ihr der Menschheit schaden und Euch von ihren Energien nähren könnt – ihr werdet leiden! Geht ins Licht und lasst Euch reinigen!"

Die göttlichen Wesen rissen die Astralkörper der dunklen Wesenheiten auseinander und je nachdem, was eine Wesenheit gewählt hatte, wurde ihr Geist zum Licht oder in die unterste Welt geschickt.

Schließlich war Ahriman an der Reihe. Er fauchte und schrie Tod und Verdammnis.

„Die Menschen huldigen mir freiwillig, ich habe nichts Unrechtes getan – und ihr könnt Eurem Vater ausrichten, dass er ein Idiot ist", schrie er.

„Du hast Böses getan, und du hast Schuld auf Dich geladen. Du hast versucht, Dich über das Höchste zu erheben, und Du hast seine Vorsehung und seine Gesetze missachtet. Wir zerstören nun Deinen Astralleib, und es bleibt Dir überlassen zu wählen, zwischen dem Licht oder der Verdammnis!"

Ahriman schrie den Intelligenzen wüste Beschimpfungen entgegen, dann löste sich sein Astralkörper auf und er fuhr hinab in die niederste Welt.

Die göttlichen Wesenheiten entfachten nun einen Sturm, und es gab einen riesigen Wirbel um die sechseckige Struktur am Pol des Saturn herum, die physischen, astralen und mentalen Strukturen wurden in den Wirbel und in das Innere des Saturns gezogen und verschwanden – an ihrer Stelle bildete sich nun eine gigantische Spirale um den Pol.

AUM

Durch die spirituelle Welt und damit durch die Erde fuhr eine starke Welle des Lichts und der Liebe. Die Schatten verzogen sich. Die Dunkelmächte, die Eliten der Welt und ihre Verbündeten, die Archonten, die Anunnaki und zahllose Dämonen waren nun auf sich allein gestellt und wurden vom Saturn nicht mehr mit Energie und Unterstützung versorgt.

Feinfühlige Menschen spürten die Veränderung. Es war, als ob ein dunkler Schleier, der über der Welt gelegen hatte, fort genommen wurde – und das war er tatsächlich.

Das bewirkte in der Überzahl der Menschheit ein Erwachen. Während vorher nur wenige die Lügen durchschaut hatten, blickte die Mehrheit nun plötzlich auf eine völlig andere Welt und das, was ihr vorher als normal erschienen war, offenbarte sich nun als blanker Wahnsinn. Überall auf der Welt begannen die Menschen konsequent „Nein“ zu sagen und „Nicht in meinem Namen“ und sich gegen die herrschenden Verhältnisse aufzulehnen, aktiv oder passiv. Man organisierte sich in der Nachbarschaft, in den Gemeinden, in neuen Organisationen. Man widersprach den Autoritäten, wo es nur ging.

Die Helfershelfer der Eliten, die Behörden, die Polizei, die Justiz waren zunehmend verunsichert, und auch in ihren eigenen Reihen gab es massenhaft Widerstand gegen ihre bisherige Vorgehensweisen, und zahllose Mitarbeiter ließen sich krank schreiben oder kündigten.

„Wir wollen Wahrheit, Frieden und Gerechtigkeit“, war das Motto der aufgewachten Massen und überall forderten sie die Herrschenden heraus. „Wir haben Eure Lügen satt“, skandierten sie und begannen massenhaft, die Unwahrheiten und die Ungerechtigkeit in Leserbriefen, in den sozialen Medien und in der Öffentlichkeit anzusprechen.

Die Machtbasis der Herrschenden geriet ins Wanken. Die Behörden konnten zunehmend ihre Aufgaben nicht mehr ausüben. Sie litten unter enormen Personalmangel und immer mehr Widersprüchen gegen ihre Bescheide und Anordnungen.

In immer mehr Kommunen übernahmen Bürgerkomitees die Verwaltung und organisierten auch Justiz und Polizei neu und entließen viele der Beamten, die sich ans alte System klammerten.

AUM

Wie viele andere Staaten erfuhren auch die USA einen völligen Umbruch und einen Aufstand gegen die Zentralgewalten. Aber anders als in Europa verlief der Übergang hier nicht friedlich. Immer mehr der Bundesstaaten erklärten sich für unabhängig und autonom, und traten aus dem Staatenbund aus. Sie gründeten eine neue Union, um sich vor dem Militär zu schützen, das versuchte, die Zentralregierung zu verteidigen. Aber auch das Militär war zunehmend zersplittert, und Einheiten traten reihenweise zu den Autonomen über. An einigen Orten gab es Zustände des Bürgerkriegs. Regierungstreue Truppen kämpften gegen Truppen der neuen autonomen Regionen.

Eine Einheit der Autonomen schaffte es, eine Luftwaffenbasis, auf der auch die UFO-artigen Flugobjekte stationiert waren, zu besetzen, ohne dass diese vorher die Basis verlassen konnten. Die Freischärler staunten nicht schlecht über die Flugobjekte und nahmen sogleich, nach kurzer Schulung,

Ausflüge mit ihnen vor.

Auch die Wall Street und andere Teile New Yorks wurden von den Autonomen besetzt und der Börsenbetrieb wurde eingestellt: Sie übernahmen die Verwaltung, und die Justiz. New York wurde zu einer freien Stadt.

AUM

Innerhalb kurzer Zeit zerfiel das alte System und war nicht mehr funktionsfähig. In Europa hatten sich immer mehr Gemeinden und Kommunen, Stadtteile und Bezirke für unabhängig von den Zentralregierungen erklärt und neue nationale Räte gebildet. Man organisierte sich auf der Basis der Dezentralisierung und der vollständigen Selbstverwaltung der einzelnen Gemeinden. Alle zentralen Beschlüsse bedurften der Einstimmigkeit aller Mitglieder der Räte.

Man wandte sich gegen alle Formen der Herrschaft, der Unterdrückung, der Ausbeutung und der Umweltzerstörung.

Man bildete Tribunale, um die Eliten und ihre Marionetten, sowie die Mitläufer zur Rechenschaft zu ziehen.

Schließlich war das alte System einfach verschwunden. Überall wurden ganz neue Strukturen und Verwaltungen auf der Basis einer hierarchiefreien Gemeinschaft gegründet.

AUM

Das Vereinte Königreich löste sich auf und organisierte sich neu. England, Schottland, Wales und Nordirland erklärten sich für unabhängige Länder. Die englische Königsfamilie wurde abgesetzt und die Crown Corporation abgewickelt. Sehr viele Angehörige des Establishments wurden verhaftet und vor neu gebildete Gerichte gestellt. Die Adligen wurden enteignet und ihr Besitz den Gemeinschaften zur Verfügung gestellt. Den Lords und Ladies, den Bankern und den anderen großen Tieren wurden Sozialwohnungen zugeteilt.

AUM

Die neuen autonomen Gemeinden, Räte und Unionen schafften den Kapitalismus ab, stiegen aus dem Finanzsystem aus, begannen ihr eigenes Geld zu drucken, das nicht mit Zins belastet wurde: Für Kredite wurden keinen Zinsen mehr verlangt. Damit war die Zinsknechtschaft beendet, unter der fast die ganze Welt über Jahrhunderte gelitten hatte. Auch Grundeigentum wurde abgeschafft, alles wurde vergemeinschaftlicht und die Nutzer erhielten Pachtverträge, wenn sie nicht wegen unsozialen Verhaltens enteignet wurden. An die Stelle von Egoismus und Konkurrenzkampf traten überall Kooperation und Gemeinschaftssinn.

Geldschulden wurden allen erlassen, und dann abgeschafft. Nun war für alle genug Geld vorhanden, da es nicht mehr den Reichen automatisch zufloss. Hunger, Armut und Elend gehörten der Vergangenheit an, und man blickte entrüstet auf die Zustände auf der Welt vor der Wende.

Natürlich gab es nach den Umbrüchen auch keine bewaffneten Konflikte mehr.

AUM

Nach wenigen Jahren des Friedens, des Wohlstands und der Gerechtigkeit auf der Welt begannen sich die Menschen zu wandeln. Sie strebten zunehmend nach spirituellem Wachstum und hörten auf, sich vorwiegend weltlichen Verlockungen hinzugeben. Sie wurden bescheidener und konsumierten weniger. Die Archonten und Dämonen erhielten immer weniger Nahrung, die aus den niederen Emotionen,

Trieben, Begierden und Leidenschaften der Menschen bestand, und verhungerten allmählich.

Alle Bereiche des Lebens erfuhren tiefgreifende Wandlungen. Die Wissenschaft griff die spirituelle Essenz des Universums auf und wurde wieder ein Ort der Inspiration, der Selbsterkenntnis und des Wachstums.

Nahezu alles Wissen wurde neu bewertet. Man wurde sich bewusst, dass der Mensch keinesfalls vom Affen abstammt, sondern ein Lichtgeschöpf ist.

Die Geschichtswissenschaft erfuhr eine völlige Umwandlung. Die Zivilisation war nicht vor 5000 Jahren entstanden, sondern nach einer Katastrophe auf der Erde hatte zu dieser Zeit das dunkle Zeitalter begonnen, das nun beendet war. Aber auch die bekannte Geschichte der Welt wurde neu interpretiert und an vielen Stellen korrigiert. Man ließ nicht länger die Sieger die Geschichte schreiben.

Die Lebenslügen der alten Welt wurden ans Tageslicht gebracht, und ein neues Wissen um den Menschen, um die Geschichte, um die Biologie, die Evolution, die Psychologie, die Medizin trat hervor. Die Menschen schüttelten nun die Köpfe angesichts der falschen vorherigen Weltsicht. Auch die Physik erlebte eine Wende hin zum Verständnis der geistigen Natur der Welt, der Materialismus wurde nun als das angesehen, was er war: eine primitive Weltsicht.

Die Medien wandelten sich vollkommen. Eine neue Bescheidenheit hielt Einzug und die Marktschreierei, die Sensationsgier und der endlose Werbe- und Konsumterror hatten aufgehört. Auch Gewalt gab es nicht mehr.

Die Wirtschaft wurde auf Kooperation umgestellt, neue Energieapparate machten Verbrennungsmotoren überflüssig, und man hörte auf, Erdöl, das Blut der Erde, und Erdgas zu fördern und zu verwenden. Man hörte auch auf, mittels Tagesbauen und anderen Projekten der Erde Wunden zuzufügen. Auch Autos wurden abgeschafft, und die zahllosen Straßen und Autobahnen teilweise zurückgebaut. Stattdessen bewegte man sich mit schnellen Flugobjekten fort. Die großen Konzerne wurden in kleinere Einheiten aufgespalten, und man setzte auch in der Wirtschaft auf Dezentralisierung. Die Städte wandelten sich, wurden zurückgebaut und begrünt, viele Menschen zogen wieder aufs Land.

Alle Religionen wurden erweitert und reformiert. Im Lichte des neuen spirituellen Bewusstseins wurden das Schriftgut und die Lehren aller Glaubensrichtungen neu interpretiert und überarbeitet, teilweise wurden ganze Bücher aus den heiligen Schriften entfernt. Insbesondere das Alte Testament wurde vollständig redigiert, da man nun die Rolle Anus und der Anunnaki verstand.

AUM

Das dunkle Zeitalter, das seit 5000 Jahren geherrscht hatte, war zu Ende. Die Menschheit war in einem neuen Zeitalter des Lichts, der Liebe, des Friedens und der Glückseligkeit angekommen.

STARBORN

€ 19,95
Gabriele-Kathlen Kowalski

Hardcover, 240 Seiten
ISBN 978-3-947048-02-1

Zu bestellen bei:

All-Stern-Verlag
Wolf 8
D-88430 Ellwangen

Tel.: 0 75 68 - 29 89 98 2
Fax: 0 75 68 - 29 89 98 1

info@all-stern-verlag.com
www.all-stern-verlag.com

Aufruf an die Menschheit

Mit einem Vorwort von Reiner Elmar Feistle

Kennst Du das Gefühl einer großen, unbestimmten Sehnsucht in Dir? Hast Du als Kind auch oft in den Nachthimmel geträumt, die vielen wunderschönen, funkelnden Sterne betrachtet und gewusst, da ist noch so viel mehr…? Kennst Du die Sehnsucht nach den Sternen? Hattest Du auch immer wieder das Gefühl, dass Du einfach nicht dazu gehörst, das Du hier ganz alleine bist, obwohl Du viele liebe Menschen, Familie, Freunde um Dich herum hast?

Du glaubst immer wieder an das Gute in allem und möchtest etwas für die Erde und die Menschheit tun – zur Heilung, Transformation und Bewusstseinsentwicklung. Du möchtest bewusst etwas zum Positiven verändern und Du spürst eine Berufung, eine Seelenaufgabe in Dir. Dann bist Du ein STARBORN – ein Sternenkind! Eine große, alte, weise Seele, die jetzt ganz bewusst in diese Zeit gekommen ist, um sich zu erinnern, wer sie ist und warum sie hier ist!

Das Buch ist inspiriert durch den KOSMISCHEN RAT und entstand in Zusammenarbeit mit verschiedenen Wesenheiten aus diesem. Der KOSMISCHE RAT setzt sich aus vielen Sternenvölkern und Wesenheiten unterschiedlichster Dimensionen zusammen, die den Weg der Liebe gehen, und steht in direkter Verbindung und Einheit mit dem göttlichen Rat aus dem Urquell der Liebe und des Lichts.

Der Orden der gefiederten Schlange

€ 19,95
Petra Hugger

Broschiert, 298 Seiten
ISBN 978-3-947048-03-8

Zu bestellen bei:

All-Stern-Verlag
Wolf 8
D-88430 Ellwangen

Tel.: 0 75 68 - 29 89 98 2
Fax: 0 75 68 - 29 89 98 1

info@all-stern-verlag.com
www.all-stern-verlag.com

Das geheime Bündnis von Atlantis

Dunkle Mächte bedrohen das Inselreich von Atlantis. Die rote Priesterschaft huldigt ihrem dunklen Anführer Belial, und ihre Mitglieder führen verbotene, schwarzmagische Rituale in die religiöse Welt, der atlantischen Stadt Poseidia ein.

Die Hohepriesterin Kara lebt und arbeitet im Auftrag des Ordens der gefiederten Schlange auf der atlantischen Hauptinsel im Tempel des Lichts.

Sie übt dort ihre verantwortungsvolle Aufgabe als Heilerin aus. Doch ihr unbeschwertes Leben wird von den dunklen Machenschaften der roten Priesterschaft überschattet.

Kara, der grandiose Schmiedemeister Micah, und ihre mutigen Freunde aus der Priesterschaft vom Orden der gefiederten Schlange stellen sich der finsteren Bedrohung entgegen und werden zu einer geheimnisvollen Mission gerufen.

Werden sie ihre geliebte Heimat retten können?

All-Stern-Verlag:

„Ein Roman zum Abtauchen in eine antike Welt voller Geheimnisse und atemberaubender Spannung!“

Der General des letzten Bataillons

€ 18,90

Dan König

Hardcover, 299 Seiten
ISBN 978-3-947048-00-7

Zu bestellen bei:

All-Stern-Verlag
Wolf 8
D-88430 Ellwangen

Tel.: 0 75 68 - 29 89 98 2
Fax: 0 75 68 - 29 89 98 1

info@all-stern-verlag.com
www.all-stern-verlag.com

Band 2 Die Alpenfestung

Vor der Abreise zur Inspektion in die Ostmark übergibt SS-Oberscharführer Ernst van Berckh den Dienstwagen von General Kammler für Umbaumaßnahmen an Ingenieure der geheimen SS-Entwicklungswerkstätten in Pilsen.

Zur Verlagerung der deutschen Rüstungsindustrie in bombensichere, unterirdische Bauwerke finden Besprechungen an den Bauprojekten „Bergkristall", „Quarz", „Schlier" und dem Südwerk „Zement" statt, welche die dezentralisierte „Alpenfestung" darstellen, nach welcher die Alliierten noch fieberhaft suchen werden.

In einem Stollen taucht nachts plötzlich ein mutmaßlicher Spion auf, den Kammler beinahe erschießt.

Der Mann nennt sich Becker und stellt sich als zeitreisender Botschafter der aldebaranischen Zivilisation vor, der ein bürgerliches Leben in der mehr als 60 Jahre gelegenen Zukunft führt.

Becker, der in vergangenen Epochen als der Graf von Saint Germain bekannt war, lotst General Kammler zu unterirdischen Gängen in der Nähe von Linz und führt dazu aus, dass diese im Land verbreiteten „Erdställe" nicht von Menschenhand geschaffen wurden.

Im Generalgouvernement verfolgt Kammler das Versuchsschießen mit der A4 Rakete und sucht im Auftrag Heinrich Himmlers nach Gründen, um die Hoheit der Raketenwaffe vom Heereswaffenamt an die SS zu überführen. Der eigens für Kammler gebaute Kommandeurswagen „Freki SS" erfährt seine Feuertaufe, als feindliche Angreifer mit den Bordwaffen abgewehrt und vernichtet werden.

Eine Macht aus dem Unbekannten

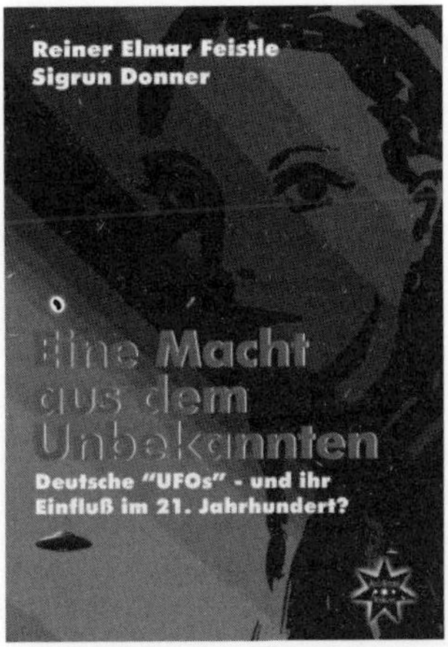

€ 19,95

Reiner Elmar Feistle
Sigrun Donner

Hardcover, 340 Seiten
ISBN 978-3-9815662-1-5

Zu bestellen bei:

All-Stern-Verlag
Wolf 8
D-88430 Ellwangen

Tel.: 0 75 68 - 29 89 98 2
Fax: 0 75 68 - 29 89 98 1

info@all-stern-verlag.com
www.all-stern-verlag.com

Deutsche Ufos – und ihr Einfluß im 21. Jahrhundert

Begleiten Sie das Autorenteam Reiner Elmar Feistle und Sigrun Donner auf ihrem beschwerlichen Weg der Suche nach der „roten Linie“ der Wahrheit. Gehen Sie mit den Autoren auf eine antizyklische Fährtensuche, gepaart mit kriminalistischem Spürsinn für das Undenkbare, das in unserer Menschenwelt geschieht, um sich im Dunst von Wahrheit, Halbwahrheit und Lüge zu orientieren.
Werfen Sie einen Blick auf die Spuren geheimer deutscher Geschichte. Warum geheim? Geheim deshalb, weil schon weit vor 1945 die Grundlagen für ein scheinbares Mysterium gelegt wurden, welches heute unter der „Macht aus dem Unbekannten“ oder der „Dritten Macht“ bekannt ist.
Seit 1945 bzw. wohl schon während des Zweiten Weltkrieges wird dem Wissen deutscher Hochtechnologie nachgejagt. Wie sieht unsere Realität in der Gegenwart tatsächlich aus? Besitzen wir heute eine moralische Überlegenheit oder müssen wir uns kollektiv Asche aufs Haupt streuen? War der Zweite Weltkrieg das Ende aller Kriege oder der ultimative Startschuss für weitere brutale Eroberungskriege?
Ist die Menschheit bereits durch Aliens unterwandert und existiert hierfür eine Langzeitstrategie? Und was erwartet die Menschheit folglich diesbezüglich in naher Zukunft?

Dieses Buch wird Ihnen auf viele Fragen neue Denkanstöße geben, die Sie in dieser Form nicht erwartet hätten.

Macht und Geschichte

€ 21,00
Michael Loeckle

Hardcover, 312 Seiten
ISBN 978-3-981566-2-8-4

Zu bestellen bei:

All-Stern-Verlag
Wolf 8
D-88430 Ellwangen

Tel.: 0 75 68 - 29 89 98 2
Fax: 0 75 68 - 29 89 98 1

info@all-stern-verlag.com
www.all-stern-verlag.com

Aspekte der Neuen Weltordnung

Damit sich die One-World-Despoten der reptiloiden Agenda etablieren können, überziehen sie die Menschheit mit Totalüberwachung, Mind-Control, Chiplementierung, Geldannulierung, Pauperisierung, Cyborgisierung, Dezimierung, Chaos, Anarchie, Sozialrevolten, Bürgerkriegen und Insolvenzen bis hin zum Staatsbankrott. Die reptiloid-hybride Agenda plant, zunehmend mehr Terroranschläge, Kriege und Katastrophen zu inszenieren.

Das Ziel der Archonten ist ein Planet mit einer deutlich reduzierten menschlichen Population. Die verbleibende Menschheit soll durch chemische und psychologische Programmierung sowie durch genetische Manipulation in geistige und emotionale Zombies verwandelt werden.

Der geplante Superstaat unterm Diktat der USA soll mit denselben Mitteln geschaffen und regiert werden, wie der Staat in Orwells Roman *1984:* primär mit ewigem Krieg, ewigem Terror, ewiger Überwachung, ewiger Propaganda und ewiger Spannung. Ein Milliardenheer von rechtlosen und depersonalisierten Galeoten, den diabolischen Zielen und Interessen des „unsichtbaren Ungeheuers“ wehrlos ausgeliefert – das ist das eigentliche und letzte Ziel der Neuen Weltordnung.

Die kommenden Jahre werden zeigen, ob sich die Menschheit eine derartige Entmündigung und Unterwerfung bieten lässt, oder ob es dagegen globale Revolten in bisher nicht gekannten Dimensionen geben wird.